콜레라 시대의 사랑 1

El Amor en los Tiempos del Cólera

El Amor en los Tiempos del Cólera
by Gabriel García Márquez

세계문학전집 97

콜레라 시대의 사랑 1

El Amor en los Tiempos del Cólera

가브리엘 가르시아 마르케스

송병선 옮김

민음사

지금 내가 하려는 말은
그들에겐 이미 왕관을 쓴 여신이 있다는 것이다.

                                           — 레안드로 디아스

차례

그것은 어쩔 수 없는 일이었다. 쌉쌀한 아몬드 향내는 언제나 그에게 짝사랑의 운명을 떠올리게 했다. 후베날 우르비노 박사는 아직도 어둠에 잠겨 있는 집으로 들어갈 때부터 그런 사실을 감지했다. 응급 사태 때문에 달려왔지만 사실 그는 오래전부터 이런 경우를 응급한 것으로 생각하지 않고 있었다. 부상당한 참전 용사이자 아동 사진사였으며 가장 다정한 체스 상대였던 서인도 제도의 망명객 제레미아 드 생타무르는 시안화 금의 향 때문에 기억의 폭풍에서 무사히 도망쳐 있었다.

그는 야전 침대 위에 담요로 싸인 채 눕혀져 있는 시체를 보았다. 항상 그가 잠을 자곤 했던 그 침대 근처에는 의자가 있었고, 그 위에는 독극물을 증류시키는 데 사용했던 사진 현상 접시가 놓여 있었다. 바닥에는 가슴에 눈처럼 흰 얼룩이 있는 커다란 검은색 개의 시체가 누워 있었는데 그 덴마크산(産) 개는 침대 다리에 발이 묶여 있었고, 그 옆에는 목발이 놓여져 있었다. 활짝 열린 한쪽 창문으로 새벽의 여명이 침실과 현상실로 쓰이던 그 칙칙하고 숨 막힐 것 같은 방을 희미하게 비추기 시작했지만, 그 정도로도 죽음의 권위를 즉시 알아보기에는 충분했다. 방 안의 다른 틈새들처럼 창문도 헝겊으로 덮여 있거나 검은 도화지로 밀폐되어 있었는데, 그것이 그 방의 짓누르는 듯한 무거운 분위기를 한층 더해 주고 있었다. 주방 테이블에는 라벨이 붙지 않은 병과 약통들이 어지럽게 널려 있었고, 빨간 셀로판지를 두른 일반 전등 아래는 껍질이 벗겨진 백랍 쟁반 두 개가 놓여 있었다. 정착액이 담긴 세 번째 쟁반은 시체 옆에 있었다. 또한 오래된 신문과 잡지들, 유리 감광판에 놓인 사진 원판 더미와 부서진 가구들이 온 방 안에 널려 있었지만, 방 주인의 손이 부지런한 덕택에 모두 먼지 하나 없이 깨끗했다. 창문으로 들어온 공기가 그곳을 정화시켰지만, 그것을 알아차릴 수 있는 사람에게는 아직도 씁쓸한 아몬드 향이 암시하는 불운한 사랑의 사그라지는 재가 남아 있었다. 후베날 우르비노 박사는 무언가를 예언하려는 의도는 전혀 없었지만 그곳이 하느님의 은총 속에서 숨을 거두기에는 적당하지 않은 장소라는 생각을 한 적이 있었다. 그러나 시간이 흐르면서 제레미아 드 생타무르의 무질서는 아마도 하느님의 섭리가 결정한 사항을 막연히 따르는 것일지도 모른다고 생각하게 되었다.

경찰 수사관 한 명이 지방 보건소에서 법의학 실습 중인 아주 젊은 의대생과 함께 이미 그곳에 도착해 있었다. 그들이 바로 우르비노 박사를 기다리면서 방 안을 환기시키고 시신을 담요로 덮어 준 사람들이었다. 두 사람은 매우 정중한 태도로 우르비노 박사에게 인사를 했다. 그것은 경의를 표하는 행동이라기보다는 오히려 조의를 표하는 것에 가까웠다. 왜냐하면 그와 제레미아 드 생타무르의 우정이 얼마나 돈독한지 모르는 사람은 아무도 없기 때문이었다. 저명한 스승인 우르비노 박사는 병원에서 매일 수업을 시작하기 전에 학생들과 일일이 악수를 하는 것처럼 두 사람과 악수를 한 다음, 마치 꽃을 만지듯이 엄지와 검지로 담요 끝자락을 집고는 성체를 받아 모시듯이 조심스럽게 시신을 드러냈다. 완전히 발가벗은 시체는 눈을 뜬 채로 비틀린 채 딱딱하게 굳어 있었고, 몸은 푸르스름했다. 전날 밤보다 쉰 살은 더 먹은 것 같았다. 눈동자는 빛났고, 턱수염과 머리칼은 누르스름했으며, 배에는 포장용 끈으로 꿰맸던 오래된 상처 자국이 가로지르고 있었다. 목발을 짚고 다닌 덕택에 그의 몸통과 두 팔은 노를 젓는 해적선의 노예처럼 큼지막했지만, 허약한 두 다리는 제대로 먹지도 못한 고아의 것 같았다. 후베날 우르비노 박사는 아픈 마음으로 잠시 그 시신을 바라보았다. 그렇게 마음이 아픈 것은 오랫동안 죽음과 부질없는 싸움을 해온 그에게도 흔치 않는 일이었다.

"이런 바보!" 그는 말했다. "이제 최악의 상황은 끝났군."

그는 담요로 다시 시신을 덮고는 학자다운 근엄함을 되찾았다. 작년에 그의 여든 번째 생일은 사흘간의 공식 행사로 거행되었고, 감사 연설을 하면서 그는 은퇴의 유혹을 다시 한번 이겨냈다. 그는 이렇게 말했었다. "내가 죽으면 쉴 시간이 남아돌 것입니다. 그러나 그런 돌발적인 사태는 아직 내 계획에 포함되어 있지 않습니다." 갈수록 오른쪽 귀가 들리지 않았고, 비틀거리는 걸음을 숨기기 위해 은 손잡이가 달린 지팡이에 몸을 지탱해야 했지만, 그는 젊은 시절처럼 조끼 위로 금시계 줄을 늘어뜨리고 그 위에 리넨 양복을 말끔하게 입고 다녔다. 자개 빛의 파스퇴르 턱수염과 가운데 가르마를 타서 조심스럽게 뒤로 빗어 넘긴 같은 색의 머리칼은 그의 성격을 충실하게 재현하고 있었다. 갈수록 더해만 가는 기억의 침식을 막기 위해 그는 흩어진 종이 조각에 급히 메모를 하기도 했지만, 그 종이 조각들은 결국 주머니 속에서 모두 뒤섞여 버리곤 했다. 마찬가지로 그의 진료 기구나 약병을 비롯한 다른 여러 물건들도 빽빽한 왕진 가방 속에서 뒤엉켜 있었다. 그는 그 도시에서 가장 나이 많고 훌륭한 의사일 뿐만 아니라 가장 까다로운 사람이기도 했다. 그러나 아는 체를 너무 많이 하고, 자기 이름이 지닌 힘을 정직함과는 거리가 먼 방식으로 사용한 탓에 그는 마땅히 받아야 할 사랑을 다 받지 못하고 있었다.

그는 정확하고 신속하게 경찰 수사관과 인턴에게 지시를 내렸다. 부검할 필요는 없었다. 집 안의 냄새만으로도 사인이 사진을 현상할 때 쓰이는 어떤 산(酸) 때문에 쟁반에서 활성화된 시안화 증기라는 결론을 내리기에 충분했다. 제레미아 드 생타무르는 그런 사실을 너무나 잘 알고 있었기에 우연한 실수로 그런 일을 저지를 리 없었다. 수사관이 잠시 머뭇거리자,

그는 전형적인 자신의 말투로 그를 멈춰 세웠다. "사망 증명서에 서명할 사람은 나라는 사실을 잊지 마시오." 젊은 의사는 실망의 기색이 역력했다. 한 번도 시안화 금이 시체에 어떤 영향을 미치는지 공부할 행운을 얻지 못했는데, 그 기회를 잃어버렸다고 생각했기 때문이었다. 후베날 우르비노 박사는 그를 의과 대학에서 한 번도 본 적이 없다는 사실에 놀랐지만, 그가 쉽게 얼굴을 붉히고 안데스 지역의 억양을 쓰는 것을 보고, 이 도시에 온 지 얼마 안 되는 신출내기가 분명하다는 사실을 바로 눈치챘다. 그가 말했다. "여기서는 사랑 때문에 미쳐서 죽는 사람이 계속 있으니 자네는 며칠 내로 그런 기회를 갖게 될 걸세." 그러나 그 말을 마치자마자 자기가 기억하는 수많은 자살자들 중에서, 그가 사랑의 불행과는 상관없이 시안화물로 죽은 첫 번째 희생자임을 깨달았다. 그러자 그의 말투에 약간의 변화가 생겼다. 박사는 인턴에게 말했다.

"그런 사람을 만나게 되면, 눈여겨보게나. 심장에 광물 결정체가 있을 걸세."

그런 다음 마치 부하를 다루듯이 수사관에게 말했다. 그에게 그날 오후에 아무도 모르게 장례식을 치를 수 있도록 모든 법적 절차를 생략하라고 지시하면서 "내가 나중에 시장에게 얘기하겠소."라고 말했다. 그는 제레미아 드 생타무르가 철저하게 소박한 생활을 했고, 자신의 기술로 생활에 필요한 것 이상으로 많은 돈을 벌었으므로 집 안의 서랍 어딘가에 장례식에 쓰고도 남을 돈이 들어 있으리란 것을 알고 있었다. 그는 이렇게 말했다.

"그 돈을 찾아내지 못하더라도 상관없소. 내가 모든 것을 책임질 테니."

그는 신문사에 사진사가 자연사했다고 알리라는 지시를 내렸다. 그러나 신문사들이 그 소식에 전혀 관심을 보이지 않을 것을 잘 알고 있었다. 그는 "필요하다면, 내가 주지사와 말하겠소."라고 말했다. 진지하고 소박한 시민의 봉사자였던 수사관은 박사의 시민적인 엄격함이 그의 가장 친한 친구들까지 화나게 만들었다고 알고 있었는데, 급히 장례식을 치르기 위해 이토록 손쉽게 법적 절차를 건너뛰는 것을 보고 놀랐다. 그러나 우르비노 박사는 제레미아 드 생타무르가 교회 묘지에 묻힐 수 있도록 대주교와 이야기하는 것만은 원치 않았다. 그의 건방진 언행에 불쾌해진 수사관은 죽은 사람을 위해 핑계를 대려고 했다.

"저는 이분이 성인[1]이라는 것을 알고 있습니다."

그러자 우르비노 박사가 말했다.

"그보다 더 보기 드문 인물이었소. 그는 하느님을 믿지 않는 성인이었지. 그러나 그것은 하느님이 결정할 문제요."

식민지풍의 도시 반대편에서 미사를 알리는 성당의 종소리가 희미하게 들려왔다. 우르비노 박사는 반달 모양의 금테 안경을 쓰고서 줄 시계를 보았다. 사각형의 얇고 세련된 디자인으로, 덮개에는 스프링이 달려 있어서 손만 갖다 대도 열렸다.

---

1) 제레미아 드 생타무르는 '성애(聖愛)의 예레미아'라는 뜻이다.

자칫하면 성령 강림 대축일[2] 미사에도 늦을 것 같았다.

거실에는 공원에서 사용하는 것처럼 바퀴가 달린 커다란 카메라와 그가 손수 그린 그림과 바다의 석양이 어우러진 배겨 막이 있었으며, 사방의 벽은 첫 영성체나 토끼 의상을 입은 날, 아니면 생일과 같은 기념일에 찍은 아이들의 사진으로 도배되어 있었다. 우르비노 박사는 체스를 두던 오후 시간마다 깊은 생각에 잠겨 해가 거듭될수록 벽이 점차 사진으로 뒤덮이는 것을 보았고, 슬픔으로 몸을 떨면서 우연히 걸린 그 사진들 속에 이름 모를 아이들에 의해 통치되고 더럽혀지며 영광의 부스러기조차 사라질 미래 도시의 싹이 있을 것이라고 종종 생각했다.

해적 파이프 몇 개가 든 단지 옆에 있는 책상 위에는 아직 게임이 끝나지 않은 체스 판이 있었다. 시간도 없고 기분도 우울했지만, 우르비노 박사는 체스 판을 살펴보고 싶은 유혹을 떨쳐 버릴 수 없었다. 그는 그것이 전날 밤의 게임이라는 것을 알고 있었다. 제레미아 드 생타무르는 평일 오후마다 적어도 서로 다른 세 사람의 상대와 체스를 두곤 했지만, 항상 승부가 날 때까지 시합을 했고 끝난 다음에는 상자에 체스 판과 말을 넣은 다음 책상 서랍에 보관했기 때문이다. 또한 그가 항상 흰 말을 가지고 게임을 한다는 것도 알고 있었는데, 이번에는 네 수만 더 두면 꼼짝없이 질 것이 분명했다. 그는 마

---

2) 부활 대축일로부터 후 50일째 되는 일요일. 5월 10일에서 6월 13일 사이다.

음속으로 생각했다. '만일 범죄로 인해 죽은 것이라면, 이것은 좋은 단서가 될 수 있겠군. 이런 멋진 함정을 팔 사람은 단 한 명밖에 없어.' 그는 마지막 피 한 방울을 흘릴 때까지 싸우는 불굴의 병사가 왜 자기 일생의 마지막 전투를 끝내지 않은 채 그대로 내버려 두었는지 확인해 보지 않고는 살 수 없을 것 같았다.

그날 아침 6시, 마지막 순찰을 돌고 있던 야경꾼이 대문에 '문을 두드리지 말고 들어오시오. 그리고 경찰에게 알리시오.' 라는 종이쪽지가 붙어 있는 것을 보았다. 그리고 잠시 후 수사관이 인턴과 함께 그곳으로 달려왔고, 두 사람은 도저히 혼동할 수 없는 씁쓸한 아몬드 향내와 모순될지도 모르는 증거를 찾기 위해 집 안을 샅샅이 조사했다. 그런데 그가 끝나지 않은 게임을 분석하느라 잠시 시간을 보내는 동안, 수사관은 책상 위에 놓인 종이들 사이에서 후베날 우르비노 박사에게 보내는 봉투 하나를 발견했다. 그 봉투는 밀랍으로 꽁꽁 봉해져 있었기 때문에 갈기갈기 찢어서 편지를 꺼내야만 했다. 우르비노 박사는 햇빛이 더 많이 들어올 수 있도록 창문에 드리워진 검은 커튼을 걷고서, 우선 정성 들인 필체로 양쪽 면을 빼곡히 채운 열한 장의 종이를 슬쩍 쳐다보았다. 그는 첫 문장을 읽으면서 자기가 성령 강림 대축일 미사에 참석하지 못하리란 것을 깨달았다. 거친 숨을 몰아쉬며 그는 잃어버린 이야기의 맥락을 되찾기 위해 여러 페이지 뒤로 돌아갔다. 편지를 다 읽고 나자, 그는 자기가 아주 먼 곳에서, 그리고 아주 오랜만에 되돌아온 듯 느껴졌다. 감추려 애를 썼지만 그의 얼굴에는 동요의 빛이 역력했다. 그의 입술은 시체와 똑같이 파랗게 변했고, 편지를 접어 조끼 주머니에 넣을 때는 손이 떨리는 것을 억누를 수가 없었다. 그는 수사관과 젊은 의사를 떠올리고는 슬픔의 안개 사이로 그들에게 미소를 지어 보이며 말했다.

"별것 아니오. 이건 그의 마지막 지시 사항이오."

그 말은 절반만 사실이었지만, 그들은 곧이곧대로 믿었다. 왜냐하면 그의 지시대로 바닥에 붙어 있지 않은 타일 한 장을 들어내자 그 안에서 금고를 열 수 있는 암호가 적혀 있는 아주 낡은 장부 한 권을 발견했기 때문이다. 그들이 생각했던 것처럼 많은 돈이 있지는 않았지만, 장례식 비용과 그 이외의 소소한 잡비를 쓰고도 남을 정도는 되었다. 그러자 우르비노 박사는 복음서 봉독 전까지는 절대로 성당에 도착할 수 없음을 알고는 이렇게 말했다.

"내가 철든 이후 일요일 미사에 빠지는 건 이번이 세 번째일세. 하지만 하느님께서는 이해해 주실 걸세."

그래서 모든 자질구레한 일들이 해결될 때까지 그곳에 좀더 있기로 했다. 하지만 편지의 비밀 내용을 아내와 함께 나누고 싶어 안달이 났다. 그는 그 도시에 살고 있는 카리브해의 수많은 망명객들에게 부고를 전하겠다고 약속했다. 비록 환멸이란 장애물에 굴복했지만, 카리브해 망명객들은 그들 중에서 가장 존경받았고 가장 활동적이었으며 가장 급진적으로 행동했던 그에게 마지막 경의를 표하고 싶어 할지도 모른다고 생각했던 것이다. 또한 유명한 전문인에서부터 이름 없는 직공에 이르기까지 다양한 그의 체스 상대들과 개인적으로 별로 친하지는 않지만 그의 장례식에 참석하기를 원할지 모르는 사람들에게도 부고를 전하겠다고 말했다. 유서를 읽기 전까지는 자기가 그중에서 가장 친한 친구라고 생각했지만, 그 편지를 읽은 후에는 아무것도 확신할 수 없었다. 어쨌거나 우르비노 박사는 치자꽃 화관을 보내기로 마음먹었다. 제레미아 드 생타무르가 최후의 순간에 회개했을지도 모르는 일이기 때문이었다. 그리고 장례식을 5시에 치르라고 지시했다. 가장 더운 계절임을 감안한다면 아주 적당한 시간이었다. 그리고 만일 자기가 필요한 일이 있으면 12시부터 라시데스 올리베야 박사의 별장에 있을 테니 그곳으로 연락을 하라고 덧붙였다. 바로 그날은 그가 가장 아끼는 제자인 라시데스 올리베야 박사가 의사라는 직업에 입문한 지 이십오 년이 되는 것을 축하하기 위해 점심 만찬이 열리는 날이었던 것이다.

초기에 전투와도 같았던 고난의 세월이 끝나자 후배날 우르비노 박사의 일상은 판에 박힌 생활이 되었으며, 그 지방에서 그 누구와도 비교할 수 없는 특권을 누리며 존경을 받았다. 그는 첫닭이 울면 잠자리에서 일어났고, 그 시간에 자신만 알고 있는 약을 먹기 시작했다. 기분을 돋우기 위한 브롬화칼륨, 장마철마다 재발하는 뼈의 통증을 없애주는 살리실산염, 현기증을 예방하기 위한 에르고스테롤, 숙면을 위한 벨라도나 등이 그러한 약이었다. 그는 시간마다 숨어서 무슨 약이든 먹었다. 오랜 세월 동안 의사이자 스승의 삶을 살면서 노화를 막기 위한 완화제를 처방하는 데 항상 반대 입장을 취했기 때문이다. 그에게는 자신의 고통을 참는 것보다 남의 고통을 참는 것이 더 쉬운 일이었던 것이다. 그의 주머니에는 항상 장뇌가 담긴 조그만 패드가 들어 있었다. 그는 아무도 보지 않을 때 그 냄새를 깊이 들이마시면서 그렇게 많은 약을 섞어 먹는 것에 대한 두려움을 떨쳐 버렸다.

그는 서재에서 한 시간 동안 일반 임상학 수업을 준비했다. 의대에서 월요일부터 토요일까지 매일 오전 8시 정각에 그가 가르치는 과목으로, 그가 죽기 전날까지도 그 강의는 계속되었다. 그는 또한 파리의 서점 주인이 우편으로 보내 주는 문학 신간이나 그 지방의 서적상이 바르셀로나에 주문해 주는 책들을 열심히 읽는 독자이기도 했다. 물론 스페인어로 쓰여진 문학 작품을 프랑스 문학처럼 열심히 읽지는 않았다. 어쨌거나 그는 절대로 아침에 책을 읽는 법이 없었고, 오로지 낮잠을 잔 후에 한 시간, 그리고 잠자리에 들기 전까지의 밤 시간 동안만 책을 읽었다. 강의 준비가 끝나면 열린 화장실 창문 앞에서 15분 동안 숨쉬기 운동을 했다. 항상 닭들이 우는 쪽을 향해 숨을 들이마시곤 했는데, 그곳의 공기가 신선하기 때문이었다. 그런 다음 목욕을 하고 턱수염을 다듬었고, 콧수염에 진짜 파리나 게겐위버[3] 오드콜로뉴를 잔뜩 발라 주위에 향수 냄새가 진동하게 만들었으며, 조끼를 입고 흰 리넨 양복을 걸친 후 부드러운 중절모를 쓰고 양가죽 장화를 신곤 했다. 여든한 살이었지만, 콜레라 전염병이 휩쓴 지 얼마 안 되어 파리에서 귀국했을 때처럼 태평스러운 태도와 명랑한 정신을

---

3) 독일의 향수 회사.

간직하고 있었다. 그리고 가운데 가르마를 타서 정성껏 빗은 머리칼은 은색으로 변한 것을 제외하면 청년 시절의 헤어스타일과 똑같았다. 그는 가족과 함께 아침을 먹었지만, 개인적인 식이 요법을 따랐다. 위장이 편안하도록 쓴 향쑥 꽃을 달인 액을 마셨으며, 심장 마비를 예방하기 위해 손수 마늘을 벗겨 빵과 함께 하나씩 의식적으로 꼭꼭 씹어 먹었다. 수업이 끝난 후 약속이 없던 적은 거의 없었다. 늘 시민 활동이나 가톨릭 봉사 활동, 혹은 예술적 및 사회적 개혁과 관련된 약속이 있었던 것이다.

그는 거의 항상 집에서 점심을 먹었으며, 정원의 테라스에 앉아 10분 동안 낮잠을 자면서 꿈결에 망고 나무의 그늘 아래서 하녀들이 부르는 노랫소리를 듣거나, 거리 행상들의 고함 소리나 썩어 문드러질 운명을 선고받은 어느 천사처럼 뜨거운 오후마다 집 안으로 악취를 내뿜던 항구에 정박한 배의 엔진 소리, 혹은 자동차 소음을 들었다. 그런 다음 한 시간 동안 최근에 도착한 책들, 특히 소설이나 역사책을 읽었으며, 오래전부터 그 지방의 명물로 자리 잡은 길들인 앵무새에게 프랑스어나 노래를 가르치곤 했다. 4시에는 커다란 잔에 얼음을 넣은 다음 레모네이드를 가득 채워 마시고서 환자들을 왕진하러 나가곤 했다. 노령에도 불구하고 그는 진료실에서 진찰하는 것을 거부하고 환자들의 집을 손수 찾아가 돌보아 주곤 했다. 그것은 그 마을을 너무나 잘 알고 있어서 어디든 걸어서 갈 수 있던 시절부터 항상 해 오던 방식이었다.

처음 유럽에서 돌아온 이후 그는 두 마리의 황금빛 준마가 끄는 사륜마차를 타고 다녔지만, 그 마차가 쓸모없게 되자 한 마리의 말이 끄는 2인승 마차로 바꾸었다. 그는 유행을 경멸하면서 계속 그 마차를 이용했다. 그러나 마차가 세상에서 사라지기 시작하면서, 그 도시에 남아 있는 마차들은 관광객들을 태우고 돌아다니거나 장례식에 화환을 실어 나르는 데만 쓰였다. 그는 은퇴하기를 거부하고 있었다. 전혀 가망이 없는 환자의 경우에만 자기를 찾는다는 사실을 잘 알고 있었지만, 그 역시 전문화의 한 형태라고 여겼다. 그는 얼굴만 보아도 환자에게 무슨 병이 있는지 알 수 있었고, 갈수록 특허 의약품을 불신했으며, 수술의 보급을 걱정 어린 눈으로 바라보았다. 그는 이렇게 말하곤 했다. "메스는 의학의 실패를 가장 잘 보여 주는 증거입니다." 정확하게 말하자면, 그는 모든 약은 독약이며, 일반 음식의 70퍼센트는 죽음을 재촉하는 것이라고 생각하고 있었다. 그는 수업 시간에 "어쨌거나 널리 알려진 몇 안 되는 의약품도 제대로 알고 있는 의사가 몇 명 되지 않습니다."라고 말하곤 했다. 그는 청년 시절의 열정에서 스스로 숙명적 인본주의라고 정의 내린 입장으로 옮겨 오면서 이렇게 말하곤 했다. "모든 사람은 자기 죽음의 주인이며, 죽을 시간이 왔을 때 우리가 할 수 있는 유일한 일은 아무런 걱정이나 고통 없이 죽도록 도와주는 것입니다." 이처럼 그는 이미 그 지방의 민속 의학이 되어 버린 극단적인 사상을 지니고 있었지만, 그의 옛 제자들은 의사로서 자리를 잡은 후에도 계속해서 그를 찾아왔다. 당시 '임상의 눈'이라 불리던 그의 실력을 인정했기 때문이었다. 어쨌거나 그는 언제나 비싼 고급 의사였으며, 그의 고객은 부왕들이 살던 동네의 고풍스러운 저택에서 사는 사람들이 대부분이었다.

그의 하루 일과는 너무나 규칙적이어서 그의 아내는 오후 왕진 시간 동안 급한 일이 생기면 어디로 전갈을 보내야 할지 잘 알고 있었다. 젊었을 때 그는 집으로 돌아오기 전에 파로키아 카페[4]에서 시간을 보냈고, 그곳에서 장인의 친구들이나 카리브해의 망명객들을 상대로 체스 실력을 연마했다. 그러나 새로운 세기가 밝아온 이후부터는 파로키아 카페에 가는 대신 '사교 클럽'의 후원을 받아 전국 체스 대회를 조직하려고 했다. 바로 이 시기에 제레미아 드 생디무르가 이미 무릎이 죽어 있는 채 도착했다. 그리고 아직 아동 사진사라는 직업도 갖기 전이었지만, 석 달도 지나지 않아 체스 판에서 비숍을 움직일 줄 아는 사람들은 모두 그를 알게 되었다. 왜냐하면 그에게 체스를 이길 수 있는 사람이 아무도 없었기 때문이다. 후베날 우르비노 박사에게는 그를 만난 것이 기적과 같았다. 당시 체스는 그에게 억누를 수 없는 열정의 대상이었고, 수많은 적수들도 더 이상 그를 만족시켜 주지 못했던 것이다.

후베날 우르비노 박사 덕분에 제레미아 드 생타무르는 우리들 사이에 있게 되었다. 우르비노 박사는 그가 누구이며 무엇을 했는지, 영광도 얻지 못한 어떤 전투에서 불구가 되었고 불화를 입었는지 전혀 알아보지도 않은 채, 그의 무조건적인 보호자가 되었고 모든 것의 보증인이 되었다. 마지막으로 그

---

4) '동네 카페'라는 뜻이다.

는 사진관을 차릴 수 있도록 돈을 빌려주었다. 제레미아 드 생 타무르는 마그네슘 플래시가 터지자 깜짝 놀란 첫 번째 아이 를 찍은 후부터 성당에 헌금을 내듯이 후베날 우르비노 박사 에게 정기적으로 돈을 갚기 시작해서 결국 한 푼도 빠뜨리지 않고 모두 갚았다.

이 모든 것이 체스 덕택이었다. 처음에 두 사람은 저녁을 먹 고서 밤 7시에 체스 시합을 벌이곤 했다. 처음에는 상대의 실 력이 너무나 우월했기 때문에 우르비노 박사에게 몇 수를 접 어주곤 했지만, 갈수록 그 수가 줄어들더니 마침내는 맞수가 되고 말았다. 그것은 한참 뒤, 그러니까 갈릴레오 다콘테 씨 가 처음으로 야외극장을 개관할 때까지 계속되었다. 영화관 이 문을 열자 제레미아 드 생타무르는 최고 단골 고객 중 하 나가 되었고, 체스 시합은 새로운 영화가 상영되지 않는 날에 만 열렸다. 그 무렵 그는 의사의 절친한 친구가 되어 있었기에 후베날 우르비노 박사도 함께 영화관에 가곤 했다. 그러나 아 내를 데려가는 법은 없었다. 그것은 한편으론 그녀가 어려운 영화 줄거리를 차근차근 쫓아갈 정도의 인내심이 없는 탓이었 고, 다른 한편으로는 그녀가 제레미아 드 생타무르는 그 누구 에게도 좋은 친구가 될 수 없다는 냄새를 맡았기 때문이었다.

그러나 일요일은 전혀 달랐다. 그는 성당의 미사에 참석한 다음에는 집으로 돌아와 휴식을 취하면서 정원의 테라스에 서 책을 읽곤 했다. 성스러운 일요일에는 아주 급한 경우를 제 외하고는 거의 환자를 보러 나가지 않았으며, 아주 오래전부 터 반드시 지켜야 할 약속이 아닌 이상 그 어떤 약속도 만들지 않았다. 성령 강림 대축일이었던 바로 그날 아주 드문 사건 두 개가 일어났는데, 이는 좀처럼 보기 힘든 우연의 일치였다. 하나는 친구의 죽음이었고, 다른 하나는 훌륭한 그의 제자가 의사가 된 지 이십오 년이 된 것을 축하하는 행사였다. 그러나 그는 제레미아 드 생타무르의 죽음을 확인한 후에 생각했던 것처럼 집으로 곧장 돌아가는 대신 호기심이 이끄는 곳으로 발걸음을 옮겼다.

마차에 오르자마자 그는 급히 유서를 다시 훑어보고는, 마부에게 노예들이 살던 옛 구역의 알 수 없는 주소로 마차를 몰라고 지시했다. 그런 결정은 그의 습관에 비추어 볼 때 너무나 이상했던 터라 마부는 주소가 잘못된 것이 아닌지 확실하게 알고 싶어 했다. 그러나 틀린 것은 아무것도 없었다. 주소는 아주 분명하게 적혀 있었고, 그 주소를 쓴 사람은 그곳을 아주 잘 알고 있을 이유가 충분히 있었다. 그 순간 우르비노 박사는 다시 편지의 첫 장으로 돌아가, 그가 원하지 않는 것들이 철철 넘치는 그 편지 속으로 빠져들었다. 만일 죽어 가는 사람의 헛소리가 아니라는 사실을 스스로 확신했다면, 그 나이에도 인생이 뒤바뀌었을지 모를 내용이었다.

하늘은 아주 이른 시간부터 잔뜩 찌푸려 있었다. 날씨는 흐리고 서늘했지만 점심 전까지는 비가 올 위험이 없었다. 지름길을 찾으려 애를 쓰면서 마부는 식민지풍 도시의 험한 돌길로 들어섰고, 성령 강림 대축일 미사에서 무질서하게 돌아오고 있는 종교 단체와 신도들 때문에 말이 놀라지 않도록 수없이 멈춰 서야만 했다. 음악이 울려 퍼지는 거리에는 종이 화관과 꽃이 가득했고, 아가씨들은 색색의 양산을 쓰고 옥양목 프릴을 두르고는 발코니에서 축제 행렬이 지나가는 것을 내려다보고 있었다. '해방자'[5]의 동상이 아프리카 야자수와 새로 설치한 유리 가로등에 가려 거의 보이지 않던 대성당 광장에는 미사를 끝내고 나오는 사람들 때문에 차들이 오도 가도 못하고 있었고, 유서 깊고 시끌벅적한 파로키아 카페에는 빈자리가 하나도 남아 있지 않았다. 그곳에는 우르비노 박사의 마차만이 있었다. 그 마차는 도시에 남아 있는 몇 안 되는 마차 중에서도 특히 눈에 띄었다. 왜냐하면 에나멜이 칠해진 가죽 지붕은 항상 반짝반짝 빛났고, 마구들은 소금기에 부식되지 않도록 모두 청동으로 만들어진 것이었으며, 바퀴와 기둥은 마치 비엔나 오페라 극장의 화려한 밤처럼 금박으로 장식된 빨간색이었기 때문이다. 또한 으스대는 가문들은 마부가 깨끗한 옷을 입어야만 만족했던 것과 달리, 그는 자기 마부에게 색 바랜 벨벳 제복을 입도록 했으며 서커스의 말 조련사처럼 실크해트를 쓰게 했다. 이러한 조치는 시대에 뒤떨어진 것일 뿐만 아니라 카리브해의 찌는 더위에서는 무자비한 처사라고 여겨지고 있었다.

후베날 우르비노 박사는 거의 미칠 정도로 그 도시를 사랑했고 누구보다도 그 도시를 잘 알고 있었지만, 그 일요일처럼 시끌벅적한 옛 노예 지역을 과감히 헤집고 들어간 적은 거의

---

5) 남아메리카의 혁명을 주도했으며, 콜롬비아와 페루의 대통령이었던 시몬 볼리바르를 가리킨다.

없었다. 마부는 그 주소를 찾기 위해 수없이 그 지역을 돌며 여러 번 물어봐야 했다. 우르비노 박사는 늪지의 슬픔과 불길한 침묵을 느끼며 불면으로 잠을 이루지 못한 수많은 새벽에, 정원의 재스민 향내와 뒤섞여 자기 방까지 올라오던 숨 막힐 듯한 가스들을 가까이에서 알아볼 수 있었다. 그는 그런 것들을 자기의 삶과는 아무 상관 없는, 마치 어제의 바람처럼 지나가는 것이라고 생각했다. 그러나 그렇게 아스라한 노스탤지어로 이상화되곤 했던 그 역한 냄새는 마차가 바닷물이 빠지면서 쓸려 나온 도살장의 고기 찌꺼기를 놓고 매들이 서로 먹으려고 다투는 진흙탕 길을 비틀거리며 지나가기 시작하자 참을 수 없는 현실이 되었다. 부왕 동네의 석조 저택들과는 달리, 그곳의 집들은 색 바랜 나무로 벽을 세우고 함석으로 지붕을 올렸으며, 대부분 스페인의 유산인 열린 하수구의 범람에 대비해 하수물이 집 안으로 들어오지 못하도록 말뚝을 박고 그 위에 세워져 있었다. 모든 것이 비참하고 절망적이었지만, 꼬질꼬질한 술집에서는 가난한 자들에게는 하느님도 없고 성령 강림의 법도 없다는 듯이 흥겨운 음악 소리가 천둥 소리처럼 커다랗게 흘러나오고 있었다. 마침내 그 주소를 찾았을 때, 벌거벗은 아이들 무리가 마부의 우스꽝스럽게 화려한 옷을 놀려 대면서 마차를 쫓아오는 바람에 마부는 채찍을 휘둘러 그 아이들을 쫓아 버려야만 했다. 아무도 몰래 그곳을 찾아오려 했던 우르비노 박사는 자기 나이 때의 순진함보다 더 위험한 것은 없다는 것을 너무 늦게 깨닫게 되었다.

번지도 없는 그 집의 겉모습은, 창가에 레이스가 달린 커튼

이 드리워져 있고 어떤 오래된 교회에서 뜯어 온 것 같은 대문이 있는 것을 제외하면 가장 형편없는 집들과 별로 다른 점이 없었다. 마부는 대문에 달린 쇠고리로 소리를 내고, 제대로 찾아왔다는 것을 확인한 후에야 박사를 마차에서 내리도록 도와주었다. 소리 없이 대문이 열렸고, 어둠침침한 집 안에는 까만 옷을 입고 귀에는 빨간 장미를 꽂은 나이 든 여자가 있었다. 못해도 마흔 살은 돼 보였지만, 그녀는 오만한 물라토6) 여인의 자태를 그대로 간직하고 있었다. 독기가 서린 그녀의 눈은 황금빛이었고, 머리칼은 쇠줄로 짠 헬멧처럼 그녀의 머리에 꼭 달라붙어 있었다. 우르비노 박사는 사진사의 작업실에서 체스를 두다가 그녀를 본 적도 여러 번 있고, 한번은 삼일열에 걸린 그녀에게 키니네를 처방해 주기도 했지만 그녀를 알아보지 못했다. 그가 손을 내밀자 그녀는 두 손으로 그의 손을 잡았다. 그러나 그것은 인사를 하기 위한 것이 아니라, 단지 집 안으로 들어오도록 도와주려는 행동이었다. 어딘지 모르게 숲과 같은 분위기를 풍기는 거실은 나뭇잎 소리가 들려오는 듯했으며, 적절히 배치된 가구와 고급스러운 물건들이 안에 빼곡히 들어차 있었다. 우르비노 박사는 지난 세기 어느 가을의 월요일에 가 보았던, 파리의 몽마르트르가 26번지에 위치한 골동품상을 고통 없이 떠올렸다. 여자는 그의 앞에 앉아서 서투른 스페인어로 말했다.

"편히 앉으세요. 이렇게 일찍 오실 줄은 몰랐어요."

---

6) 흑인과 백인의 혼혈.

우르비노 박사는 배신당한 느낌이었다. 그는 대놓고 그녀를 뚫어지게 바라보았다. 그녀의 엄청난 상심과 그 슬픔이 지닌 품위를 바라보았다. 그러고 나자 그녀를 찾아온 것이 아무런 쓸모도 없는 일임을 깨달았다. 왜냐하면 그녀는 제레미아 드 생타무르가 유서에서 말하고 설명한 모든 것을 자기보다 더 잘 알고 있기 때문이었다. 그건 사실이었다. 그녀는 그가 죽기 몇 시간 전까지 그와 함께 있었다. 국가의 모든 비밀조차 공공연히 알려지는 이 나른한 지방 도시에서 그녀는 아무도 눈치채지 못하게 너무나 사랑과 흡사한 헌신과 순종적인 애정으로 거의 이십 년에 이르는 세월을 그와 함께했다. 두 사람은 그녀가 태어난 곳이자 그가 망명객 생활의 초기를 보냈던 포르토프랭스[7]의 행려 병원에서 알게 되었다. 그로부터 일 년 후 그녀는 잠시 방문할 목적으로 그를 따라 이곳에 왔다. 두 사람은 그에 관해 아무 말도 하지 않았지만, 그는 그녀가 영원히 여기에 머무를 것을 알고 있었다. 그녀는 일주일에 한 번씩 사진관을 청소하고 정돈하는 일을 맡았는데, 나쁘게 생각하길 좋아하는 이웃 사람들도 눈에 보이는 것과 진실을 혼동하지는 않았다. 그것은 모든 사람들이 그렇게 생각하듯이, 제레미아 드 생타무르가 불구라는 사실이 단지 걷는 데만 영향을 주는 것은 아니라고 여겼기 때문이다. 우르비노 박사 자신도 상당히 근거 있는 의학적 이유로 그렇게 생각하고 있었다. 아마도 제레미아 드 생타무르가 스스로 편지에 그런 사실을 밝

---

7) 아이티의 수도.

히지 않았더라면, 우르비노 박사는 절대로 그에게 여자가 있었다는 사실을 믿지 않았을 것이다. 어쨌거나 과거도 없는 자유로운 두 성인 남녀가 폐쇄된 사회의 편견 언저리에서 살아가면서 금지된 사랑이라는 우연을 선택했다는 것은 이해하기 힘들었다. 그녀는 그런 사랑을 "그의 뜻이었죠."라고 설명했다. 게다가 한 번도 완전히 그녀의 것인 적이 없었던 남자와 비밀스러운 삶을 함께 나누면서 그녀는 종종 갑작스러운 행복의 폭발을 경험했지만, 그것이 바람직하지 않은 조건은 아니라고 생각했다. 오히려 그 반대였다. 삶은 어쩌면 그런 것이 모범적일지도 모른다는 사실을 보여 주었다.

전날 밤 그들은 영화관에 가서 각자 극장표를 산 다음 다른 좌석에 앉았다. 그것은 이탈리아에서 이민 온 갈릴레오 다콘테 씨가 17세기 수도원의 옛터에 야외극장을 세운 이후 적어도 한 달에 두 번씩은 해온 일이었다. 그들은 지난해 인기를 끌었던 소설 『서부전선 이상 없다』에 바탕을 둔 영화를 보았다. 우르비노 박사는 전쟁의 야만성에 가슴 아파하면서 그 소설을 읽었다. 영화를 본 다음 두 사람은 사진관에서 만났고, 그녀는 그가 향수에 잠겨 있음을 알고는 그것이 부상자들이 진흙탕 속에서 죽어 가던 처참한 장면 때문이라고 생각했다. 그의 기분을 전환시켜 주려고 체스를 두자고 했고, 그는 그녀를 기쁘게 해 주기 위해 그 제안을 받아들였다. 그러나 흰색 말을 잡은 그는 그 시합에 관심을 두지 않았고, 마침내 네 수만 더 두면 자기가 지리란 것을 알아차리고 그냥 패배를 자인해 버리고 말았다. 박사는 마지막 시합의 상대가 자신이 짐작했던 헤로니모 아르고테 장군이 아니라 그녀였음을 깨닫고는 놀라서 이렇게 중얼거렸다.

"대단한 시합이었소!"

그녀는 자기가 잘 두어서 그런 것이 아니라, 이미 죽음의 안개 속에서 길을 잃은 제레미아 드 생타무르가 아무런 애정도 없이 말을 움직였기 때문이라고 주장했다. 그가 시합을 중단했을 때는 11시 15분쯤으로, 이미 무도장의 음악 소리는 들리지 않았고, 그는 혼자 있게 해 달라고 부탁했다. 그는 후베날 우르비노 박사에게 편지를 쓰고 싶어 했다. 후베날 우르비노 박사는 그가 알던 사람들 중에서 가장 존경할 만한 인물이었고, 즐겨 말했듯이 그의 정신적 지주였다. 그렇지만 두 사람의 유일한 공감대는 이성의 대화이지 과학이 아니라고 이해되던 체스에 대한 집착밖에 없었다. 그때 그녀는 제레미아 드 생타무르가 고통의 마지막 순간에 와 있고, 이제 그에게는 편지를 쓰는 데 필요한 시간만 남았다는 것을 알았다. 박사는 그 말을 믿을 수가 없었다.

"그러니까 당신은 알고 있었단 말이오!" 박사가 외쳤다.

그러자 그녀는 그걸 알고 있었을 뿐만 아니라, 그가 행복을 찾도록 도와주었던 그 사랑으로 고통 또한 견디게끔 도와주었다는 사실을 인정했다. 왜냐하면 그의 마지막 십일 개월은 잔인한 고통의 세월이었기 때문이다.

"당신은 그런 사실을 알려야 했소."

의사가 말했다. 그러자 그녀는 화들짝 놀라면서 이렇게 대답했다.

"그렇게 할 수는 없었어요. 그를 너무나 사랑했거든요."

세상의 모든 것을 들었다고 생각하던 우르비노 박사였지만, 이토록 단순하게 설명하는 말은 들어 본 적이 없었다. 그는 오감을 총원해 그녀를 똑바로 쳐다보았고, 그 순간의 그녀를 자기의 기억 속에 고정시키려 했다. 그녀의 눈은 뱀처럼 빛났고, 귀에는 장미를 꽂고 있었으며, 검은 옷을 입은 채 꼼짝도 하지 않는 강의 우상처럼 보였다. 오래전 두 사람이 사랑을 나누고 벌거벗은 채 누워 있던 아이티의 고독한 해변에서 제레미아 드 생타무르는 이내 한숨을 내쉬면서 "난 절대로 노인이 되지 않을 거야."라고 말했다. 그녀는 이 말을 모든 것을 황폐화시키는 시간에 맞서 무자비하게 싸우겠다는 영웅적인 의도로 해석했지만, 그의 뜻은 보다 분명했다. 즉 예순 살이 되면 목숨을 끊겠다는 되돌릴 수 없는 결정을 내린 것이다.

사실 그는 그해 1월 23일에 예순 살이 되자 마지막 날짜로 성령을 기리는 그 도시 최대의 최대의 축제였던 성령 강림 대축일 전날 밤을 선택한 것이었다. 그녀는 그 전날 밤에 관한 모든 것을 세세하게 알고 있었다. 두 사람은 그에 관해 종종 이야기하면서, 그도 그녀도 멈출 수 없고 돌이킬 수도 없는 세월의 흐름을 함께 안타까워했다. 제레미아 드 생타무르는 맹목적인 열정으로 삶을 사랑했으며, 바다와 사랑을 사랑했고, 자신의 개와 그녀를 사랑하고 있었다. 정해진 날짜가 다가오자 그는 마치 자신의 죽음이 자신의 결정에 의한 것이 아니라 냉혹한 운명에 의한 것인 양 절망의 나락으로 빠져들었다. 그녀는 말했다.

"어젯밤 내가 그를 혼자 놔두었을 때, 그는 더 이상 이 세상 사람이 아니었어요."

그는 개와 함께 죽고 싶어 했다. 목발 옆에서 잠자고 있던 개를 뚫어지게 바라보면서 손가락 끝으로 어루만졌다. 그러더니 "미안해, 하지만 미스터 우드로 윌슨은 나와 함께 갈 거야."라고 말했다. 그러고서 그녀에게 자기가 편지를 쓰는 동안 개를 간이침대 다리에 묶어 달라고 부탁했으나 그녀는 개가 끈에서 풀려나올 수 있도록 가짜로 매듭을 지어 묶었다. 그것이 그녀가 그의 말을 따르지 않은 유일한 행동이었다. 그녀는 개의 쓸쓸한 눈에서 개의 주인을 계속 떠올리고 싶었던 것이다. 그러나 우르비노 박사는 그녀의 말을 가로막고는 개가 끈에서 풀려나지 않았다고 말해 주었다. 그러자 그녀는 "그럼 그건 개가 끈에서 풀려나길 원치 않았기 때문이죠."라고 대답했다. 그녀는 몹시 기뻐했다. 전날 밤 그녀에게 부탁한 대로 되었다고 죽은 연인이 아는 편이 좋았기 때문이다. 제레미아 드 생타무르는 이미 쓰기 시작한 편지를 멈추고 마지막으로 그녀를 바라보면서 말했다.

"한 송이 장미로 나를 기억해 주오."

그녀는 밤 12시가 조금 지난 후에 자기 집에 도착했다. 그녀는 옷을 입은 채 침대에 누워 필터가 달린 담배에 불을 붙였다. 그것은 그가 편지를 끝낼 수 있도록 시간을 주기 위해서였다. 그녀는 그 편지가 길고 어려울 것임을 알고 있었다. 그리고 새벽 3시가 되기 조금 전에 개들이 짖기 시작하자, 난로에 커피 물을 올려놓고는 상복을 입고 정원에서 새벽의 첫 장미를 꺾었다. 우르비노 박사는 이 구제할 수 없는 여자의 기억을 자신이 전적으로 거부할 것임을 깨닫고, 그 이유를 알고 있다고 생각했다. 원칙이 없는 사람만이 고통을 기쁘게 맞이할 수 있는 것이다.

그녀는 우르비노 박사의 방문이 끝날 때까지 더 많은 이야기를 들려주었다. 그녀는 사랑하는 연인에게 약속한 대로 장례식에 가지 않을 것이라고 말했다. 그러나 우르비노 박사는 편지에서 그와 정반대되는 내용을 읽었다고 생각했다. 그녀는 한 방울의 눈물도 흘리지 않을 것이며, 기억이라는 구더기 국물 속에서 뭉근히 끓으면서 나머지 인생을 낭비하지도 않을 것이고, 원주민 과부들이 하듯이 네 벽에 갇힌 채 자신의 수의를 지으면서 산 채로 죽어 가는 일도 없을 것이라고 말했다. 또한 그녀는 편지에 적힌 대로 이제는 자기의 것이 되어 버린 제레미아 드 생타무르의 집을 그 안에 있는 물건들과 함께 팔아 버린 후, 행복하게 지냈던 이 빈민들의 죽음의 함정에서 아무런 불평도 하지 않고 평생을 살아가리라 생각하고 있었다.

후베날 우르비노 박사는 집으로 돌아가는 내내 '빈민들의 죽음의 함정'이라는 말이 뇌리에서 떠나질 않았다. 그것은 전혀 근거 없는 말은 아니었다. 그의 도시는 시간의 흐름에 아랑곳하지 않고 변하지 않은 상태로 머물러 있었다. 밤의 공포와 사춘기의 고독한 쾌락이 깃들어 있고, 꽃들이 녹슬고 소금이 부식되며, 시든 월계수와 썩은 늪지 사이에서 천천히 늙어 가는 것을 제외하면 지난 4세기 동안 아무 일도 일어나지 않은 뜨겁고 황량한 도시로 남아 있었다. 겨울에는 갑작스럽

게 엄청난 소나기가 쏟아져 변소에 물이 넘쳤고, 거리는 구역
질 나는 진흙 수렁이 되어 버리기 일쑤였다. 여름에는 새빨간
분필처럼 거칠고 눈에 보이지 않는 먼지가 건물의 지붕을 날
려 버리거나 어린아이를 공중으로 날아가게 만드는 광풍을 타
고 우리가 상상도 할 수 없는 틈까지 파고들곤 했다. 매주 토
요일이면 가난한 물라토들은 늪지 변에 있던 허름한 판잣집이
나 함석집을 버리고는 요란하게 가축과 가재도구들을 모두 챙
겨서 즐거운 마음으로 식민지 지역의 돌 많은 해변을 점령해
버리곤 했다. 몇 년 전까지만 해도 가장 늙은 물라토 중에는
불에 달군 쇠로 가슴에 노예라는 왕의 낙인이 찍힌 사람들이
있었다. 그들은 주말마다 미친 듯이 춤을 추었고, 집에서 빚은
술로 코가 비뚤어지게 마셔 댔으며, 이카코 나무 덤불 속에서
자유롭게 사랑을 나누었다. 그리고 일요일 자정에는 서로 피
를 흘리고 싸우면서 그 소란스러운 파티를 마치곤 했다. 주중
에는 살 수도 있고 팔 수도 있는 모든 것을 가지고 오래된 동
네의 광장과 거리로 몰려들었고, 죽은 도시에 튀긴 생선 냄새
가 나는 인간 시장의 열정, 즉 새로운 생명을 불러일으켰다.

　스페인의 지배로부터 해방되고 노예 제도가 폐지되자, 후베
날 우르비노 박사가 태어나고 자란 도시의 영광스러운 몰락은
가속화되었다. 과거의 훌륭한 가문들은 폐허가 되어 버린 그
들의 저택 안에서 아무 말 없이 침몰해 갔다. 해적들이 상륙
작전과 기습 전투에 그토록 유용하게 사용했던 험한 자갈 도
로 위로 잡초가 발코니를 타고 내려왔고, 가장 잘 보존된 저
택의 회반죽 칠한 벽도 잡초 때문에 금이 갔다. 오후 2시에 그

도시가 살아 있음을 보여주는 유일한 신호는 낮잠을 자는 방의 어둠 속에서 들려오던 맥 빠진 피아노 소리뿐이었다. 집 안에서는 여자들이 향내가 가득한 시원한 침실에서 마치 수치스러운 전염병이나 되듯이 햇살을 피하고 있었고, 심지어는 새벽 미사를 갈 때도 어깨까지 드리워지는 스카프로 얼굴을 가리곤 했다. 그들의 사랑은 느리고 힘들기 짝이 없었으며, 그것마저도 종종 불길한 징조로 방해를 받곤 했고, 삶은 끝이 없는 것 같았다. 밤과 낮이 답답해지는 순간인 저물녘에는 늪지에서 사람의 피를 빨아먹는 모기떼가 날아올랐으며, 사람들의 뜨겁고 슬픈 똥에서 나온 부드러운 수증기가 이 도시는 죽은 게 확실하다고 사람의 영혼 속 깊은 곳에서 부추기고 있었다.

젊은 시절의 후베날 우르비노가 파리에서 우수에 사로잡혀 이상화했던 식민 도시의 삶은 기억의 환각에 불과했다. 18세기에 그곳은 카리브해에서 가장 번성한 무역 도시였다. 그것은 무엇보다 아메리카 대륙에서 가장 큰 아프리카 노예 시장이라는 달갑지 않은 특권 때문이었다. 그 외에도 수세기간 내린 이슬비가 현실 감각을 마비시키는 춥고 먼 제국의 수도가 아니라, 세계의 바다를 마주하고 있는 이곳에서 통치를 하고 싶어 했던 그라나다 신왕국[8]의 부왕들이 상시로 거주하였다. 한 해 동안에도 여러 번 포토시, 키토, 베라크루스의 보물을 실은 갈레온선들이 이곳으로 모여들곤 했는데, 그때가 이 도시

_____

8) 스페인 식민 시대에 현재의 콜롬비아, 베네수엘라, 에콰도르 등의 지역을 일컫던 이름이다.

의 영광의 세월이었다. 1708년 6월 8일 금요일 오후 4시에 당시 시세로 5000억 페소에 달하는 금은보화를 싣고 카디스를 향해 떠났던 산 호세 호는 출항한 지 얼마 되지 않아 항구 입구에서 영국 함대에 의해 침몰되었고, 200년이란 긴 세월이 지났지만 아직도 인양되지 않고 있었다. 역사가들은 산호바다 깊숙이 잠자고 있는 보물들과 함교(艦橋)에서 비스듬한 자세로 떠다닐 선장의 시체를 기억 속에서 죽어간 이 도시의 상징처럼 떠올리곤 했다.

만(灣) 건너편의 '라 망가' 주거지에 위치한 후베날 우르비노 박사의 집은 다른 시대에 있는 것 같았다. 단층 건물인 그 집은 크고 시원했으며, 바깥 테라스에는 도리아식 기둥이 받치고 있는 대문이 있었다. 그 테라스에서는 메탄가스가 뿜어져 나오는 바닷물과 만에 가라앉은 뱃조각들이 한눈에 들어왔다. 현관 입구에서 부엌까지 바닥에는 검고 흰 체스 판 무늬의 타일이 뒤덮여 있었다. 사람들은 이것이 금세기에 신흥 부자들의 주거 지역을 건설했던 카탈루냐 건축가들의 공통된 단점이라는 사실은 떠올리지 못하고, 우르비노 박사를 지배하고 있는 열정 때문이라고 생각하곤 했다. 널찍한 거실은 집 전체가 그렇듯이 천장이 높았고, 여섯 개의 커다란 창문은 길가를 향해 나 있었으며, 거실은 청동 숲 속에 있는 목신의 피리에 유혹당한 처녀들과 포도 덩굴과 가지가 그려진 유서 깊은 커다란 유리문으로 식당과 분리되어 있었다. 응접실의 가구를 비롯해 심지어는 살아 있는 보초의 모습을 한 거실 괘종시계까지도 19세기 말에 영국에서 만들어진 진품이었으며, 벽에 걸려 있는 등은 전부 눈물방울 모양의 크리스털이었고, 세브르 화병과 잔을 비롯해 이교도의 풍경을 담은 조그만 석고상들도 사방에 놓여 있었다. 그러나 이러한 유럽적인 분위기는 비엔니풍의 흔들의자를 비롯해 그 지방 기술자들이 만든 가죽 회전의자와 대나무 의자가 뒤섞여 있던 집 안의 다른 곳에서는 찾아볼 수 없었다. 침실에는 침대 말고도 산 하신토에서 만든 멋진 해먹이 있었는데, 그 양쪽 끝에는 색색의 술이 달려 있고, 명주실을 이용해 주인의 이름이 고딕체로 수놓아져 있었다. 본래 만찬 장소로 고안된 식당 옆의 공간인 조그만 음악실은 유명한 악사들이 오면 개인 연주회를 하는 곳으로 쓰였다. 조용한 분위기를 유지할 수 있도록 바닥 타일은 파리 세계 박람회 박람회에서 구입한 터키 양탄자로 덮여 있었고, 레코드판들이 잘 정돈되어 놓여 있는 선반 옆에는 최신 모델의 축음기가 있었으며, 한쪽 구석에는 우르비노 박사가 오랫동안 치지 않은 피아노가 실크 숄로 덮여 있었다. 온 집 안에서 땅 위에 발을 딛고 굳게 서 있는 한 여인의 배려와 빼어난 감각이 눈에 띄었다.

그러나 그 어떤 장소도 서재처럼 섬세한 엄숙함을 드러내지는 않았다. 우르비노 박사가 늙기 전까지 서재는 그의 은신처였다. 아버지에게서 물려받은 호두나무 책상과 술이 달린 안락의자 주변의 벽을 비롯하여 심지어는 창문에 이르기까지 그곳에 있는 것은 전부 유리문이 달린 책장으로 둘러싸여 있었으며, 책등에 그의 이름의 머리글자를 새긴 삼천 권의 책은 하나같이 송아지 가죽으로 장정되어 광적으로 느껴질 정도로 완벽하게 정리된 상태로 그 책장에 꽂혀 있었다. 항구의 악취와 소음으로 가득 찬 다른 방과는 달리, 시재는 대수도원의 향내와 고요를 항상 간직하고 있었다. 실제로는 존재하지 않는 시원한 공기가 들어오도록 문과 창문을 열어놓는 카리브 해의 미신 속에서 태어나고 자란 우르비노 박사와 그의 아내는 처음에는 이러한 밀폐된 분위기 때문에 가슴이 답답해서 미칠 것만 같았다. 그러나 결국 더위와 싸우는 로마식 방법의 장점을 이해하게 되었다. 그것은 바로 거리의 뜨거운 공기가 집 안으로 들어오지 못하도록 8월의 폭염 속에 집 안을 꽁꽁 닫아 놓았다가 밤에는 산들바람이 들어오도록 집 안을 활짝 열어 놓는 것이었다. 그때부터 그들의 집은 라 망가의 성난 햇볕 속에서 가장 시원한 집이 되었으며, 어슴푸레한 침실에서 낮잠을 자는 것은 말할 수 없는 기쁨이었다. 또한 오후에 현관에 앉아 뉴올리언스의 거대한 잿빛 화물선이 지나가는 것을 보거나 황혼 녘에 불을 활짝 밝히고 만에 고인 쓰레기 더미를 치우며 지나가는 나무 바퀴가 달린 하천용 선박을 보는 것도 커다란 기쁨이었다. 또한 그 집은 북풍이 지붕을 날려 버리고 실내로 스며들 틈을 찾아 배고픈 늑대처럼 밤새 집 주위를 맴도는 12월에서 3월까지 가장 안전한 곳이기도 했다. 이런 토대에 뿌리를 내린 결혼 생활이 행복하지 않을 이유가 있을지도 모른다고 생각하는 사람은 아무도 없었다.

어쨌거나 그날 아침은 행복하지 않았다. 10시가 되어 집으로 돌아왔을 때, 두 군데를 방문하는 바람에 제정신이 아니었다. 그것 때문에 그는 성령 강림 대축일 미사를 빠졌고, 모든 것이 끝난 것 같은 나이에 자기가 달라질 것 같다는 느낌을 받았다. 그는 라시데스 올리베야 박사의 점심 만찬 시간이 되기 전에 잠시 눈을 붙이고 싶었지만, 하인들이 소란을 피우는 소리를 들었다. 날개의 깃털을 깎아 주기 위해 앵무새를 새장에서 꺼내는 순간 새가 망고 나무 꼭대기로 날아가 버리는 바람에 하인들이 이를 잡으려고 쫓아다니고 있었던 것이다. 털이 드문드문 빠진 성격 괴팍한 이 앵무새는 사람들이 말하라고 시키면 말하지 않고 있다가 전혀 생각지도 못한 순간에만 말하곤 했다. 그러나 일단 입을 열면 사람도 웬만해서는 그러기 힘들 정도로 분명하고 사리에 맞게 말했다. 우르비노 박사는 손수 그 새를 가르쳤으며, 앵무새는 그의 가족 중에서 아무도 갖지 못한, 심지어는 아이들도 가지지 못한 특권을 누리고 있었다.

앵무새는 이십여 년 전부터 그 집에 있었지만, 앵무새가 그 전에 몇 해나 살았는지 아는 사람은 아무도 없었다. 매일 오후 낮잠을 잔 다음 우르비노 박사는 그 집에서 가장 시원한 정원 테라스에 앵무새와 함께 앉아서 가장 힘든 방법까지도 동원하여 교육에 대한 열정을 보였고, 그 결과 마침내 앵무새는 마치 학자처럼 프랑스어를 말하게 되었다. 그런 다음 순전히 일에 대한 사랑으로 앵무새에게 미사에서 부르는 라틴어 노래와 마태복음의 몇 대목을 가르쳤다. 거기에다 네 가지 산술 개념까지 주입시키려고 했지만 그 시도는 실패로 끝나고 말았다. 그는 최근 유럽 여행에서 당시 유행 중이거나 자신이 좋아하는 고전 음악 레코드판과 함께 스피커가 달린 최초의 축음기를 가져왔다. 그 후로 몇 달 동안 매일 수차례에 걸쳐 앵무새에게 지난 세기에 프랑스를 매료시켰던 이베트 길베르와 아리스티드 브뤼앙의 노래를 들려주었고, 마침내 앵무새는 그 노래들을 줄줄 외우게 되었다. 그 노래가 여자 가수인 이베트 길베르의 노래면 여자 목소리로, 그리고 남자의 노래면 테너로 부르며 깔깔거리면서 노래를 끝맺곤 했다. 그것은 바로 앵무새가 노래하는 것을 들을 때면 하녀들이 터뜨리던 웃음소리를 멋지게 흉내 낸 것이었다. 앵무새가 유행가를 부른다는 소문은 아주 멀리까지 퍼져 나갔고, 종종 내륙 산지에서 하천 선박을 타고 온 유명 인사들이 앵무새를 보게 해 달라고 부탁했다. 한번은 그 당시 뉴올리언스에서 온 바나나 수송선을 타고 그곳을 지나던 몇몇 영국 관광객들이 아무리 비싼 값에라도 그 앵무새를 사려고 든 일도 있었다. 그러나 이 앵무새에게 가장 영광스러웠던 날은 공화국의 대통령이었던 마르코 피델 수아레스 씨가 장관들을 이끌고 그 명성이 사실인지 확인하기 위해 집으로 왔을 때였다. 오후 3시경에 도착한 그들은 8월의 타는 듯한 태양 아래서 사흘간의 공식 방문 동안 실크해트와 프록코트를 벗지 못한 탓에 거의 숨이 막혀 질식할 듯한 얼굴을 하고 있었다. 그러나 그들은 그곳에 왔을 때와 똑같은 궁금증을 품고 그곳을 떠나야만 했다. 아내의 현명한 경고를 무시하고 무모하게 그들을 초청했던 우르비노 박사가 어쩔 줄 몰라 하며 앵무새에게 애걸복걸하고 자기가 공개적으로 망신을 당한다고 위협도 해 보았지만, 앵무새는 입도 벙긋하지 않았던 것이다.

앵무새가 그런 역사적인 도전 행위 후에도 계속해서 특권을 누릴 수 있었다는 사실은 그의 성스러운 권리를 보여 주는 마지막 증거였다. 다른 그 어떤 동물들도 그 집에서 살 수가 없었다. 오직 잃어버린 지 서너 해 정도 되어 그가 영원히 포기하려고 생각했던 때 부엌에 다시 모습을 드러낸 거북이만이 예외였다. 그러나 그는 그 거북이를 살아 있는 동물이라고 생각한 것이 아니라, 오히려 행운을 가져다주는 광물질의 부적으로, 도대체 어디로 갈지 아무도 확신할 수 없는 것으로 여기고 있었다. 우르비노 박사는 자기가 동물을 혐오한다는 사실을 인정하려 하지 않았으며, 온갖 종류의 과학적 우화나 철학적 핑계를 대며 이를 숨기곤 했다. 그런 핑계들로 많은 사람들을 설득시킬 수 있었지만 아내에게만은 그럴 수 없었다. 그는 동물을 지나치게 사랑하는 사람은 인간을 가장 잔혹하게 대할 수 있다며 말하곤 했다. 그리고 개는 주인에게 충성을 다하는 것이 아니라 비굴하게 구는 것이고, 고양이는 기회주의자에 배신자이며, 공작새는 죽음의 사신이고, 금강 앵무새는 성가신 장식품에 불과하며, 토끼는 탐욕을 조장하고, 원숭이는 음욕이란 열병을 전염시키며, 수탉은 그리스도를 세 번이나 부정하게 만든 공범이기 때문에 저주를 받았다고 말하곤 했다.

반면에 당시 일흔두 살로 젊은 시절에 사슴처럼 사뿐히 걷던 걸음걸이를 잃은 지 오래인 그의 아내 페르미나 다사는 적도의 꽃과 가축을 비이성적일 정도로 숭배했다. 결혼 초기에 그녀는 새로운 사랑을 이용해 양식(良識)이 충고하는 것보다 훨씬 많은 동물을 집 안에 두었다. 처음에 둔 동물은 로마 황제들의 이름을 딴 세 마리의 달마시안이었다. 이 개들이 메살리나라는 이름에 걸맞은 암컷의 호감을 사기 위해 걸핏하면 서로 물어뜯으며 싸우곤 한 덕에 암컷은 아홉 마리의 새끼를 낳자마자 다시 열 마리를 뱄다. 그다음 동물은 아비시니아 고양이들이었는데, 이 동물의 옆모습은 독수리와 흡사했으며, 태도는 파라오처럼 거만했다. 한편 샴고양이들은 사팔뜨기였고, 오렌지색 눈을 가진 페르시아 황실 고양이들은 마치 유령의 그림자처럼 방 안을 어슬렁거리면서 악마들이 사랑 파티를 벌이듯이 울부짖으며 밤을 소란스럽게 만들곤 했다. 몇 년간 정원의 망고 나무에 허리가 묶여 있던 아마존의 원숭이도 있었다. 그 원숭이는 대주교 옵둘리오 이 레이를 닮은 슬픔에 찬 표정과 순수한 눈, 그리고 설득력 있는 손으로 동정심을 불러일으켰다. 그러나 페르미나 다사가 그 원숭이를 치워 버린 것은 그런 이유 때문이 아니라 숙녀들에 대한 경의의 표시로 자위를 해대는 그의 못된 버릇 때문이었다.

복도의 새장에는 온갖 종류의 과테말라산(産) 새들을 비롯해 앞으로 일어날 사건의 징조를 미리 알려 주는 알락 해오라기, 길고 노란 다리를 지닌 늪지의 해오라기, 화분 속의 안투리움⁹⁾을 먹어치우기 위해 창문을 엿보던 어린 사슴도 한 마리 있었다. 마지막 시민전쟁이 일어나기 조금 전에, 그러니까 처음으로 교황이 방문할 가능성이 있다는 말이 오갈 무렵

---

9) 남아메리카 원산 식물로 '플라멩코 플라워'라고도 불린다.

그녀는 과테말라에서 극락조를 한 마리 가져왔다. 그러나 교황 방문 소식이 음모를 꾸민 자유주의자들을 놀라게 하기 위해 정부가 퍼뜨린 거짓말임이 밝혀지자, 그 새는 그곳에 도착할 때보다는 빨리 조국으로 돌려보내졌다. 또 한번은 쿠라사오의 밀수선에서 향수 냄새를 풍기는 여섯 마리의 까마귀와 버드나무 가지로 만든 새장을 구입했다. 그것은 페르미나 다사가 어렸을 때 아버지 집에 있던 것과 똑같았는데, 결혼한 이후에도 계속해서 그 새를 데리고 있고 싶었기에 구입한 것이었다. 그러나 장례식 화환의 고약한 냄새로 온 집 안을 진동시키며 끊임없이 날갯짓을 하는 그 까마귀들을 참을 수 있는 사람은 아무도 없었다. 또한 4미터짜리 아나콘다 뱀을 가져온 적도 있었다. 그 뱀으로 그들이 목표했던 것, 즉 치명적인 숨소리로 박쥐와 도마뱀, 그리고 우기 동안 집 안에 들끓던 수많은 해충 몰아내기는 성공했지만, 이 사냥꾼이 잠들지 않고 내뱉는 한숨 소리는 어둠에 잠긴 침실을 불안에 떨게 만들었다. 당시 의사로서 만인의 부름을 받고 있었고, 또한 다른 사회 문화 활동에 깊이 빠져 있던 우르비노 박사는 그토록 혐오스러운 동물들 가운데 있어도 그의 아내는 카리브해 지역에서 가장 아름다울 뿐만 아니라 가장 행복한 여인이라고 생각하면서 기뻐했다. 그러나 비가 내리던 어느 날 오후, 힘든 하루의 일과가 끝난 뒤 그는 집에서 벌어진 엄청난 재앙을 목격하고 정신을 차렸다. 거실에서부터 눈에 보이는 곳까지 모든 곳이 피의 웅덩이가 되어 죽은 동물들이 둥둥 떠다니고 있었던 것이다. 어쩔 줄 몰라 의자 위로 기어오른 하녀들은 그 대학살의 공포에서 헤어나지 못했다.

　사건은 독일산 사냥개 중 한 마리가 갑작스럽게 광견병에
걸려 눈에 띄는 대로 가리지 않고 모든 종류의 새와 동물들
을 물어뜯는 바람에 벌어진 것이었다. 그 학살은 이웃집 정원
사가 용기를 내어 개를 잡아 마체테[10]로 토막 낸 뒤에야 끝이
났다. 그 개가 시퍼런 거품을 내뿜으며 얼마나 많은 동물을 물
고 전염시켰는지는 아무도 알 수가 없었다. 그래서 우르비노
박사는 살아남은 동물을 모두 죽이고 그 시체를 멀리 떨어진
들판에 가져가 태워 버리라고 지시했다. 그러고는 자선 병원에
게는 집 안을 샅샅이 소독해 달라고 부탁했다. 유일하게 목숨
을 건진 것은 행운을 가져다준다는 거북이뿐이었는데, 그것
은 아무도 그 동물의 존재를 기억하지 못했기 때문이다.

　페르미나 다사는 가정 문제에 있어서 처음으로 남편의 생
각이 옳았음을 인정하고 오랫동안 동물에 관한 이야기를 꺼
내지 않기 위해 애썼다. 그녀는 린네의 『박물지』의 컬러 화보
로 위안을 삼았으며, 그 화보를 표구하여 거실의 벽에 걸어 놓
았다. 그리고 만일 어느 날 새벽 도둑들이 화장실 창문을 열
고 들어와 5대째 전해져 내려오던 은 식기를 가져가지 않았더
라면, 그녀는 집 안에 다시 동물을 들일 수 있다는 희망을 잃
었을지도 모른다. 그 사건 이후 우르비노 박사는 창문 고리에
이중 자물쇠를 채웠고, 문 안쪽으로 쇠 빗장을 달아 문을 단
단히 닫아걸었으며, 값어치가 나가는 물건들은 금고에 보관했

―――――――――――
10) 칼 모양의 풀 베는 낫.

고, 베개 밑에 권총을 두고 자는 전쟁 시절의 습관을 뒤늦게 갖게 되었다. 그러나 도둑을 맞아 빈털터리가 되는 한이 있더라도 예방 접종을 했건 하지 않았건, 줄에 매어 있건 풀려 있건 상관없이 사나운 개를 키우는 것에는 반대하면서 이렇게 말했다.

"이 집에는 말하지 못하는 것은 들어올 수 없소."

그것은 다시 개를 사야 한다고 주장하는 아내의 꾀에 종지부를 찍기 위해 한 말이었다. 그는 성급하게 세워진 이런 원칙이 결국 자신의 목숨을 앗아 가리라고는 상상도 하지 못했다. 세월이 흐르면서 거친 성격을 버리고 보다 유순해진 페르미나 다사는 남편이 가볍게 뱉은 말을 마음에 새겼다. 그리고 도둑을 맞은 몇 달 후, 다시 쿠라사오에서 온 밀수선으로 가서 파라마리보산의 당당한 앵무새를 구입했다. 그 앵무새는 선원들이 지껄이던 욕밖에 할 수 있는 말이 없었지만, 목소리가 너무나 사람과 비슷해서 12센타보[11]라는 비싼 값이 아깝지 않을 정도였다.

그 앵무새는 똑똑했으며 보기보다 가벼웠다. 머리는 노란색이었고 혀는 까만색이었는데, 그것이 테레빈 좌약을 맞고도 말하는 법을 배우지 못하던 맹그로브 앵무새와 구별되는 유일한 특징이었다. 훌륭한 패자인 우르비노 박사는 자기 아내의 재치 앞에 머리를 숙였고, 하녀들이 떠드는 말을 앵무새가

---

11) 라틴 아메리카의 여러 나라에서 널리 쓰이는 페소의 100분의 1에 해당하는 화폐 단위.

익히는 것을 보자 놀라워했다. 비가 내리는 오후마다 앵무새는 깃털이 비에 젖은 것을 즐거워하면서 말하기 시작했는데, 집 안에서는 배울 수 없는 옛날 말을 쏟아 내곤 했다. 이로 미루어 보아 그 앵무새는 역시 보기보다 나이가 많음을 익히 짐작할 수 있었다. 우르비노 박사는 앵무새에 관해 아무 말도 하지 않았지만, 그 침묵은 도둑들이 다락방의 채광창을 통해 다시 집 안으로 들어오려 했던 날 밤에 깨져 버리고 말았다. 앵무새는 진짜 사냥개보다도 더 그럴듯하게 개 짖는 소리를 내어 도둑들을 놀라게 했을 뿐만 아니라 도둑이야, 도둑이야, 도둑이야 하고 외쳐 대기까지 했다. 집을 구해 낸 이 두 가지 개주는 집에서 배우지 않은 것이었다. 그때부터 우르비노 박사는 앵무새 기르는 일을 책임졌다. 그는 망고 나무 아래에 횃대를 설치하고, 물그릇 하나와 잘 익은 바나나를 놓을 수 있는 그릇 하나를 비롯해 공중 곡예용 그네를 갖다 놓으라고 지시했다. 밤에는 춥고 북풍 때문에 노천에서는 도저히 살 수 없는 시기인 12월부터 3월까지, 우르비노 박사는 앵무새의 만성적인 탄저병이 인간의 건강한 호흡기에 해롭지 않을까 우려하면서도 새장에 담요를 덮어 방 안으로 들여오도록 했다. 오랜 세월 동안 그 집 사람들은 앵무새의 날개 깃털을 깎아 주었으며, 앵무새가 꼴사나운 늙은 기수의 걸음걸이로 마음껏 돌아다닐 수 있도록 풀어 주곤 했다. 그러던 어느 날 앵무새는 부엌의 대들보에서 곡예를 하며 재주를 부리다가 국을 끓이던 솥으로 떨어지고 말았는데, 누구든지 도와줘 하고 선원처럼 소리 질렀다. 그런데 천만다행으로 요리사가 국자로 앵무새를 건져 냈다. 앵무새는 온몸을 데었고 털도 빠졌지만, 아직 목숨만은 붙어 있었다. 새장에 갇힌 앵무새는 배운 것을 잊어버린다고들 했지만, 그 일이 있은 뒤로 우르비노 박사는 앵무새를 낮에도 새장에 가두어 놓았다. 오후 4시가 되어 약간 선선해지면, 정원 테라스에서 우르비노 박사에게 수업을 받는 시간 동안에만 새장에서 나올 수 있었다. 그간 아무도 그 새의 깃털의 너무 길어졌다는 사실을 알아차리지 못하고 있다가 그날 아침 발견하고는 잘라 주려고 했으나 그 틈을 타서 앵무새가 망고 나무 꼭대기까지 도망친 것이었다.

세 시간 동안 노력했지만, 앵무새는 잡지 못했다. 이웃집 하녀들의 도움을 받아 우르비노 박사의 하녀들은 앵무새를 내려오게 하려고 온갖 종류의 속임수를 썼지만, 앵무새는 그 자리에서 꼼짝도 하지 않고 행복한 취객들 중 네 명 이상의 목숨을 앗아간 무서운 구호인 "자유당 만세, 자유당 만세!"를 외치며 죽을 듯이 웃어 대고 있었다. 우르비노 박사는 잎사귀 사이로 간신히 앵무새의 모습을 볼 수 있었다. 그는 스페인어, 프랑스어, 심지어는 라틴어로 앵무새를 설득하려고 했지만, 앵무새는 박사와 똑같은 언어와 똑같은 음색, 그리고 똑같은 강세로 대답할 뿐, 나뭇잎 속에서 한 발짝도 움직이지 않았다. 신사적인 방법으로는 앵무새를 나무에서 내려오게 할 수 없다는 사실을 깨달은 우르비노 박사는 최근 그 도시의 구경거리가 된 소방관들에게 도움을 청하라고 지시했다.

사실 얼마 전까지만 해도 화재가 나면 자원 봉사자들이 물이 있는 곳이면 가리지 않고 퍼 온 물동이와 건설 노동자들의 사다리를 이용해 불을 껐다. 그러나 이 방법은 너무나 비체계적이라 종종 화재 자체보다 더 큰 피해를 내곤 했다. 하지만 지난해부터 그가 명예 회장으로 있는 '공공생활 향상협회'가 조성한 기금 덕택에 전문 소방대와 사이렌, 종, 그리고 고압 호스 두 개를 갖춘 소방차 한 대를 구비하게 되었다. 그들은 어찌나 인기가 높았던지, 비상 상황을 알리는 교회의 종소리가 들리면 심지어 학교 수업을 중단하고 아이들이 화재와 싸우는 소방대원들을 보러 가도록 허락하기도 했다. 처음에는 화재 진압이 그들이 하는 유일한 일이었다. 그러나 우르비노 박사는 함부르크에서 사흘간 폭설이 내린 후 지하실에 갇혀 얼어붙은 어린아이를 소방대원들이 소생시키는 것도 보았다고 시 당국자들에게 말했다. 또한 나폴리의 어느 골목길에서는 건물의 계단이 너무 꼬불거려서 가족들이 관을 거리로 내오지 못하자 10층의 발코니에서 시체를 관에 담아 내리는 것을 보았다는 이야기도 전했다. 그렇게 해서 그 도시의 소방대원들은 잠긴 자물쇠를 열거나 독사를 죽이는 등의 긴급 서비스 법을 배우게 되었고, 우르비노 박사는 의대에서 사소한 사고가 발생했을 때 응급 처치를 하는 특별 과정을 그들에게 가르쳤다. 그러니 기사(騎士)처럼 다재다능한 특별한 앵무새를 나무에서 내려 달라고 부탁하는 것은 그리 특별한 일이 아니었다. 우르비노 박사는 "내가 보냈다고 전해."라고 말했다. 그러고는 점심 만찬에 입을 옷으로 갈아입기 위해 침실로 갔다. 사실 그 순간 그는 제레미아 드 생타무르의 편지에 온 정신을 쏟고 있던 나머지 앵무새의 운명에 대해서는 그리 관심이 없었다.

페르미나 다사는 넓고 헐렁한 실크 드레스를 입고 엉덩이 근처에 벨트를 맸다. 또한 기다란 진짜 진주 목걸이로 서로 길이가 다르게 늘어뜨려 여섯 번 목을 둘렀으며, 나이가 들면서 너무 자주 신을 수 없기 때문에 아주 중요한 경우에만 신는 굽이 높은 새틴 구두를 신었다. 그런 멋 부린 차림새는 존경을 받아야 할 할머니에게는 적당치 않아 보였지만, 큰 키에 아직도 날씬하고 곧은 몸매, 늙으면 생기는 반점 하나 없는 부드러운 손, 뺨에서 대각선으로 약간 가로지른 강철색의 머리칼을 지닌 그녀에게는 잘 어울렸다. 결혼사진에서 변하지 않은 것은 투명한 아몬드 같은 눈과 천부적인 도도함뿐이었다. 그러나 나이를 먹으며 잃어버린 것들은 그녀의 성품으로 보완되었고, 그녀의 근면성은 그런 것들을 메우고도 남았다. 그녀는 매우 편안해했다. 쇠를 넣은 코르셋과 꽉 졸라맨 허리, 엉덩이를 부풀리던 허리받이를 사용하던 때는 이제 머나먼 과거가 되었기 때문이다. 마음껏 숨을 쉬는 해방된 육체는 있는 그대로의 몸매를 보여주고 있었다. 비록 그녀가 일흔두 살이라 해도 말이다.

우르비노 박사는 아내가 천천히 돌아가는 전기 선풍기 밑의 화장대 앞에 앉아 펠트 바이올렛으로 장식된 종 모양의 모자를 쓰고 있는 것을 보았다. 침실은 넓고 환했다. 침대에는 붉은색 자수가 새겨진 모기장이 쳐져 있고, 두 개의 창문은 정원의 나무를 향해 열려 있었으며, 그곳으로 비가 내릴 것을 미리 감지한 매미들의 시끄러운 울음소리가 들려오고 있었다. 신혼여행에서 돌아온 뒤로 페르미나 다사는 날씨와 행사의 성격에 따라 남편의 옷을 골랐고, 전날 밤부터 그 옷들을 의자 위에 가지런히 걸어 놓아 남편이 화장실에서 나오면 언제든지 입을 수 있도록 했다. 언제부터 남편이 옷 입는 것을 거들어 주었고 종국에는 그에게 옷을 입혀 주기 시작했는지 기억나지 않았지만, 처음에는 사랑 때문에 그랬다는 것을 잘 알고 있었다. 그러나 오 년 전부터는 그가 혼자 옷을 입을 수 없었기 때문에 무슨 일이 있어도 입혀 줄 수밖에 없었다. 얼마 전에 금혼식을 치른 두 사람은 상대방이 없거나 서로가 서로를 생각하지 않고서는 한순간도 살아갈 수 없었다. 그들은 나이가 들수록 더욱 그렇게 될 것임을 알고 있었다. 그나 그녀도 이런 상호 의존이 사랑에 기인한 것인지 아니면 편의상 그렇게 된 것인지는 알 수 없었지만, 한 번도 가슴에 손을 얹고 물어본 적은 없었다. 두 사람 다 죽을 때까지 그 해답을 알고 싶지 않았기 때문이다. 그녀는 남편의 걸음걸이가 불안정해지고, 정신이 오락가락하며, 기억에 공백이 생기고, 최근에는 자면서 흐느껴 우는 버릇까지 생겼다는 사실을 조금씩 알아차렸지만, 그것을 마지막 산화(酸化)의 틀림없는 신호가 아닌 어린 시절로의 행복한 귀환으로 여겼다. 그래서 그를 까다로운 노인이 아니라 늙은 아이로 취급했다. 그런 잘못된 생각은 두 사람이 서로를 동정하지 않아도 되게끔 해 주었기 때문에, 차라리 두 사람에게는 천우의 행운으로 작용했다.

결혼의 대재앙을 피하는 것이 사소한 일상의 불행을 피하는 것보다 쉽다는 것을 그들이 제때에 배웠더라면, 아마도 두 사람의 삶은 사뭇 달라졌을 것이다. 그러나 두 사람이 함께 배운 것이 있다면 그것은 지혜란 아무짝에도 쓸모없을 때 온다는 것이었다. 수년간 페르미나 다사는 남편이 기쁘게 맞이하는 새벽을 쓸쓸한 마음으로 견뎌 냈다. 그녀가 불길한 예감으로 가득 찬 숙명적인 새로운 아침과 마주하지 않기 위해 잠의 마지막 끈을 움켜잡았던 반면, 남편은 각각의 새로운 날은 자신이 얻은 또 다른 하루라고 생각하면서 방금 태어난 아이처럼 순진하게 아내를 깨우곤 했다. 페르미나 다사는 새벽닭의 울음소리와 함께 남편이 잠에서 깨어나는 소리를 들었다. 새로운 날을 맞는 그의 첫 번째 신호는 아무런 이유도 없이 내뱉는 기침 소리였다. 그것은 마치 그녀도 잠에서 깨어나라고 그러는 것 같았다. 또한 남편이 침대 옆에 있을 실내화를 더듬거리며 찾으면서 투덜대는 소리가 들렸는데, 그것은 그녀의 신경을 거슬리게 하려는 요량일 뿐이었다. 그리고 어둠 속을 더듬으면서 화장실로 가는 그의 발소리도 들려왔다. 남편이 서재에서 한 시간을 보내는 동안 그녀는 다시 잠이 들곤 했다. 그런데 그 시간이 끝나면 아직 불이 켜져 있지 않은 침실로 돌아와 옷을 갈아입는 소리가 들렸다. 언젠가 어느 파티에서 게임을 하던 도중, 사람들이 그에게 자신을 어떻게 정의 내릴 것이냐고 묻자 그는 "난 어둠 속에서 옷을 입는 사람입니다."라고 말한 바 있었다. 그녀는 그가 내는 소음을 그냥 듣고 있었지만, 그 소리 중 어쩔 수 없이 내게 되는 것은 없으며, 자기가 깨 있으면서 자는 척하는 것처럼 그도 그녀의 잠을 깨우지 않으려고 애쓰는 척하면서 고의적으로 그런 소음을 만들어 내고 있다는 사실을 잘 알고 있었다. 남편의 동기는 분명했다. 그것은 불안에 사로잡혀 있던 그 몇 분만큼 잠에서 깬 그녀의 모습이 절실히 필요한 때가 없기 때문이었다.

춤을 추는 자세로 멋진 몸매를 과시하면서 이마에 손을 얹고 누운 그녀보다 더 아름답게 자는 사람은 이 세상에 없었다. 그러나 잠자지 않으면서도 자는 척하는 그 관능적인 모습을 방해하는 경우에 그녀보다 사나워지는 사람도 없었다. 우르비노 박사는 자기가 낼 최소한의 소리를 아내가 기다리고 있으며, 새벽 5시에 잠을 깨운다면서 모든 잘못을 전가할 수 있는 사람이 있다는 사실에 그녀가 자신에게 심지어 고마워할 것임을 잘 알고 있었다. 그래서 가끔씩 평소에 있던 자리에서 실내화를 찾지 못해 어둠 속을 더늠거려야만 할 때, 그녀는 잠에 취한 목소리로 "어젯밤에 화장실에 놔두었잖아요."라고 말하곤 했다. 그러고는 이내 화가 나 잠에서 깬 목소리로 투덜대곤 했다.

"이 집의 최대 불행은 잠을 제대로 잘 수 없다는 거예요."

그리고 침대에서 뒤척이면서 스스로에게 최소한의 자비도 베풀지 않은 채 불을 켰고, 그날의 첫 번째 승리에 행복해했다. 사실 그것은 두 사람이 거짓으로 만든 심술궂은 장난이었지만, 동시에 기운을 돋우는 행동이기도 했다. 가정의 사랑에만 있는 수많은 위험한 쾌락 중 하나였던 것이다. 그러나 이런 사소한 장난 중 하나로 인해 함께 살아온 삼십 년이란 세월이 자칫 끝나 버릴 뻔한 순간도 있었다. 어느 날 욕실에 비누가 없었던 것이다.

그날도 단순한 일상으로 시작되었다. 후베날 우르비노 박사는 침실로 돌아와 있었다. 그건 누구의 도움도 받지 않고 샤워를 할 수 있었던 시기의 일이었다. 그러고는 불을 켜지 않은 채 옷을 입기 시작했다. 그녀는 평소와 마찬가지로 그 시간에 따뜻한 태아의 자세로 눈을 감은 채 고른 숨을 내쉬고 있었고, 춤을 추듯이 팔을 성스럽게 머리 위에 얹고 있었다. 그러나 여느 때처럼 비몽사몽간이었고, 그는 그것을 알고 있었다. 어둠 속에서 풀 먹인 리넨 천 소리를 한참 동안 내더니 우르비노 박사는 혼잣말로 중얼거렸다.

"비누 없이 목욕한 게 한 일주일쯤 된 것 같군."

그러자 그녀는 잠에서 깨어나 기억을 더듬었다. 그러고는 온 세상 사람들에게 화가 난 듯이 고개를 흔들었다. 정말로 욕실에 비누를 갖다 놓는다는 것을 잊어버리고 있었던 것이다. 그녀는 사흘 전에 샤워를 하면서 비누가 없다는 것을 알았고, 나중에 가져다 놓아야겠다고 생각했다. 그러나 다음 날까지 까맣게 잊어버리고 말았다. 사흘째 되던 날도 똑같은 일이 일어났다. 사실 일주일이나 지난 것은 아니었지만, 그는 아내에게 보다 많은 죄책감을 심어주기 위해 그렇게 말했던 것이다. 그러나 정확하게 말하자면 사흘이었다. 그녀는 자신의 잘못이 들통 났다는 사실에 화가 났고, 결국 그것은 그녀가 이성을 잃게 만들었다. 평소처럼 그녀는 공격하면서 자신을 방어했다. 그녀는 미친 듯이 소리 질렀다.

"난 매일 목욕을 했어요. 욕실에는 항상 비누가 있었고요!"

그는 아내의 싸움 방법을 익히 알고 있었지만, 이번에는 참을 수가 없었다. 그는 일을 핑계 대고 자선 병원의 인턴 숙소로 가 버렸고, 단지 저녁때 왕진을 나가기 전에 옷을 갈아입기 위해서만 집에 들렀다. 그녀는 남편이 오는 소리가 나면 부엌으로 가서 일하는 척하면서, 길에서 마차 소리가 날 때까지 그곳에 있곤 했다. 이후 석 달 동안 이런 불화를 해결하려는 시도가 있었지만, 그것은 그들의 불화에 더욱 불을 지필 뿐이었다. 그는 그녀가 욕실에 비누가 없었다는 사실을 인정하지 않는 한 집으로 돌아오려 하지 않았고, 그녀는 그가 자기를 괴롭히기 위해 의식적으로 거짓말을 했다는 사실을 인정하지 않는 한 그를 집 안에 받아들일 수 없다고 버텼다.

물론 그 사건은 다른 일들, 그러니까 어둑어둑한 아침의 소란이 싸움으로 번지는 계기가 되었다. 원한은 또 다른 원한을 부추겼고, 오래된 상처를 건드려 다시 새로운 상처가 나게 했다. 두 사람은 오랜 세월 동안 부부 싸움을 해 왔지만, 그것이 결국은 원한만을 만들어 냈다는 우울한 사실을 확인하고는 소스라치게 놀랐다. 그는 두 사람이 함께 공개 고백을 하자고, 필요하다면 대주교 앞에서 그렇게 하자면서, 욕실의 비누통에 비누가 있었는지 없었는지 최후의 재판관인 하느님이 결정하도록 하자고 제안했다. 그러자 그녀는 모든 자제심을 잃어버리고서 격분하여 신경질적으로 소리쳤다.

"무슨 빌어먹을 놈의 대주교!"

이 부적절한 말은 그 도시의 기반을 송두리째 흔들었고, 논박하기가 쉽지 않은 음모의 기원을 제공했으며, 사르수엘라[12]

---

12) 대사와 노래, 합창과 춤 등으로 구성된 스페인의 뮤지컬. 17세기에 신화나 영웅을 주제로 다룬 귀족들의 오락물로 시작되었다.

의 분위기를 띠며 민중 전통의 일부가 되어 버린 '무슨 빌어먹을 놈의 대주교'란 표현을 낳게 되었다. 넘지 말아야 할 선을 넘었다는 것을 의식한 그녀는 남편의 예측할 수 있는 반응을 앞질러 자기 아버지의 옛날 집으로 이사 가서 혼자 살겠으며, 비록 그 집이 공공 기관의 사무실로 임대되긴 했지만 아직 자기 소유라며 협박조로 말했다. 그것은 공연한 협박이 아니었다. 그녀는 사회적인 스캔들이 될 것이라는 사실에 개의치 않고 진심으로 그 집을 떠나고 싶어 했으며, 남편은 그런 사실을 제때에 알아차렸다. 그는 자신이 불리한 상황에 도전할 정도로 용기 있는 사람이 아니었기에 결국은 손을 들고 말았다. 그러나 그것이 목욕탕에 비누가 있었다고 인정하는 것은 아니었다. 그랬다면 그것은 진실에 대한 모욕이었을 것이다. 대신 그는 같은 집에 계속 함께 살지만, 각방을 쓰고 서로 말도 하지 않기로 했다. 그들은 식사를 하면서 아이들을 통해 식탁 반대편으로 메모를 전달하는 아주 교묘한 방식으로 상황을 모면했고, 그래서 아이들은 자기 부모가 서로 말을 하지 않는다는 사실을 눈치채지 못했다.

서재에는 욕실이 없었기 때문에, 이런 생활 방식은 새벽의 소음 문제를 해결해 주었다. 그는 수업을 준비한 후에 샤워를 하러 들어왔고, 자기 아내를 깨우지 않도록 정말로 조심했기 때문이다. 두 사람은 화장실에서 자주 마주쳤지만, 서로 번갈아 가면서 잠자기 전에 양치질을 했다. 그런데 넉 달이 지난 어느 날 밤, 아내가 욕실에서 나오기를 기다리는 동안 그는 더블 침대에 누워 책을 읽다가 종종 그랬듯이 그만 잠이 들고 말았다. 그녀는 남편을 깨우고 그가 그곳에서 떠나도록 아주 거칠게 남편 옆에 누웠다. 그는 사실 반쯤 잠에서 깨어났지만, 자리에서 일어나는 대신 불을 끄고 베개를 베고 편히 누웠다. 그러자 그녀는 남편의 어깨를 흔들면서 그가 서재로 가야 한다는 사실을 상기시키려 했지만, 그는 다시 증조할아버지가 물려준 깃털 침대가 너무나 편안하다는 것을 느낀 나머지 항복하는 쪽을 택했다.

"그냥 좀 놔둬. 그래, 당신 말이 맞소. 비누는 있었소."

이미 황혼에 접어든 두 사람은 이 일화를 떠올릴 때마다 그 싸움이 결혼 생활 반세기 동안 가장 심각한 것이었으며, 두 사람에게 결혼 생활을 그만두고 새로운 삶을 시작하고 싶은 소망을 불러일으킨 유일한 사건이었다는 놀라운 진실을 도저히 믿을 수가 없었다. 이제는 나이도 들고 성질도 온순해졌지만, 두 사람은 가능하면 그 사건을 떠올리지 않으려고 했다. 왜냐하면 간신히 치유된 상처는 마치 어제 입은 상처처럼 다시 피가 날 수 있기 때문이다.

페르미나 다사는 남자가 오줌 누는 소리를 그에게서 처음으로 들었다. 결혼 첫날밤 프랑스로 가던 배의 침실 안에서였다. 그녀는 멀미로 기운을 잃고 누워 있었는데, 그의 오줌 줄기 소리가 너무나 세차고 너무나 권위로 가득 차 있는 것처럼 들린 나머지, 곧 다가올 두 사람 사이의 일이 한층 무서워졌다. 세월이 흐르면서 그의 오줌 줄기가 약해짐에 따라 그녀는 종종 이 기억을 떠올렸다. 왜냐하면 그가 변기를 사용할 때마다 그 주위를 축축이 적셔 놓는 것을 참을 수 없었기 때문이다. 우르비노 박사는 이해하려고 하는 사람은 모두 이해할 수 있는 쉬운 말로 그녀를 납득시키려고 했다. 그러니까 그런 사고는 그녀가 주장하듯이 그가 잘못해서 매일 되풀이되는 것이 아니라 단지 생리적 이유 때문이라는 것이었다. 젊었을 때 그의 오줌 줄기는 너무나 곧고 힘찬 나머지 학교의 오줌 조준 대회에서 1등을 했지만, 나이를 먹자 오줌 줄기는 약해졌을 뿐만 아니라 조준도 빗나가고 오줌 방울도 흩어지기 일쑤였다. 그는 오줌 줄기를 똑바로 하기 위해 많은 노력을 기울였지만, 결국 그것은 통제할 수 없는 환상의 샘물이 되고 말았다. 그는 이렇게 말하곤 했다. "변기는 남자에 관해서 아무것도 모르는 누군가가 발명해 낸 것이 틀림없어." 그는 겸손하다기보다는 굴욕에 가까운 행동, 즉 변기를 사용할 때마다 화장지로 변기 주위를 닦는 것으로 가정의 평화에 기여했다. 그녀는 그 사실을 알고 있었지만 아무 말도 하지 않았다. 단지 욕실에 암모니아 냄새가 심하게 날 때면, 마치 범죄의 단서를 찾아낸 사람처럼 "토끼장 냄새로 가득하네요."라고 소리치곤 했다. 나이가 들어 몸이 말을 듣지 않자 우르비노 박사는 마지막 해결책을 생각해 냈다. 그것은 바로 아내가 하듯이 앉아서 오줌을 싸는 것이었다. 그러자 변기도 깨끗해졌고, 그 또한 품위를 유지할 수 있었다.

그 당시 이미 그는 마음대로 움직일 수도 없었다. 욕실에서 미끄러지기라도 하면 치명적일 수 있었다. 그래서 페르미나 다사는 샤워기 있는 곳에 안전장치를 설치해 놓았다. 아주 현대적인 그 집에는 오래된 도시의 저택에서 흔히 사용하는 사자

다리가 달린 백랍 욕조가 없었다. 그는 위생상의 이유로 그 욕조를 없애 버렸다. 욕조는 매달 마지막 금요일에만 목욕을 하고, 그것도 자기들 몸에서 벗겨낸 때로 더러워질 대로 더러워진 물에 몸을 씻는 유럽인들이 사용하는 수많은 더러운 물건 중 하나라는 것이었다. 그래서 단단한 유창목으로 만든 아주 커다란 대야를 주문했고, 그 대야에서 페르미나 다사는 갓난아기를 씻겨 주는 의식을 치르듯이 남편을 목욕시켰다. 목욕은 당아욱 잎사귀와 오렌지 껍질을 넣어서 삶은 뜨거운 물에서 한 시간 이상 지속되었고, 몸과 마음이 너무나 이완된 나머지 그는 종종 향긋한 냄새를 풍기는 물속에서 잠이 들곤 했다. 목욕을 시킨 다음에 페르미나 다사는 그가 옷 입는 것을 도와주었고, 다리 사이에 파우더를 뿌려 주었으며, 뾰루지가 난 곳에는 카카오 기름을 발라 주었고, 갓난아기에게 기저귀를 채우듯이 정성을 다해 팬티를 입혀 주었다. 그러고는 양말부터 토파즈 넥타이핀에 이르기까지 차례로 하나씩 입혀 주거나 입는 것을 거들어 주었다. 부부의 새벽 생활은 다시 조용해졌다. 그것은 그가 자기 아이들에게 빼앗겼던 어린 시절로 돌아갔기 때문이었다. 한편 그녀도 마침내 가정의 시간표를 받아들이게 되었다. 그녀에게도 세월이 흘러갔던 것이다. 그녀는 갈수록 잠이 줄어들었고, 일흔 살이 될 무렵에는 남편보다 더 일찍 일어나게 되었다.

성령 강림 대축일인 일요일, 제레미아 드 생타무르의 시체를 보기 위해 담요를 들추었을 때 우르비노 박사는 의사이자 가톨릭 신도로서 가장 명쾌한 시기를 보내는 동안 그가 부정했던 어떤 것을 깨달았다. 숱한 세월 동안 죽음과 낯을 익히고 죽음과 싸우고 죽음을 이리저리 주물럭거렸지만, 그는 처음으로 용기 내어 죽음을 대면했고, 죽음 역시 그를 돌아다본 것 같았다. 그것은 죽음에 대한 공포가 아니었다. 그건 절대로 아니었다. 공포는 오래전부터 그의 안에 똬리를 틀고 있었고, 그와 함께 생활해 왔다. 죽음에 대한 공포는 자신의 그림자 위에 걸쳐진 또 다른 그림자였다. 어느 날 밤 악몽에 시달리다 잠을 깬 이후, 죽음은 평소에 느꼈던 대로 영원한 가능성일 뿐만 아니라 즉시 다가올 현실임을 깨닫고 있었다. 반면에 그날 보았던 것은 그때까지 상상의 확신에 불과했던 그 무엇의 실체적인 모습이었다. 그는 그런 실체를 갑작스레 깨닫게 하기 위해 하느님의 섭리가 사용한 도구가 은총의 상태에 있음을 깨닫지 못하는 성인이라고 생각했던 제레미아 드 생타무르였다는 사실에 기쁨을 감추지 못했다. 그러나 편지를 통해 그의 진정한 정체와 암울한 과거, 생각조차 하지 못했던 그의 책략의 힘을 알게 되자, 무언가 결정적이고 돌이킬 수 없는 일이 자기 인생에 일어났음을 직감했다.

하지만 페르미나 다사는 그의 우울한 기분에 전염되지 않았다. 그는 그녀가 바지에 다리를 넣는 것을 도와주고 셔츠의 단추를 채워 주는 동안 자신의 기분을 전염시키려고 시도했다. 그러나 성공하지 못했다. 페르미나 다사는 쉽게 충격을 받는 여자가 아니었다. 자기가 사랑하지 않는 남자의 죽음 앞에서는 더욱 그랬다. 그녀가 알고 있는 것은 고작해야 제레미아 드 생타무르가 자기가 한 번도 본 적이 없는 목발을 짚고 다니는 불구자이며, 서인도 제도의 수많은 섬들 중 하나에서 일어난 수많은 반란 중의 하나에서 총살을 집행하던 대원들로부터 도망쳤고, 호구지책으로 어린이 사진을 찍어 주다가 그 지방에서 가장 성공한 사진사가 되기에 이르렀으며, 그녀가 토레몰리노스라고 기억하지만 진짜 이름은 카파블랑카였던 사람에게 체스를 이겼다는 것뿐이었다.

"사실은 잔인한 범죄를 저질러 종신형을 선고받아 카옌[13]에서 도망친 사람일 뿐이오." 우르비노 박사가 말했다. "인육까지 먹었다고 하더군."

그는 무덤까지 가져가려 했던 비밀이 담긴 편지를 아내에게 주었지만, 그녀는 읽어 보지도 않고 편지를 접어 화장대에 보관하고는 자물쇠로 서랍을 잠가 버렸다. 그녀는 사람을 놀라게 하는 헤아릴 수 없는 남편의 능력과 세월이 지나면서 점점 더 이해할 수 없게 된 그의 과장된 생각들, 공적인 이미지에 전혀 어울리지 않는 남편의 소심한 생각에 익숙해져 있었다. 그러나 이번 일은 그녀의 한계를 넘어선 것이었다. 그녀는 자기 남편이 제레미아 드 생타무르를 높이 평가하는 이유가 그의 과거 행적 때문이 아니라 망명객의 배낭 하나 달랑 들고 이곳에 도착한 이후 그가 보여 준 행동 때문이라고 생각했기 때문에 남편이 그의 정체를 뒤늦게 알고 왜 그토록 비탄에 잠기는지 이해할 수가 없었다. 그녀는 남몰래 여자를 숨겨 두는 것이 그 사람이 속한 계급에서는 유전적 습관이고 더 나아가

---

13) 프랑스령 기아나의 수도.

잔인한 순간에 그 역시 그랬는데, 왜 남편이 그토록 그것을 혐오스럽게 생각하는지 이해하지 못했다. 그리고 그 여자가 죽겠다는 그의 결심을 이룰 수 있도록 도와준 것은 가슴 찢어지는 사랑의 증거라고 생각했다. 페르미나 다사는 이렇게 말했다. "만일 당신이 그 사람처럼 심각한 이유로 목숨을 끊겠다고 결정한다면, 나도 그녀와 똑같이 해야 할 거예요." 그러자 우르비노 박사는 반세기 동안이나 자신을 분노하게 만들었던 아내의 단순한 몰이해에 직면하고 있음을 알았다.

"당신은 아무것도 알지 못해." 우르비노 박사가 말했다. "날 화나게 하는 것은 과거의 그가 어땠는지 그가 무슨 짓을 했는지 따위가 아니오. 그건 오랜 세월 동안 그가 우리 모두를 감쪽같이 속였기 때문이오."

그의 눈에는 눈물방울이 맺히기 시작했지만, 그녀는 모른 척했다.

"아주 잘한 거예요." 페르미나 다사가 대답했다. "사실대로 말했더라면, 당신이나 그 불쌍한 여자, 그리고 이 마을의 어느 누구도 그 정도로 그를 아끼진 않았을 테니까요."

그녀는 조끼 단춧구멍에 줄 시계를 끼워 주었다. 그리고 넥타이의 매듭을 매고 토파즈 넥타이핀을 꽂는 것으로 마무리했다. 그런 다음 눈물을 닦아 주고, 플로리다 워터에 적신 손수건으로 눈물에 젖은 턱수염을 닦아 주었다. 11시를 알리는 괘종시계 소리가 조용한 집 안에 울려 퍼졌다. 그러자 그녀가 팔짱을 끼며 말했다.

"서둘러요. 늦겠어요."

라시데스 올리베야 박사의 아내인 아민타 드상과 부지런하기 그지없는 일곱 딸은 의사 입문 25주년 기념 점심 식사가 그해 최고의 사교 행사가 될 수 있도록 모든 것을 미리 준비해 놓았다. 역사적 유물로 가득 찬 시내의 중심가에 있는 그들의 저택은 옛날에 조폐청 건물이었다. 그 건물은 혁신이라는 못된 바람처럼 그곳을 지나다가 17세기의 유서 깊은 건물을 네 개 이상 베네치아의 바실리카식으로 바꾸어 놓은, 어느 플로렌스 출신의 건축가에 의해 개축되었다. 그곳에는 여섯 개의 침실과 두 개의 거실이 있었다. 만찬장이자 손님을 맞이하는 데 쓰이던 그 거실들은 넓고 통풍이 잘 되었지만, 그 도시의 초대 손님을 모두 수용할 수 있을 정도로 넓은 것은 아니었다. 그러니 그 도시 밖에서 오는 아주 중요한 인사들까지 참석하는 점심 만찬을 열기에는 말할 필요도 없이 비좁았다. 정원은 수도원의 회랑과 똑같았다. 가운데에는 돌로 만든 분수가 노래하고 있었고, 저물녘에 집 안을 향내로 뒤덮는 헬리오트로프 화분이 놓여 있었다. 그러나 그 공간은 그렇게 대단한 사람들을 모시기에는 충분치 않았다. 그래서 그들은 가족의 시골 별장에서 점심 만찬을 하기로 결정했다. 왕이 다니던 큰길을 따라 자동차로 10분 거리에 위치한 그곳의 정원은 1에이커가 넘었으며, 라틴 아메리카의 커다란 월계수로 가득했고, 조용히 흐르는 강가에는 그 지방의 수련이 피어 있었다. 돈 산초 호텔에서 온 사람들이 올리베야 부인의 지시에 따라 그늘이 없는 공간에 색색의 차일을 쳤으며, 월계수 밑에 여러 식탁들을 직사각형으로 늘어놓아 122명이 식사할 수 있도록 준비했다. 모든 식탁들에는 리넨 식탁보가 깔려 있었고, 특별한 손님이 앉을 식탁에는 그날 꺾은 싱싱한 장미 다발이 놓여 있었다. 또한 무대도 설치되었는데, 관악기 밴드와 예술 대학의 현악 사중주단이 쌍쌍이 출 수 있는 음악과 그 나라에서 작곡된 왈츠를 연주할 수 있도록 준비한 것이었다. 특히 현악 사중주단은 그날의 점심 만찬을 주관할 인물, 그러니까 남편의 고명하신 스승을 위해 올리베야 부인이 준비한 깜짝 선물이었다. 비록 그 날짜는 그의 졸업 날짜와 정확하게 맞아떨어지는 것은 아니었지만, 축제의 의미를 한층 더하기 위해 성령 강림 대축일의 일요일을 택했던 것이다.

행사 준비는 석 달 전에 시작되었다. 혹시 시간 부족으로 뭔가 반드시 있어야 할 것이 빠지지나 않을까 하는 우려 때문이었다. 그들은 시에나가 데 오로에서 암탉들을 산 채로 가져오도록 했다. 그곳의 암탉은 해안 지방 전체에서 유명했는데, 그것은 그 암탉들이 크고 맛있을 뿐만 아니라 식민지 시대에 홍수에 쓸려 온 충적토에서 모이를 쪼아 먹인 탓에 모이주머니에서 순금 쪼가리가 발견되곤 했기 때문이다. 올리베야 부인은 남편의 공적을 기리기 위해 자기 딸들과 식모 몇몇과 함께 손수 초호화 여객선에 올라가 각지에서 온 최고의 물건들을 골랐다. 이렇게 만반의 준비를 했지만 단 하나 생각하지 못한 것이 있었으니, 바로 축제일이 뒤늦게 비가 내리는 해의 6월의 일요일이라는 것이었다. 그녀는 축제일 아침이 되어서야 그런 위험을 깨달았다. 미사를 보러 나갔을 때 공기가 습한 것을 보고 깜짝 놀란 부인은 하늘이 무겁고 낮으며 수평선이 제대로 보이지 않는다는 사실을 알았던 것이다. 이런 불길한 징조들이 있었지만, 미사에서 만난 기상대 소장은 이 말썽 많은 도시의 역사를 보면 심지어는 가장 혹독한 우기에도 성령 강림 대축일에는 한번도 비가 내린 적이 없다는 사실을 상기시켜 주었다. 그러나 12시 종소리가 울려 퍼지고 이미 많은 손님들이 야외에서 애피타이저를 먹고 있을 때, 천둥이 쾅 하고 굉음을 내면서 대지를 흔들었고, 빌어먹을 앞바다에서 불어온 바람이 직사각형 대열의 식탁을 엉망으로 흩뜨려 놓고 차일을 공중으로 날려 버렸으며, 하늘에서는 구멍이 뚫린 듯이 엄청나 소나기가 퍼부었다.

후베날 우르비노 박사는 길가에서 만난 마지막 손님들과 함께 폭풍의 혼란 속에서 힘들게 도착했다. 그는 다른 사람들과 마찬가지로 마차를 타고 진흙투성이가 된 정원의 돌들을 건너뛰어 집 안으로 들어가려고 했지만, 결국은 돈 산초의 종업원들에게 노란 차일 아래로 팔을 부축받아 옮겨지는 치욕을 감수해야만 했다. 이리저리 흩어진 식탁들은 이미 집 안, 심지어는 침실 안에까지도 최선을 다해 정돈되어 있었지만, 손님들은 조난자가 된 기분을 숨기려는 노력을 전혀 하지 않았다. 집 안은 배의 보일러실처럼 뜨거웠다. 바람에 실려 온 빗물이 집 안으로 들어오지 못하도록 창문을 꼭꼭 닫아야 했기 때문이다. 원래 정원에 있던 식탁에는 초대 손님의 이름을 적은 카드가 모두 놓여 있었고, 당시의 습관대로 한쪽은 남자, 다른 한쪽은 여자가 앉도록 준비되어 있었다. 그러나 이 카드들이 집 안에서 서로 뒤섞이는 바람에 각자 알아서 아무

자리에나 앉아야만 했다. 그것은 적어도 이번 경우처럼 우리의 사회적 미신에 도전한 혼돈 속에서는 어쩔 수 없는 일이었다. 그런 대혼란 속에서도 아민타 데 올리베야는 머리칼은 흠뻑 젖고 화사한 드레스에는 진흙이 튄 상태로 미소를 띤 채 모든 장소에 동시에 있는 것처럼 돌아다니면서 그런 불행을 이겨 내고 있었다. 남편에게 배운 이러한 태도는 불행에게 자비를 베풀지는 않겠다는 의지의 표현이었다. 어머니를 빼닮은 딸들의 도움으로 그녀는 있는 힘을 다해 귀빈석에 배정되었던 사람들을 앉히기 위해 애를 썼다. 후베날 우르비노 박사는 귀빈석 식탁의 중앙에, 옵둘리오 이 레이 대주교는 그의 오른편에 앉았다. 페르미나 다사는 평소처럼 남편 옆에 앉았다. 남편이 점심 식사 중에 잠이 들거나 옷깃에 수프를 흘리지 않을까 걱정스러웠기 때문이다. 맞은편에는 분위기가 왠지 여성스러운, 오십 대 답지 않게 젊어 보이는 라시데스 올리베야 박사가 자리를 잡았다. 그의 활달한 성격은 그가 환자를 볼 때 내리는 정확한 진단과는 아무런 상관이 없는 듯했다. 테이블의 나머지 좌석은 그 지방과 도시의 관리들로 가득 찼고, 또한 주지사가 자기 옆에 앉히기 위해 팔짱을 끼고 데려온 지난해의 미의 여왕도 있었다. 비록 이런 점심 초대, 특히 전원에서 열리는 점심 식사 초대에는 특별한 의상이 요구되지 않았지만 여자들은 보석 장신구를 달고 드레스를 입었고, 대부분의 남자들은 검은 넥타이를 매고 검은 정장을 입었으며, 몇몇은 프록코트를 입었다. 단지 우르비노 박사를 비롯한 지식인들 몇 명만이 평상복 차림이었다. 각자의 자리에는 프랑스어로 금박

글씨가 새겨진 메뉴판이 놓여 있었다.

참을 수 없는 더위에 놀란 올리베야 부인은 집 안을 돌아다니면서 윗도리를 벗고 점심을 먹으라고 애원했지만, 아무도 먼저 벗겠다고 나서지 않았다. 대주교는 우르비노 박사에게 이 자리가 어떤 면에서 보면 역사적인 오찬이라는 말을 꺼냈다. 그곳에 상처를 치유하고 원한을 일소한 사람들, 그러니까 독립 이후 그 나라를 피로 물들였던 내전의 두 적대 세력이 처음으로 같은 테이블에 앉았던 것이다. 이런 생각은 사십오 년 간의 보수당 통치에 종지부를 찍고 자기 당에서 대통령을 당선시키는 데 성공한 자유당원들, 특히 젊은 자유당원들의 생각과 일치했다. 하지만 우르비노 박사는 그런 생각에 동조하지 않았다. 그는 자유당 대통령이 보수당 대통령과 하나도 다르지 않으며, 옷차림새가 조금 더 형편없을 뿐이라고 생각했다. 그러나 대주교의 의견에 반대하고 싶지는 않았다. 그는 손님들이 점심 식사에 온 것은 그들의 사상 때문이 아니라 단지 자기 가문이 잘났다는 것을 과시하려는 욕망 때문이며, 가문은 언제나 정치의 위험과 전쟁의 공포보다 더 중요했다고 말하고 싶었다. 사실 그런 관점에서 보자면 명문가 출신 중에서 그 자리에 빠진 사람은 없었다.

소나기는 갑자기 내리기 시작했던 것처럼 갑작스레 멎어 버렸다. 구름 한 점 없는 하늘 속에서 이내 태양이 이글거리며 나타났지만, 폭풍이 어찌나 격렬했던지 나무 몇 그루를 송두리째 뽑아 버렸고, 개울은 넘쳐흘러 정원을 수렁으로 만들어 버렸다. 최대의 재앙을 입은 곳은 주방이었다. 집 뒤쪽의 야외에는 나무 때는 벽돌 아궁이가 여러 개 있었는데, 요리사들은 빗물 속에서 주방 도구들을 간신히 구해 낼 수 있었다. 그들은 물바다가 되어버린 주방을 다시 정리하고 뒷마당에 임시로 아궁이를 만드느라 소중한 시간을 낭비했다. 그러나 오후 1시경에는 모든 응급 사태가 정리되었고, 단지 디저트만 빠진 상태였다. 디저트는 산타클라라 수녀들 담당이었는데, 11시까지는 보내 주기로 약속이 되어 있었다. 하지만 별로 혹독하지 않은 우기에도 종종 그랬듯이 왕이 다니던 길 옆의 개천이 넘쳤을지도 모르고, 그럴 경우 디저트가 도착하려면 적어도 두 시간 이상이 걸릴 것이 분명했다. 날씨가 개자마자 창문을 활짝 열어 폭풍의 유황 냄새로 정화된 공기가 들어오자 집 안은 시원해졌다. 그러자 현관 테라스에서 왈츠 프로그램을 진행하라는 지시가 밴드에 떨어졌지만, 그것은 단지 혼란을 가중시키는 결과를 낳았을 뿐이었다. 왜냐하면 집 안에 놋쇠 소리가 울려 퍼지자 손님들은 고함을 지르며 대화를 나누어야 했기 때문이다. 기다림에 지친 아민타 데 올리베야는 눈물을 흘릴 찰나에도 미소를 지어가면서 점심 식사를 차리라는 지시를 내렸다.

예술 대학에서 온 악단이 모차르트의 현악 사중주 「사냥」의 첫대목을 연주하자 예의상 다들 입을 다물었다. 그러자 그들은 본격적으로 연주를 하기 시작했다. 갈수록 손님들의 목소리가 뒤섞이면서 커졌고, 돈 산초의 흑인 종업원들이 김이 모락모락 나는 쟁반을 들고 간신히 식탁들 사이를 거추장스럽게 오갔지만, 우르비노 박사는 연주가 끝날 때까지 귀를 기울여 음악을 들을 수 있었다. 그의 집중력은 해가 지날수록 떨어졌고, 심지어는 체스를 둘 때마다 자기가 무슨 계획을 하고 있는지 종이에 적어 놓아야 할 정도였다. 그러나 아직도 진지한 대화를 나누는 동시에 연주되는 음악을 들을 정도는 되었다. 물론 오스트리아에 갔을 때 친구로 사귀었던 독일 오케스트라의 지휘자처럼 「탄호이저」를 들으면서 「돈 조반니」의 악보를 읽을 정도로 대단한 집중력은 아니지만 말이다.

그는 두 번째 연주곡인 슈베르트의 「죽음과 소녀」가 너무 극적이며 과장된 음조로 연주되었다고 생각했다. 그릇과 식기들이 부딪치는 새로운 소음 속에서 힘들게 그 음악을 듣는 동안, 그는 얼굴이 빨개진 한 청년에게서 시선을 떼지 못하고 있었다. 그 청년은 고개를 숙여 그에게 인사했다. 어디에선가 그를 본 것은 분명했지만, 어디서 만났는지는 기억이 나지 않았다. 그에게는 아주 흔한 일이었다. 특히 예전에 잘 알던 곡조나 심지어는 아주 잘 알고 있는 사람의 이름도 종종 기억나지 않았다. 이런 일이 그를 어찌나 고통스럽게 했는지, 어느 날 밤에는 새벽까지 그 고통을 참고 있느니 차라리 죽어 버리는 게 나을 거라고 생각하기도 했다. 그는 바로 이런 상태에 도달할 찰나에 있었다. 그런데 자비의 섬광이 그의 기억에 불을 밝히면서, 그는 그 청년이 작년에 자기 학생이었다는 사실을 기억해 냈다. 우르비노 박사는 그 도시의 특권층들만 모인 자리에 그 청년이 있는 것에 몹시 놀랐지만, 올리베야 박사는 그 청년이 보건성 장관의 아들이며 법의학 논문을 준비하기 위해 그곳에 왔다는 사실을 상기시켜 주었다. 우르비노 박사는 반갑다는 표정을 지으며 그에게 악수를 청했고, 청년은 자리에서 일어나 그에게 경의를 표했다. 그러나 우르비노 박사는 그때뿐만 아니라 그 이후에도 청년이 그날 아침 제레미아 드 생타무르의 집에서 자기와 함께 있었던 인턴이라는 사실을 절대로 깨닫지 못했다.

노화에 대항해 한 번 더 승리를 거두었다는 사실에 마음이 놓인 그는 무슨 곡인지 확인할 수 없었던 마지막 곡의 맑고 부드러운 서정적 선율에 온 정신을 쏟았다. 나중에 프랑스에서 갓 돌아온 그 악단의 젊은 첼로 연주자가 그 곡은 가브리엘 포레의 현악 사중주라고 말해 주었다. 우르비노 박사는 언제나 유럽의 최신 경향에 관심을 보여 왔지만 그 작곡가의 이름은 들어 본 적이 없었다. 페르미나 다사는 평소와 마찬가지로 그에게서 눈을 떼지 않고 있었다. 특히 그가 공개 석상에서 생각에 잠겨 있을 때는 더욱 주의 깊게 지켜보던 그녀는 식사를 멈추고, 대지와 같은 자신의 손으로 그의 손을 덮고는 "더 이상 그 문제는 생각하지 말아요."라고 말했다. 우르비노 박사는 환희라는 또 다른 세계에 잠겨 그녀에게 미소를 지었다. 그런데 바로 그때 그는 그녀가 그토록 두려워하던 것을 다시 생각하기 시작했다. 그는 가짜 군인 제복을 입고 날조된 훈장을 단 채, 사진 속 아이들의 따가운 눈총을 받으며 그 시간에 관 속에 누워 있을 제레미아 드 생타무르를 떠올렸던 것이다. 그는 대주교를 보고 자살 소식을 전해 주었지만, 대주교는 이미 알고 있었다. 대주교는 미사가 끝난 후 그 죽음에 관해 이런저런 이야기를 늘어놓더니 심지어는 카리브해 망명객들을 대표해 헤로니모 아르고테 대령이 그가 교회 공동묘지에 묻힐 수 있게 해 달라고 부탁했다는 말도 해 주었다. 대주교는 "그런 부탁 자체가 나를 우습게 여기는 것이라고 생각하오."라고 평했다. 그런 다음 보다 인간적인 말투로 자살의 원인을 아느냐고 물었다. 우르비노 박사는 아주 정확하게 "노화 공포증이지요."라는 한 단어로 대답했고, 그 순간 자기가 그 단어를 고안해 냈다고 생각했다. 가장 가까이 앉은 손님들에게 신경을 쓰고 있던 올리베야 박사는 잠시 그들을 제쳐 두고 스승의 대화에 끼어들었다. 그는 말했다. "아직도 사랑이 아닌 다른 이유로 자살하는 사람이 있다니 유감이군요." 우르비노 박사는 가장 총애하는 제자에게서 자신의 생각을 발견했다는 사실에 별로 놀라지 않았다.

"그보다 더 심하다고 봐야지. 시안화 금으로 목숨을 끊었거든."

이렇게 말하고 나자 그는 편지로 인한 괴로움을 넘어 동정심이 솟아나는 것을 느꼈는데, 그런 이유로 아내가 아닌 음악의 기적에 감사를 표했다. 그런 다음 대주교에게 체스를 두던 기나긴 황혼 속에서 알게 되었던 속세의 성인에 대해 이야기했다. 아이들의 행복을 위해 자신의 예술을 바쳤으며, 세상의 모든 것을 알고 있을 정도로 보기 드물게 박식하고 스파르타식 습관을 지닌 인물로, 자신도 스스로의 과거와 그토록 빨리 절연한 그의 영혼의 순수함에 놀랐다는 말을 했다. 그런 다음 시장에게 사진에서가 아니면 다시는 행복해질 수 없을지도 모르는 한 세대의 영상을 보존하기 위해 죽은 사진사의 사진 원판들을 구입하는 것이 좋지 않겠느냐고 말했다. 대주교는 교양 있는 현세의 가톨릭인이 자살한 사람을 어떻게 성스럽게 여길 수 있느냐면서 호들갑을 떨었지만, 그의 사진 원판들을 보관해야 한다는 생각에는 동의했다. 시장은 도대체 누구에게 그 원판들을 구입해야 하는지 알고 싶어 했다. 비밀의 불덩이가 우르비노 박사의 혀를 달구었지만 유혹을 참아 내고 사진 원판들을 상속받은 사람이 누구인지 밝히지 않았다. 그는 대신 이렇게 말했다. "그건 내가 책임지고 알아보겠소." 그러면서 다섯 시간 전에 자신이 인정하길 거부했던 그 여자를 상속인으로 여기고 있다는 사실에 일종의 속죄를 한 듯한 느낌을 가졌다. 페르미나 다사는 그것을 눈치채고는 조그만 목소리로 장례식에 갈 것을 약속하게 만들었다. 그는 안도감을 느끼면서 그렇게 하겠다고, 그건 당연한 일이라고 말했다.

연설은 짧고 쉬웠다. 관악기 밴드가 프로그램에 예정되어 있지 않은 대중적 분위기의 곡을 연주하기 시작했고, 손님들은 테라스를 서성였다. 돈 산초 호텔의 종업원들이 정원의 물을 빼고 누군가가 먼저 춤을 시작하기를 기다리고 있었던 것이다. 거실에 남아 있는 사람은 귀빈석에 앉은 사람들뿐이었다. 그들은 마지막 건배에서 우르비노 박사가 반쯤 채워진 브랜디 잔을 단숨에 비운 것을 축하했다. 아무도 그가 예전에 그런 적이 있었는지 기억하지 못했다. 그들이 기억하는 것이라곤 아주 특별한 음식을 먹을 때 단 한 번 반주로 최고급 포도주가 담긴 잔을 마셨다는 것뿐이었다. 그러나 그날 오후에는 그의 마음이 그렇게 하길 요구했고, 실제로 그럴 만한 이유가 충분히 있었다. 그는 정말 오랜만에 노래가 부르고 싶었다. 젊은 첼로 연주자가 반주를 해줄 테니 노래를 하라고 부추겼고, 의심할 나위 없이 그는 정말로 노래를 하려고 했다. 그런데 그때 새 손님들을 태운 차 한 대가 진흙탕의 정원을 가로지르면서 악사들에게 흙탕물을 튀겼고, 뒷마당에서 나팔 같은 주둥이로 꽥꽥 울어 대고 있던 오리들을 놀래켜 날아가게 했다. 그 차는 현관 앞에서 멈추었다. 마르코 아우렐리오 우르비노 다사 박사와 그의 아내가 우스워 죽겠다면서 차에서 내렸다. 그들의 손에는 레이스 달린 천으로 뒤덮인 쟁반이 들려 있었다 뒷좌석에도 그것과 똑같이 생긴 쟁반들이 있었고, 심지어는 운전사 옆 좌석 아래에도 놓여 있었다. 그것은 뒤늦게 도착한 디저트였다. 예의를 잃지 않은 휘파람 소리와 박수 소리가 멈추자, 우르비노 다사 박사는 진지한 표정으로 산타클라라 수녀들이 폭풍이 불기 전에 디저트를 갖다주라고 부탁했지만, 부모님의 집에 불이 났다고 누군가가 말해 주는 바람에 오다가 되돌아갔다고 설명했다. 후베날 우르비노 박사는 자기 아들의 이야기를 끝까지 듣지 않은 채 소스라치게 놀랐다. 그러나 그의 아내는 그가 앵무새를 잡도록 소방대원들을 불렀다는 사실을 제때에 상기시켜 주었다. 비록 모두 커피를 마신 후였지만, 아민타 데 올리베야는 환한 미소를 지으며 테라스에 디저트를 준비하기로 했다. 그러나 후베날 우르비노 박사와 그의 아내는 디저트를 맛보지도 않고 그곳을 떠났다. 장례식에 가기 전에 그의 성스러운 낮잠을 잘 시간이 빠듯했기 때문이다.

그는 낮잠을 잤다. 그러나 그 낮잠은 짧았고 편안하지 않았다. 집에 돌아와 소방수들이 마치 불이 난 것처럼 그 집을 엉망으로 만들어 놓았다는 것을 알았기 때문이다. 앵무새를 놀라게 하기 위해 그들은 고압 호스로 나뭇잎을 모두 떨어뜨려 버렸고, 호스를 잘못 조준하는 바람에 안방 창문으로 물이 들어가서 가구와 벽에 걸린 알지도 못하는 선조들의 초상화에 말할 수 없이 막대한 손상을 끼쳤던 것이다. 이웃 사람들은 소방차의 종소리를 듣자 불이 났다고 생각하고는 그곳으로 몰려들었다. 그래도 최악의 상황이 벌어지지 않은 것은 일요일이라 학교가 문을 닫은 덕이었다. 아무리 사다리를 올려도 앵무새를 잡을 수 없다는 사실을 깨닫자, 소방수들은 마체테로 나뭇가지를 잘라내기 시작했다. 때마침 우르비노 다사 박사가 나타나 둥치를 자르는 것만은 막을 수 있었다. 그들은 둥치를 잘라도 좋다는 허락이 떨어지면 5시 이후에 다시 오겠다는 말을 남기고 그곳을 떠났다. 그러나 나가면서 실내 테라스와 거실을 온통 진흙투성이로 만들었고, 페르미나 다사가 가장 아끼던 터키 양탄자까지 찢어 놓았다. 게다가 이러한 재해는 완전히 불필요한 것이었다. 왜냐하면 앵무새가 그런 무질서를 틈타 이웃집 정원으로 도망쳐 버린 듯했기 때문이다. 사실 우르비노 박사는 나뭇가지를 헤집고 앵무새를 찾아보았지만 그 어떤 언어에도 앵무새는 대답하지 않았고, 휘파람을 불고 노래도 불러 보았지만 모두 소용이 없었다. 그래서 그는 잃어버렸다고 생각하고 거의 3시가 될 무렵 낮잠을 자러 갔다. 그러나 잠에 들기 전에 미적지근한 아스파라거스가 정화시켜 준 자신의 오줌에서 비밀의 화원이 풍기는 향내를 맡는 즐거움을 만끽했다.

그는 슬픔 때문에 잠에서 깼다. 그날 아침 친구의 시체 앞에서 느꼈던 것이 아니라, 낮잠을 잔 후 그의 영혼을 가득 채운 보이지 않는 안개 때문에 느낀 슬픔이었다. 그는 그것이 자기가 마지막 나날의 석양을 살고 있음을 하느님이 확인해 준 것이라고 해석했다. 쉰 살 때까지 그는 자기 내장의 크기나 무게 혹은 상태를 의식해 본 적이 없었다. 그러나 매일 낮잠을 잔 후 눈을 감고 누워 있으면, 몸속의 내장 하나하나가 마음속으로 느껴지기 시작했다. 심지어는 잠을 자지 않는 심장이나 신비스러운 간, 꽁꽁 숨겨진 위장의 모습까지 느끼게 되고, 가장 늙은 사람들도 자기보다 어리며, 자기 세대의 사람들이 찍은 전설적인 사진에서 유일하게 생존한 사람이 자기라는 것을 깨닫게 되었다. 처음으로 건망증 증세가 나타났을 때, 그는 의대의 어느 스승이 말했던 "기억력이 나쁜 사람은 종이에 적어야 돼."라는 교훈을 따랐다. 그러나 그 역시 순간적인 환상이었으니, 그는 곧 극단적인 망각의 상태에 이르렀던 것이다. 그는 기억을 떠올리기 위해 적어서 주머니에 구겨 넣는 종이가 무슨 의미였는지조차 잊어버리곤 했고, 안경을 쓰고도 안경을 찾는다면서 온 집 안을 뒤졌으며, 문을 잠근 후에도 다시 열쇠로 돌리며 잠갔고, 책을 읽어도 논지의 가정이 무엇인지 혹은 작중 인물들의 관계가 어땠는지 잊어버렸기 때문에 제대로 의미를 파악하지 못하기 일쑤였다. 그러나 그를 가장 불안에 떨게 한 것은 자신의 이성에 대한 불신이었다. 피할 수 없는 조난 사고를 당한 것처럼 그는 점차 자신이 판단력을 잃어 가고 있다고 느꼈다.

과학적 근거는 없지만 순전히 경험으로 후베날 우르비노 박사는 인간을 죽음으로 몰고 가는 대부분의 질병에 특유의 냄새가 있지만, 그 어떤 것도 늙는 것처럼 특별한 냄새를 풍기지는 않는다는 사실을 잘 알고 있었다. 머리끝에서 발끝까지 길게 잘라져 해부대 위에 놓인 시체에서 그런 냄새가 느껴졌고, 나이를 속이는 환자들에게서도 그런 냄새를 맡을 수 있었다. 또한 자기 옷에 밴 땀과 완전히 비무장 상태로 잠자는 아내의 숨결에서도 그 냄새가 났다. 만일 그가 구식 골수 가톨릭 신자가 아니었다면, 아마도 늙는다는 것은 제때에 막아야 할 꼴사나운 상태라는 제레미아 드 생타무르의 말에 동의했을지도 몰랐다. 우르비노 박사처럼 침대에서 훌륭했던 남자에게도 유일한 위안이 있다면 성욕이 천천히 고통 없이 감퇴된다는 것, 즉 성적인 평화였다. 여든한 살의 나이였지만, 잠을 자다가 자세만 바꾸어도 고통 없이 끊어질 가느다란 실로 이 세상을 붙잡고 있으며, 그 실을 붙잡고 있으려고 안간힘을 쓰는 것은 죽음이라는 어둠 속에서 하느님을 만나지 못할지도 모른다는 두려움 때문이라는 것을 알 정도로 우르비노 박사는 충분히 명민했다.

페르미나 다사는 소방수들이 엉망으로 만들어놓은 침실을 복구하는 데 여념이 없었고, 4시가 되기 조금 전에 하녀에게 여느 때처럼 잘게 부순 얼음을 넣은 레모네이드 한 잔을 남편에게 갖다주라고 시켰다. 그러고 나서 그에게 옷을 갈아입고 장례식에 가야 한다는 것을 일깨워 주었다. 그날 오후 우르비노 박사는 두 권의 책을 손에 들고 있었다. 한 권은 알렉시 카렐의 『인간, 미지의 세계』였고, 다른 한 권은 악셀 문트의 『성미셸의 역사』였다. 문트의 책은 아직 페이지를 자르지 않은 상태라 요리사인 디그나 파르도에게 침실에 놓아둔 상아로 만든 종이 자르는 칼을 갖다 달라고 부탁했다. 그러나 그 칼을 가져왔을 때 그는 이미 편지 봉투로 표시를 해놓았던 『인간, 미지의 세계』를 읽고 있었다. 남은 페이지가 얼마 되지 않았다. 그는 천천히 읽어 내려가면서, 약간의 현기증과 더불어 두통을 느꼈다. 그는 그것이 마지막 축배에서 마신 브랜디 반 잔때문이라고 생각했다. 잠시 책 읽기를 멈추고 쉬는 동안에는 레모네이드를 마시거나 얼음 조각을 천천히 씹어 먹으며 시간을 보냈다. 그는 양말을 신고 있었고, 떼었다 붙였다 하는 칼라가 달려 있지 않은 셔츠를 입고 있었으며, 초록색 줄무늬의 고무줄 멜빵도 바지허리 양쪽에 매달려 있었다. 그는 장례식에 가기 위해 옷을 갈아입어야 한다는 생각이 들자 짜증이 났다. 곧 책 읽기를 그만두고 그 책을 다른 책 위에 올려놓았다. 그러고는 대나무 흔들의자에 앉아 아주 천천히 흔들기 시작하면서 슬픈 표정으로 진흙으로 범벅이 된 정원의 바나나 나무와 나뭇잎이 모두 떨어진 망고 나무, 그리고 비 온 후 날아다니는 날개미들, 다시는 돌아올 것 같지 않은 또 다른 하루의 오후를 바라보았다. 그는 자기가 사람처럼 사랑했던 파라마리보산 앵무새를 키웠다는 사실을 잊고 있었다. 그런데 그때 "황제 앵무새."라는 말이 들려왔다. 그 목소리는 아주 가까운 곳에서, 아니 거의 그의 곁에서 들려왔다. 앵무새는 망고나무의 가장 낮은 가지에 앉아 있었다.

"이런 파렴치한 놈!" 우르비노 박사가 앵무새에게 소리 질렀다.

그러자 앵무새는 똑같은 목소리로 대답했다.

"당신이 더 파렴치한 사람일 겁니다, 박사님."

우르비노 박사는 앵무새에게서 시선을 떼지 않고 계속 말을 하면서, 앵무새가 놀라지 않도록 아주 조심스럽게 장화를 신고서 팔을 멜빵 안으로 집어넣었다. 그리고 헛디뎌 넘어지지 않도록 지팡이로 테라스의 계단 세 개를 더듬으면서 아직도 진흙투성이인 마당으로 내려갔다. 앵무새는 꼼짝도 하지 않았다. 너무나 바닥에 가까이 있어서, 우르비노 박사는 지팡이를 내밀어 평소처럼 은 손잡이에 앉도록 했다. 하지만 앵무새는 지팡이를 피해서 옆 나무의 가지로 펄쩍 뛰어올랐다. 조금 높긴 했지만 보다 쉽게 잡을 수 있는 곳이었다. 그곳에는 소방수들이 오기 전부터 집의 사다리가 비스듬히 놓여 있었다. 우르비노 박사는 높이를 재고는 사다리의 계단 두 개만 올라가면 손으로 잡을 수 있겠다고 생각했다. 그는 듣기 싫은 목소리로 같은 말을 반복하고 있는 성질 더러운 앵무새의 관심을 다른 곳으로 돌리기 위해 친숙한 노래를 부르면서 게걸음으로 나뭇가지를 가르며 첫 번째 계단을 올라갔다. 양손으로 사다리를 붙잡고 두 번째 계단도 아무 어려움 없이 올라갔다. 앵무새는 자리를 바꾸지 않고 노래 한 곡을 완전히 부르기 시작했다. 그는 세 번째 계단을 오르자마자 바로 네 번째 계단에 발을 올려놓았다. 나뭇가지의 높이를 잘못 계산한 것이었다. 그런 다음 왼손으로 사다리를 꼭 잡고 오른손으로 앵무새를 잡으려고 했다. 장례식에 늦을지도 모른다는 것을 알려 주기 위해 오던 늙은 하녀 디그나 파르도는 사다리에 올라가 있는 남자의 등을 보았다. 그가 우르비노 박사가 틀림없다는 사실이 믿기지 않았다. 초록색 줄무늬의 고무줄 멜빵은 그가 다른 사람이 아님을 분명하게 보여 주었다.

"하느님 맙소사! 위험해요!"

디그나 파르도가 소리쳤다.

우르비노 박사는 앵무새의 목을 잡고 "휴." 하며 승리의 한숨을 내쉬었다. 그러나 즉시 앵무새를 놓아주어야만 했다. 발밑에 있던 사다리가 미끄러지면서 쓰러져 버렸기 때문이다. 그는 잠시 공중에 떠 있었다. 그때 그는 자기가 영성체를 받지도 못하고 아무것도 뉘우칠 시간도 없이, 그리고 그 누구에게도 작별 인사를 하지 못한 채 성령 강림 대축일의 일요일 오후 4시 7분에 죽을 것이라는 사실을 깨달았다.

페르미나 다사는 부엌에서 저녁에 먹을 수프 맛을 보고 있었다. 그때 디그나 파르도의 겁에 질린 비명 소리와 집안 하인들의 외침과 곧 이은 이웃 사람들의 비명을 들었다. 그녀는 맛을 보던 숟가락을 집어던지고 그녀의 나이가 되면 어찌할 수 없는 몸무게를 감당하면서 있는 힘을 다해 달려갔다. 그러면서 망고 나무 아래서 아직도 무슨 일이 벌어지고 있는지도 모른 채 미친 여자처럼 소리를 질렀다. 자기 남편이 진흙탕 위에 널브러져 있는 것을 보자 가슴이 찢어지는 것 같았다. 그가 이미 이 세상의 삶을 마감했다고 생각했지만, 사실은 아직도 그녀가 그에게 올 수 있도록 죽음의 마지막 숨을 쉬며 버티고 있었다. 그는 그녀 없이 죽어야 한다는 생각에 번복할 수 없는 고통의 눈물을 흘리면서, 그곳에 모인 많은 사람들 중에서 그녀를 알아보았다. 그는 아내를 마지막으로 쳐다보았다. 그것은 그녀가 반세기를 함께 살아오면서 한 번도 보지 못했던 가장 슬프고 가장 기분 좋으며 가장 빛나는 눈동자였다. 그는 마지막 숨을 내쉬며 이 말을 남겼다.

"오직 하느님만이 내가 얼마나 당신을 사랑했는지 아실 거요."

그것은 참으로 기억될 만한 죽음이었고, 또한 이유가 없는 죽음도 아니었다. 프랑스에서 의학 전문의 과정을 마치고 돌아오자마자 후베날 우르비노 박사는 과감하게 새로운 치료법을 도입하여 그 지방을 휩쓸고 있던 최후의 콜레라 전염병을 제때에 퇴치했고, 그런 까닭에 그 나라에서 널리 알려지게 되었다. 그가 아직 유럽에 있을 때 발생했던 그 이전의 콜레라는 채 석 달도 되기 전에 도시 인구의 4분의 1을 죽음으로 몰고 갔으며, 그 희생자들 가운데는 아주 훌륭한 의사로 명성이 자자했던 그의 아버지도 포함되어 있었다. 그는 자신이 얻은 명성과 유산으로 물려받은 상당한 액수의 돈으로 오랫동안 카리브해 지방의 최초이자 유일한 의사 단체가 된 '의학 협회'를 설립하고, 그 단체의 종신 회장을 맡았다. 그는 처음으로 상수도와 하수도 체제를 만들었고, 지붕이 덮인 시장을 만들어 라스 아니마스만(灣)의 오물을 위생적으로 처리할 수 있게 했다. 또한 그는 언어 학술원과 역사 학술원의 원장이기도 했다. 한

편 교황은 그가 교회에 바친 봉사를 인정하여 '성묘(聖廟) 기사' 훈장을 수여했으며, 프랑스 정부는 상급 기사에 해당하는 레지옹 도뇌르 훈장을 수여했다. 그는 그 도시의 종교와 시민 단체의 일에 적극 참여했는데, 특히 정치적 이해관계가 없는 영향력 있는 시민들로 구성된 '애국 평의회'에 가장 많은 관심을 보였다. 이 단체는 당시 대담하게 여겨질 정도의 진보적인 사상으로 정부와 그 지방의 상공 단체들에게 압력을 가하곤 했다. 이러한 자유주의 사상들 중에서 가장 기억에 남을 만한 것은 항공 우편을 합리적 가능성으로 생각하기 한참 전에 열기구를 시험했으며, 그 기구를 이용해 첫 번째 여행에서 산 후안 데 라 시에나가로 편지를 운반한 일이었다. 그리고 그는 예술 센터가 아직도 존재하고 있는 바로 그들의 건물에 예술 대학을 설립하게 만든 장본인이었고, 4월의 시 축제도 후원했다.

그는 한 세기 내에는 도저히 불가능하다고 생각되던 일을 해낸 사람이기도 했다. 바로 식민지 시대 이후부터 양계장과 투계 농장으로 사용되고 있던 드라마 센터를 복구한 것이다. 드라마 센터의 복구는 그가 그 시의 모든 계층에 약속했던 시민 캠페인의 절정으로, 집회에 모여들었던 많은 시민들이 가장 명분 있다고 여긴 일이었다. 어쨌거나 새 드라마 센터는 의자와 조명도 갖추어지지 않은 채 개관했고 참석자들은 각자 앉을 것과 막간에 불을 밝힐 것을 가져와야만 했다. 또한 유럽의 화려한 개막식에서 통용되는 예절을 지킬 것이 요구되었는데, 그 도시의 귀부인들은 이를 이용하여 카리브해의 찌는 더위에도 아랑곳하지 않고 긴 드레스와 모피 외투를 입고 잔뜩 뽐냈다. 그렇지만 의자와 등불을 비롯하여 끝없이 진행되는 연주 프로그램에서 살아남기 위해 필요하다고 생각되는 음식 일체를 가져올 수 있게 하인들도 입장시켜야 했다. 왜냐하면 몇몇 연주는 새벽 미사가 진행되는 시간까지도 끝나지 않았기 때문이다. 그 시즌은 프랑스 오페라단으로 개막되었는데, 그 오페라단은 오케스트라에서 하프를 사용하는 새로운 기법을 선보였으며, 발가락에 보석이 달린 반지를 끼고 맨발로 노래 부르던 터키 소프라노 가수의 티 없는 목소리와 연극적 재능은 잊을 수 없는 장관이었다. 1막이 끝나자 수많은 야자 오일 램프에서 나오는 연기로 무대는 거의 보이지 않았으며, 가수들도 제대로 노래를 부를 수 없는 지경이었다. 그러나 도시의 역사가들은 이런 하찮은 문제들을 아주 교묘하게 지워 버리고 잊지 못할 사건들은 과장하여 찬양했다. 이는 의심할 여지 없이 우르비노 박사가 생각해 낸 일 가운데 가장 전염성이 강한 것이었다. 오페라의 열기가 전혀 생각지도 못했던 도시의 빈민층에게까지 전염되어, 그 당시 태어난 아이들에게는 모두 이졸데와 오셀로, 아이다와 지크프리트라는 이름이 붙여졌던 것이다. 우르비노 박사는 막간에 이탈리아 찬양자들과 바그너 찬양자들이 서로 지팡이를 휘두르며 대결하기를 원했지만, 그런 극단적인 상태까지는 절대 이르지 않았다.

후베날 우르비노 박사는 이따금 조건 없는 공직을 제의받았지만, 수락한 적은 한 번도 없었다. 그는 의사로서의 특권을 이용해 정치적 지위를 획득하려는 사람들을 가차 없이 비판했다. 항상 자유당 편이었고 선거 때가 되면 자유당 후보에게 표를 던지곤 했지만, 그것은 자신의 정치적 확신에 따른 것이라기보다는 전통의 문제일 따름이었다. 아마도 그는 대주교가 탄 마차가 지나가면 길에서 무릎을 꿇는 위대한 가문의 마지막 후손이었을 것이다. 그는 자신을 천부적 평화주의자이자 조국의 안녕을 위해 자유당과 보수당의 결정적인 화합을 지지하는 사람이라고 규정짓곤 했다. 그러나 그가 공개적으로 보여 주는 행동들은 너무나 제멋대로라 어떤 정당에서도 그를 자기 당원으로 여기지 않았다. 자유당원들은 그를 동굴 속의 보수당원이라고 생각했으며, 보수당원들은 그가 거의 프리메이슨에 가까운데, 프리메이슨들은 교황청을 위해 봉사하는 비밀 성직자라면서 거부했다. 보다 덜 잔인한 혹평가들은 그를 나라가 끝없는 내전 속에서 피를 흘리고 있는데 시 축제의 기쁨에만 도취된 귀족이라고 생각했다.

이러한 그의 이미지와 걸맞지 않아 보이는 것은 단 두 가지 행위뿐이었다. 첫 번째는 한 세기 이상 우르비노 집안의 저택이었던 카살두에로 후작의 고(古)저택을 버리고 신흥 부자들이 사는 지역의 새 집으로 이사를 한 것이었다. 두 번째는 명문 집안 출신도 아니고 재산도 없는 마을의 미녀와 결혼한 것이었다. 긴 성(姓)을 지닌 귀부인들은 뒤에서 그녀를 비웃곤 했지만 결국은 그녀의 기품이나 성격이 자기들보다 훨씬 뛰어나다는 것을 인정해야만 했다. 우르비노 박사는 공식적인 자신의 이미지에 이런 것들뿐만 아니라 다른 어려움도 있음을 언제나 염두에 두고 있었다. 실제로 우르비노 박사처럼 자신이 몰락해 가는 가문의 마지막 주인공이 될지도 모른다는 사실을 심각하게 의식하는 사람은 아무도 없었다. 그의 자식들은 별다른 광채를 내지 못한 채 사그라지는 가문의 종지부와 마찬가지였다. 아들인 마르코 아우렐리오는 우르비노 박사처럼 의사였지만, 각 세대의 장남들이 모두 그렇듯이 탁월한 업적을 남기지 못했고, 심지어는 쉰 살이 지난 나이에도 아들 하나 낳지 못하고 있었다. 외동딸인 오펠리아는 뉴올리언스 은행의 건실한 직원과 결혼했지만 아들 하나 없이 세 딸만 낳은 중년 부인이 되고 말았다. 역사의 솟아오르는 샘물 속에서 자신의 혈통이 끊어진다는 것은 가슴 아팠지만, 우르비노 박사가 자신의 죽음을 걱정한 진정한 이유는 페르미나 다사가 자기 없이 고독하게 여생을 마쳐야 한다는 생각 때문이었다.

어쨌거나 그의 죽음이라는 비극은 식구들에게 슬픔을 안겨 주었을 뿐만 아니라 일반인들에게도 전염되어 영향을 끼쳤다. 그들은 무언가를 보겠다는 환상을 가지고 거리로 밀려들었다. 그것이 단지 전설의 광채일지라도 그들은 개의치 않았다. 사흘간의 애도 기간이 선포되었고, 공공건물에는 조기가 게양되었으며, 모든 교회에서 그의 가족 납골당의 문이 닫힐 때까지 쉬지 않고 종을 울려 댔다. 예술 대학에 소속된 어느 단체에서는 실물 크기의 흉상을 세울 수 있게 데스마스크를 제작하려고 했지만 그 계획은 취소되고 말았다. 모두가 마지막 순간의 두려움을 충실하게 재현한 모습이 꼴사납다고 생각했던 것이다. 유럽으로 가는 길에 우연히 그곳을 지나게 된 유명한 화가는 비애감이 담긴 사실주의적 화풍으로, 사다리에 올라간 우르비노 박사가 앵무새를 잡기 위해 손을 뻗은 죽음의 순간을 커다란 캔버스에 그렸다. 그 그림에서 유일하게 실제와 일치하지 않은 것은 우르비노 박사가 칼라 없는 서츠와 초록색 줄무늬의 멜빵 대신 중산모를 쓰고 까만 프록코트를 입고 있다는 것뿐이었다. 그것은 콜레라가 창궐하던 시대에 제작된 신문 사진에서 베낀 것이었다. 비극이 일어난 지 몇 달 후, 이 그림은 사람이 볼 수 있도록 시민들이 줄지어 지나다니던 요충지에 자리 잡은 수입품 판매 가게인 '황금 철사'의 커다란 갤러리에 전시되었다. 그런 다음 자신들의 뛰어난 후원자를 기려야 한다고 생각했던 모든 공공 기관과 사설 기관의 벽에 전시되었다. 이 그림이 마지막으로 걸려 있던 곳은 그의 사망 이 주기를 기리던 예술 대학이었다. 하지만 오랜 세월이 지난 후 그곳의 미대생들은 그 그림을 자신들이 경멸하던 시기의 미학에 대한 상징으로 보고 대학 광장에서 불태워 버렸다.

미망인이 된 첫 순간부터 페르미나 다사는 남편이 두려워했던 것과는 달리 무력해지지 않았다. 그녀는 남편의 시신이 그 어떤 명분으로도 이용되지 못하게 하겠다고 굳게 결심했는데, 심지어는 그곳 주정부의 의회 회관에 안치하여 일반인들이 조문할 수 있게 하라는 대통령의 애도가 담긴 전보를 받은 후에도 그 결심은 변하지 않았다. 이런 차분한 태도로 그녀는 시신을 대성당에 안치시켜 장례식을 치르자는 대주교의 요청도 받아들이지 않고, 단지 장례 미사 동안 대성당에 시신을 안치하는 것만을 수락했다. 여러 군데서 청탁을 받아 정신이 없던 아들이 끼어들었지만, 페르미나 다사는 죽은 사람에 대해서는 그 누구도 아닌 바로 가족만이 소유권을 지니며, 애도의 표시로 집에서 커피를 마시고 옥수수 치즈빵를 먹으며 밤샘을 할 것이고, 울고 싶은 사람은 마음껏 울어도 좋다는 촌스러운 생각을 굽히지 않았다. 그리고 아흐레 밤 동안 밤을 새우며 고인을 애도하는 전통적인 장례식은 없을 것이라고 말했다. 그래서 장례식이 끝난 후 대문은 굳게 닫혔으며, 아주 친한 친구들이 방문할 때를 빼놓고는 대문을 열어 주지 않았다.

집은 우르비노 박사의 죽음에 지배되고 있었다. 모든 귀중품은 조심스럽게 보관되었으며, 벌거벗은 벽에는 떼어낸 액자들의 흔적만 남았다. 집 안에 있던 의자나 이웃집에서 빌려 온 의자들은 거실에서뿐만 아니라 침실에서도 벽에 붙어 있었다. 흰 천에 덮인 채 구석에 있던 그랜드 피아노만 빼고 커다란 가구 전체가 한쪽으로 치워져 있었기 때문에 빈 공간이 너무나 커 보였고, 사람이 소리를 내면 귀신의 목소리처럼 울려 퍼졌다. 서재 한가운데에 위치한 그의 아버지의 책상 위에는 관 속에 들어가지 않은 후베날 우르비노 데 라 카예가 누워 있었다. 얼굴에는 최후의 공포를 드러낸 채, 성묘 기사의 검은 망토를 입고 손에는 군도를 쥐고 있었다. 그의 옆에서는 비탄에 잠겨 몸을 떨면서도 침착을 유지하고 있는 페르미나 다사가 자기 감정을 크게 드러내 보이지 않고 거의 움직이지도 않으면서 조문객들을 받았다. 그런 자세는 그녀가 손수건을 흔들며 현관에서 남편과 영원한 작별을 한 다음 날 아침 11시까지 계속되었다.

마당에서 디그나 파르도의 비명을 듣고 진흙탕 속에서 죽어 가던 늙은 남편을 발견한 이후 이런 자제심을 되찾는다는 것은 그리 쉬운 일이 아니었다. 그녀의 첫 번째 반응에는 희망이 서려 있었다. 남편은 눈을 뜨고 있었고, 그의 눈동자에서 그녀가 평생 동안 보지 못했던 환한 빛이 빛나고 있었기 때문이다. 그녀는 두 사람이 서로 의심의 눈초리를 보내며 불신하기도 했지만 자신이 그를 정말로 사랑했다는 사실을 그가 알고서 이 세상을 떠날 수 있도록 최소한의 시간만이라도 달라고 하느님께 기도했다. 그러고는 서로가 하지 못했던 말을 나누며 과거에 두 사람이 잘못했을지도 모르는 모든 것을 다시 제대로 해 볼 수 있게 그와 처음부터 인생을 다시 시작하고 싶다는 참을 수 없는 열망을 느꼈다. 그러나 그녀는 타협하지 않는 죽음 앞에 무릎을 꿇어야만 했다. 그녀의 고통은 세상에 대한, 심지어는 자기 자신에 대한 눈먼 분노로 폭발하고 말았으며, 그것이 결국은 혼자서 고독과 맞서 싸워 나가겠다는 용기와 자제력을 불러일으켰다. 그 이후로 그녀는 마음의 평정을 찾을 수 없었지만, 자기의 고통을 보여 줄 수 있는 그 어떤 동작도 삼갔다. 그녀의 생각과는 달리 그녀가 비통에 잠긴 모습을 보여 준 유일한 순간은 구리 손잡이가 달려 있고 술로 장식된 실크로 덮였으며 아직도 배의 왁스 냄새를 풍기던 관이 들어온 일요일 밤 11시였다. 우르비노 다사 박사는 즉시 관 뚜껑을 덮으라고 지시했다. 참을 수 없이 더운 날씨에 수많은 꽃들이 내뿜는 향내로 집 안에서 거의 숨을 쉴 수 없었기 때문이다. 그는 자기 아버지의 목에서 최초의 붉은 반점들이 나타나고 있다고 생각했다. 그런 침묵 속에서 얼빠진 목소리가

86

들려왔다. "그 나이에는 살아 있더라도 이미 몸의 절반은 썩어 있는 거야." 관 뚜껑을 닫기 전에 페르미나 다사는 자신의 결혼반지를 빼서 죽은 남편의 손에 끼워 주었다. 그러고는 자기 손으로 남편의 손을 꼭 붙잡았다. 그것은 남편이 사람들 앞에서 주제와 어긋난 이야기를 할 때면 항상 그녀가 하던 행동이었다.

"우린 머지않아 만나게 될 거예요." 페르미나 다사가 말했다.

유명 인사들 틈에 끼어 보이지 않던 플로렌티노 아리사는 가슴에 사무치는 고통을 느꼈다. 그날 밤의 응급 상황에서 이 남자처럼 봉사할 수 있는 유용한 사람도 없었지만, 페르미나 다사는 수많은 최초의 조문객들 중에서 그를 알아보지 못했다. 커피가 부족하지 않도록 번잡한 주방의 질서를 바로잡은 것은 바로 그였다. 또한 그는 이웃집에서 빌려 온 의자로도 부족해지자 보조 의자들을 구해 왔으며 집 안에 더 이상 화환이 들어갈 틈이 없자 남는 화환을 마당으로 가져오라고 지시했다. 그리고 라시데스 올리베야의 초대 손님들에게 브랜디가 부족하지 않도록 신경을 썼다. 그들은 라시데스 올리베야의 의사 입문 기념식이 절정에 이르렀을 때 부음을 받고 급히 달려와, 망고 나무 아래서 둥그렇게 모여 앉아 그 파티를 계속했던 것이다. 그는 도망쳤던 앵무새가 고개를 빳빳이 쳐들고 날개를 펼친 채 한밤중에 식당에 나타나자 제때에 대처할 줄 안 유일한 사람이었다. 사실 앵무새가 나타나자 사람들은 그것을 회개의 신호로 여기고서 어찌할 바를 모른 채 벌벌 떨었다. 그러자 플로렌티노 아리사는 앵무새가 허튼소리를 지껄일 시간을 주지 않고 목을 덥석 잡아 담요가 덮여 있던 새장 속에 처넣었다. 아주 조심스럽고도 능수능란하게 모든 일을 처리했기에, 그런 행동이 타인의 일에 간여하는 것이라는 생각을 떠올린 사람은 아무도 없었다. 그 반대로 불행을 당한 집에 헤아릴 수 없이 많은 도움을 주고 있다고 여겼다.

그는 겉모습이 보여 주는 대로 친절하고 진지한 노인이었다. 그의 몸은 뼈가 앙상했지만 꼿꼿했고, 피부는 까무잡잡하고 털이 없었으며, 둥근 은테 안경 뒤의 눈은 무언가에 굶주린 듯했고, 밀랍을 발라 뾰족하게 다듬은 턱수염은 이미 유행이 지난 지 오래였지만 아주 낭만적인 인상을 주었다. 또한 완전한 대머리에 대한 마지막 해결책으로 관자놀이에 마지막 남은 몇 올의 머리카락을 올려 빗어서 번쩍이는 머리의 중앙 부분에 포마드를 발라 꽉 붙여놓았다. 그의 천성적인 다정함과 나른한 태도는 즉시 여자들의 호감을 샀지만, 그것을 냉혹한 독신자의 의심스러운 미덕으로 여기는 사람들도 있었다. 그는 지난 3월에 일흔여섯이 된 자신의 나이를 드러내지 않기 위해 엄청난 돈을 썼으며, 온갖 재주와 의지력을 총동원했다. 이런 고독한 영혼 속에서 그는 오랫동안 침묵을 지키며 이 세상의 그 누구보다도 더 누군가를 사랑해 왔다고 확신하고 있었다.

우르비노 박사가 죽던 날 밤, 그는 사망 소식을 처음으로 들었을 때 입었던 것과 똑같은 옷을 입고 있었는데, 6월의 지옥 같은 열기에도 불구하고 그는 늘 이런 차림이었다. 즉 검은색 모직 양복과 조끼를 입고, 실크 나비넥타이를 매고 셀룰로이드 목걸이를 걸었으며, 중절모를 쓰고 지팡이로도 사용하던 반들반들한 검은색 우산을 든 차림이었다. 그러나 아침이 밝아 오기 시작하자 두 시간 동안 상갓집에서 사라졌다가, 깨끗이 수염을 깎고 로션을 바르고 향수 냄새를 풍기며 떠오르는 태양처럼 산뜻한 모습으로 돌아왔다. 이제는 장례식이나 부활절 미사를 갈 때를 제외하곤 아무도 입지 않는 검은색 프록코트를 입고 윙 칼라 셔츠에 넥타이 대신 예술가처럼 나비넥타이를 매고 중산모를 쓰고 있었다. 또한 우산을 들고 있었는데, 그것은 단지 습관 때문은 아니었다. 그는 12시 전에 비가 오리라 확신하고 있었던 것이다. 그리고 그런 사실을 우르비노 다사 박사에게 알려 주고 장례식을 조금 앞당기는 것이 좋을 것 같다고 충고했다. 사실 우르비노 박사의 가족들은 그의 말대로 하려고 했다. 왜냐하면 플로렌티노 아리사는 훌륭한 해운업 가문 출신이고, 그 자신이 카리브 하천 회사의 대표였기 때문이다. 그래서 사람들은 그가 일기 예보에 상당한 지식이 있다고 생각했다. 그러나 11시에 장례식을 치르기로 약속했던 시 당국과 군 당국, 공공 단체와 시민 단체, 군악대와 예술 대학 악단, 학교 대표들과 종교 단체를 제때에 다 모을 수가 없었다. 그래서 역사적 사건으로 예정되었던 장례식은 갑작스레 쏟아진 엄청난 소나기로 엉망이 된 채 끝났다. 진흙탕 속을 철벅거리면서 벽 위로 식민지 시대부터 있던 커다란 케이폭 나무의 가지들이 뻗어 있는 가족 납골당까지 온 사람은 몇 되지 않았다. 바로 이 나뭇가지가 뻗어 있는 벽의 반대편 아래는 자살한 사람들을 묻도록 지정된 공간이었다. 카리브해 망명객들은 바로 전날 오후에 제레미아 드 생타무르와 그의 뜻에 따라 개를 이곳에 함께 묻어 주었다.

플로렌티노 아리사는 장례식이 끝날 때까지 너무른 몇 안 되는 사람 중의 하나였다. 그는 속옷까지 흠뻑 젖어 있었는데, 오랫동안 철저하게 건강을 관리하고 지나칠 정도로 조심했는데 그날 오후의 일로 폐렴에 걸리는 것은 아닌지 두려운 마음에 사로잡혀 집으로 돌아왔다. 그러고는 브랜디를 몇 방울 떨어뜨린 따뜻한 레모네이드를 준비한 다음 침대에 앉아 두 개의 아스피린과 함께 그것을 마시고는 양모 담요를 덮고 비 오듯이 땀을 흘렸다. 그러고 난 후에 몸이 제 상태로 돌아왔음을 알았다. 상갓집으로 돌아갈 무렵, 그는 기력을 완전히 되찾은 기분이었다. 페르미나 다사는 이미 집 안의 지휘봉을 다시 잡은 상태였다. 집은 깨끗이 청소되었고, 손님을 받을 준비도 끝났다. 또한 파스텔로 그린 죽은 남편의 초상화를 검은색 테두리의 액자에 넣어서 서재의 제단에 놓아두었다. 8시경이 되자 조문객들이 넘쳐났고, 지난밤처럼 무덥기 짝이 없었다. 그러나 로사리오[14] 기도가 끝난 후, 누군가가 미망인이 일요일 저녁부터 쉬지 못했으니 일찍 떠나는 것이 좋겠다는 말을 그곳에 있던 사람들에게 전했다.

페르미나 다사는 제단 옆에서 대부분의 사람과 작별 인사를 나누었지만, 친한 친구로 이루어진 마지막 일행은 길가로 난 현관까지 배웅해 주었다. 이는 평소처럼 손수 현관문을 잠그기 위해서였다. 그녀가 마지막 숨을 쉬면서 문을 잠그려는

---

14) 가톨릭에서 기도할 때 쓰는 성물(聖物)인 묵주를 가리킨다.

순간, 텅 빈 거실의 한가운데에서 상복을 입은 플로렌티노 아리사를 보았다. 그녀는 몹시 기뻤다. 자신의 삶에서 그를 지운 뒤 수십 년의 세월이 흘렀고, 망각이 그녀의 마음속에서 그를 씻어 낸 후 처음으로 만난 것이었기 때문이다. 그러나 그녀가 와 주어서 고맙다는 인사를 하기도 전에 그는 떨리는 손으로 근엄하게 모자를 가슴에 대고, 평생 동안 참고 견뎌 왔던 종기를 터뜨리고 말았다.

그는 말했다.

"페르미나, 반세기가 넘게 이런 기회가 오길 기다리고 있었소. 나는 영원히 당신에게 충실할 것이며 당신은 영원한 나의 사랑이라는 맹세를 다시 한번 말하기 위해서 말이오."

바로 그 순간 플로렌티노 아리사가 성령의 은총을 받았다는 생각을 하지 않았다면, 아마도 페르미나 다사는 자기가 미친놈 앞에 있다고 생각했을 것이다. 그녀는 무덤 속에 있는 남편의 시신이 아직 식지도 않았는데 우리 집을 더럽히는 이유가 무엇이냐며 욕설을 퍼붓고 싶은 충동을 느꼈다. 그러나 품위를 되찾고 분노를 삭이면서 말했다. "여기서 나가요. 당신이 살아 있는 동안에는 더 이상 보고 싶지 않아요." 그녀는 닫으려던 현관문을 다시 활짝 열고는 이렇게 말을 끝냈다.

"당신의 여생이 얼마 남지 않았으면 좋겠군요."

아무도 없는 황량한 거리로 발소리가 멀어져 가는 소리를 듣자, 그녀는 빗장을 걸고 자물쇠를 잠근 다음 아주 천천히 문을 닫고는 혼자 자신의 운명과 맞섰다. 그 순간까지 그녀는 자신이 열여덟 살이었을 때 야기했던 극적인 사건의 무게와

규모를 느낀 적이 한번도 없었다. 그러나 이제 그 사건은 그녀가 죽을 때까지 그녀를 쫓아다닐 것이었다. 재앙이 일어난 저녁 이후 처음으로 그녀는 아무도 보는 사람이 없는 가운데 눈물을 흘렸다. 그것이 그녀가 우는 유일한 방식이었다. 그녀는 남편의 죽음과 그가 느낄 고독 그리고 분노를 생각하며 울었다. 그러나 텅 빈 침실에 들어서자 그녀는 자기 자신을 생각하며 울었다. 왜냐하면 순결을 잃은 후 그 침대에서 혼자 잔 적이 거의 없었기 때문이다. 남편의 물건들을 보자 눈물이 흘러나왔다. 술 장식이 달린 슬리퍼, 베개 밑의 잠옷, 화장대 거울 속에 비친 그가 없는 공간, 자기 몸에 밴 그의 체취 등이 가슴에 사무쳐 왔다. 그녀는 '누군가에게 사랑받던 사람은 죽으면 자신의 물건을 모두 가져가야 한다.'라는 생각을 막연히 떠올리며 몸을 부르르 떨었다. 그녀는 누군가의 도움을 받으며 잠자리에 들고 싶지 않았고, 잠자기 전에 무언가를 먹고 싶지도 않았다. 슬픔에 짓눌린 그녀는 그날 밤 잠자는 동안에 죽게 해 달라고 하느님께 기도했고, 그런 환상을 가지고 신발은 벗고 옷은 입은 채 잠자리에 들었다. 그리고 잠자리에 들자마자 잠에 빠져들었다. 그녀는 이를 깨닫지 못하고 자고 있었지만, 꿈을 꾸면서도 자신이 아직 살아 있다는 것과 침대의 반쪽이 텅 비어 있다는 것, 평소처럼 침대 왼편에서 한쪽으로 몸을 돌려 자고 있지만, 침대의 다른 편에 다른 몸의 무게가 없다는 것을 알고 있었다. 잠이 든 채 그녀는 이렇게는 더 이상 살 수 없다고 생각하고는 잠 속에서 흐느껴 울기 시작했다. 한참 후에 첫닭이 울고 남편이 없는 아침의 해가 떠올라 그녀의 소망은 아랑곳하지 않고 깨울 때까지, 그녀는 왼쪽 구석에서 자세를 바꾸지도 않은 채 흐느끼면서 잠을 잤다. 그때서야 비로소 죽지도 않은 채 꿈속에서 흐느끼며 오랫동안 잤다는 것을 알았다. 그리고 울면서 자는 동안 죽은 남편보다도 플로렌티노 아리사 생각을 더 많이 했다는 사실도 깨달았다.

반면에 플로렌티노 아리사는 페르미나 다사가 길고 지난했던 사랑이 지나간 후 가차 없이 자신을 버린 51년 9개월하고도 4일 전부터 지금까지 한순간도 그녀를 잊은 적이 없었다. 그는 감옥에 갇힌 사람처럼 매일 벽에 작대기를 그으며 망각의 계산을 할 필요가 없었다. 단 하루도 그녀를 기억하게 하는 일이 일어나지 않고 지나가는 법이 없었기 때문이다. 두 사람이 헤어졌을 때 그는 어머니 트란시토 아리사와 단둘이서 '창문의 거리'에서 집 반쪽에 세 들어 살고 있었다. 그곳은 트란시토 아리사가 아주 어렸을 때부터 잡화점을 했고, 낡은 셔츠와 넝마를 찢어서 붕대를 만들어 전쟁에서 부상당한 사람들에게 팔던 곳이었다. 그는 외아들이었는데, 유명한 선주인 피오 5세 로아이사와 그의 어머니가 나눈 우연한 사랑의 산물이었다. 그의 아버지는 카리브 하천 회사를 설립했고 그로 인해 막달레나강의 증기선 운행에 새로운 자극을 가한 세 형제 중에서 장남이었다.

피오 5세 로아이사가 세상을 떠났을 때 그의 아들은 열 살이었다. 그는 비밀리에 아들의 양육비를 책임졌지만, 법적으로 자기 아들로 인정한 적이 없었고, 미래를 보증할 수 있는 그 어떤 것도 남기지 않았다. 그래서 플로렌티노 아리사는 어머니의 성을 따를 수밖에 없었다. 하지만 그가 누구의 아들인지는 모든 사람이 다 아는 사실이었다. 아버지가 죽은 후, 플로렌티노 아리사는 학교를 그만두고 우체국에서 수습사원으로 일해야 했다. 그곳에서 그는 우편 행랑을 열어 편지를 정리하고, 우편물이 온 나라의 국기를 우체국 문에 게양하여 편지가 왔음을 알리는 일을 맡았다.

그는 명석한 두뇌 덕택에 전신 기사의 관심을 끌게 되었다. 전신 기사인 로타리오 투구트는 독일 이민자로, 성당에 중요한 행사가 있을 때마다 오르간을 연주하기도 하고 음악 가정 교사 노릇도 하고 있었다. 로타리오 투구트는 플로렌티노에게 모스 부호를 가르쳤고, 전신 기계를 다루는 방법도 가르쳐 주었다. 바이올린 교습을 몇 번 받지도 않았는데 플로렌티노는 귀로 들은 것을 마치 전문가처럼 연주해 냈다. 페르미나 다사를 알게 되었을 때 그는 마을에서 가장 인기 있는 청년이었다. 최신 음악에 맞춰 가장 춤을 잘 추었고, 애절한 사랑의 시를 외워서 낭송하곤 했으며, 친구들에게는 그들의 애인을 위해 바이올린 독주로 세레나데를 연주해 주곤 했다. 그때부터 그는 비쩍 마른 체격에 머리칼은 원주민처럼 새까맸고, 향내 나는 포마드를 잔뜩 발랐으며 근시 때문에 안경을 썼는데, 그것은 어디에도 기댈 곳 없는 그의 애처로운 모습을 더욱 부각시켰다. 시력 문제 말고도 그는 만성 변비까지 있어 평생 동안 관장제의 신세를 져야만 했다. 그는 예복이라고는 죽은 아버지에게서 물려받은 검은 양복밖에 없었지만, 어머니 트란시토가 정성 들여 간수한 탓에 매주 일요일에 입고 나올 때마다 새 양복처럼 보였다. 유약하고 내성적인 분위기에 검은 옷만 입는 기벽에도 불구하고, 그를 알던 아가씨들은 비밀리에 제비뽑기를 해서 누가 그와 함께 어울릴지를 결정했고, 그 역시 그런 아가씨들과 어울리면서 즐겁게 놀았다. 그러나 페르미나 다사를 알게 되면서부터는 그런 순진한 장난에 종지부를 찍었다.

그녀를 처음 본 것은 로타리오 투구트가 주소도 정확하게 적히지 않은 전보를 주면서 로렌소 다사라는 사람에게 갖다 주라고 했던 어느 날 오후였다. 플로렌티노 아리사는 '복음(福音) 공원'에 있는 아주 오래된 집들 중 하나에서 그를 찾아냈다. 그 집은 반쯤 무너진 건물에 집 안의 정원은 대수도원의 회랑과 같았는데, 화분에는 잡초만 무성하고 분수에는 물 한 방울 없었다. 플로렌티노 아리사는 복도의 아치 밑으로 맨발의 하녀를 따라가면서 집 안에서 아무런 인기척도 듣지 못했다. 복도에는 인부들의 연장과 아직 풀지 않은 이삿짐 상자들이 석회와 시멘트 부대가 널린 가운데 어지럽게 놓여 있었다. 대규모의 개축 공사가 진행 중이었다. 마당 안쪽에는 임시 사무실이 있었는데, 그곳에는 곱슬곱슬한 구레나룻이 콧수염 있는 곳까지 난 아주 뚱뚱한 사람이 책상을 마주 보고 앉아서 낮잠을 자고 있었다. 그 남자의 이름이 로렌소 다사였다. 그는 그 도시에서 널리 알려진 사람이 아니었다. 아직 그곳에 도착한 지 이 년이 채 안 되었고, 친구도 많지 않았기 때문이다.

그는 불길한 꿈을 꾸고 있는 듯한 표정으로 전보를 받았다. 플로렌티노 아리사는 그의 창백한 눈을 직업상의 동정이 담긴 눈으로 바라보았고, 그가 떨리는 손가락으로 봉함을 뜯으려 하는 모습도 지켜보았다. 전보를 보면 곧바로 죽음을 떠올리는 수많은 사람들에게서 두려운 마음을 본 경험은 헤아릴 수 없이 많았다. 그는 전보를 읽자 이내 마음의 평정을 되찾고는 안도의 한숨을 내쉬며 "좋은 소식이군."이라고 말했다. 그런 다음 플로렌티노 아리사에게 정확하게 5레알[15]을 건네주었다. 안도의 미소를 지으면서 만일 전보가 좋지 않은 소식을 담고 있었다면 수고비를 주지 않았을 것이라는 사실을 은근히 암시했다. 그리고 플로렌티노와 악수를 하며 작별했는데, 그것은 전보 배달부에게는 흔히 하지 않는 행동이었다. 그리고 하녀가 그를 대문 앞까지 데려다 주었는데, 그것은 안내하기 위해서가 아니라 그를 감시하기 위해서 그런 것이었다. 하녀와 그는 아치가 둘러진 복도를 따라 왔던 쪽과 반대 방향으로 걸었지만, 이번에는 집 안에 다른 누군가가 있다는 사실을 깨달

---

15) 14세기 중반부터 몇 세기에 걸쳐 쓰인 통화다. 19세기 초반까지 발행되었다.

왔다. 왜냐하면 정원은 읽기 수업을 받는 어느 여자의 목소리로 가득했고, 그 목소리로 정원이 환해져 있었기 때문이다. 재봉실 앞을 지날 때 그는 창문으로 나이 지긋한 여인 한 명과 소녀 하나를 보았다. 두 사람은 의자를 나란히 붙이고 앉아서, 나이 지긋한 여인의 무릎에 펼쳐진 책을 함께 읽고 있었다. 그런데 참으로 이상한 모습이었다. 딸이 어머니에게 읽는 법을 가르쳐주고 있었던 것이다. 하지만 그의 생각에는 틀린 부분이 있었는데, 그 여인은 소녀를 자기 자식처럼 기르기는 했지만, 어머니가 아니라 고모였다. 수업은 중단되지 않았지만, 소녀는 눈을 들어 창밖으로 누가 지나가는지 쳐다보았다. 그 우연한 시선은 오십 년이 지난 후에도 끝나지 않고 세상을 뒤흔든 사랑의 시작이었다.

플로렌티노 아리사가 로렌소 다사에 관해 확인할 수 있었던 것은 그가 콜레라 전염병이 휩쓴 후 얼마 되지 않아 외동딸과 미혼 여동생을 데리고 산 후안 데 라 시에나가에서 왔다는 것뿐이었다. 그가 배에서 내리는 것을 본 사람들은 그가 이곳에 살기 위해 온 것임을 의심하지 않았다. 집 한 채를 꾸미는 데 필요한 것을 모두 가져왔기 때문이다. 아내는 딸아이가 아주 어렸을 때 세상을 떠났다. 에스콜라스티카라고 불리는 여동생은 마흔 살이었는데 길거리에 나설 때는 성 프란체스코 수도원의 수녀 복장을 했고, 집에 있을 때에도 허리에 고행자의 옷을 두르겠다는 서약을 충실히 지켰다. 당시 소녀는 열세 살이었고, 죽은 어머니와 똑같이 '페르미나'라는 이름을 가지고 있었다.

그곳 사람들은 로렌소 다사가 엄청난 재산가라고 생각했다. 특별한 직업도 없이 풍족하게 살았고, 복음 공원의 집도 현금으로 구입했으며, 집의 구입 가격인 200페소보다 두 배나 많은 돈을 들여 집을 수리했기 때문이다. 딸은 성모 봉헌 학교를 다녔는데, 그 학교는 두 세기 전부터 상류 사회의 딸들이 부지런하고 순종적인 아내가 되기 위해 일과 기술을 배우는 곳이었다. 식민지 시대와 공화국 초기에 그 학교는 명문가의 성을 이어받은 여자아이들만 받아들였다. 그러나 독립과 더불어 몰락한 옛 가문들은 새 시대의 현실에 굴복해야 했고, 그 학교는 수업료를 지불할 수 있는 모든 지원자들에게 문을 열게 되었다. 학교는 혈통 따위를 문제 삼지 않고 단지 가톨릭 가정에서 태어난 적자여야 한다는 기본적인 조건만 내걸었다. 어쨌거나 그 학교는 수업료가 비쌌고, 페르미나 다사가 그곳에서 공부한다는 사실은 그 자체가 가족의 사회적 지위를 나타내지는 않더라도 가족의 경제적 상황을 보여 주기에 충분한 증표였다. 이 소식을 듣자 플로렌티노 아리사는 기운을 냈다. 아몬드 모양의 눈을 가진 아름다운 소녀가 자기가 꿈꿔온 영역 내에 있다는 것을 알게 되었기 때문이다. 그러나 딸을 엄하게 다스리는 아버지는 넘을 수 없는 장벽임이 이내 드러나고 말았다. 늙은 하녀와 함께 가거나 무리를 지어서 함께 학교에 가던 다른 여학생들과는 달리, 페르미나 다사는 항상 노처녀 고모와 함께 다녔으며, 행동거지 또한 발라 한눈을 파는 법이 없었다.

플로렌티노 아리사는 이처럼 순진하게 외로운 사냥꾼의 비밀스러운 삶을 시작했다. 아침 7시부터 그는 조그만 공원에서 가장 눈에 띄지 않는 벤치에 혼자 앉아, 아몬드 나무의 그늘 아래서 시집을 읽는 척했다. 푸른 줄무늬 교복을 입고, 무릎까지 올라오는 스타킹과 발등에 끈을 매는 남성용 신발을 신은 다음, 굵게 하나로 따은 머리 끝에 어깨에서 허리까지 내려오는 리본을 단 그녀가 지나갈 때까지 그렇게 앉아 있었다. 그녀는 거만하게 걸었다. 머리는 꼿꼿이 세웠고, 눈은 움직이지 않았으며, 걸음은 빨랐고, 코는 뾰족했으며, 두 팔로 책가방을 가슴에 꼭 안고 다녔다. 사슴처럼 걷는 발걸음은 마치 중력의 영향을 받지 않는 것처럼 사뿐했다. 옆에는 성 프란체스코 수도원의 수녀복을 입고 허리에 고행자의 끈을 두른 그녀의 고모가 그녀와 보조를 맞추려고 애를 쓰고 걸으면서, 한 치의 접근도 허용하지 않았다. 플로렌티노 아리사는 매일 네 차례에 걸쳐 두 여자가 그곳을 오가는 것을 보았다. 하지만 일요일에는 미사가 끝난 후 단 한 번만 볼 수 있었다. 그러나 그는 페르미나 다사를 보는 것만으로도 족했다. 그는 점차 그녀를 이상화시켰고, 검증할 수 없는 미덕과 상상의 감정을 그녀에게 부여하곤 했다. 그렇게 이 주일이 지나자 마침내 그는 그녀만을 생각하게 되었다. 그래서 공증인과 같은 자신의 멋진 필체로 종이 양쪽 면에 간단히 편지를 써서 보내겠다고 마음먹었다. 그러나 그는 어떻게 건네줄 수 있을지 생각하면서 그 편지를 호주머니에 넣어둔 채 며칠을 보냈다. 그렇게 궁리하는 동안 잠들기 전에 몇 쪽을 더 썼고, 그리하여 처음 쓴 편지는 공원에서 그녀를 기다리면서 너무나 열심히 읽은 책들에서 따온 입발림 사전이 되고 말았다.

　편지를 전해 줄 방법을 찾으며 그는 성모 봉헌 학교에 다니는 여학생들을 사귀어 보려고 노력했지만, 그들은 그의 세계와 너무 멀리 떨어져 있었다. 또한 수없이 생각을 한 끝에 누군가가 자기의 의도를 아는 것은 바람직하지 않을 것이라고 생각했다. 그러나 그곳에 정착하고 얼마 되지 않은 어느 토요일에 페르미나 다사는 무도회에 초청을 받았지만, 아버지가 단호하게 "모든 것은 때가 있는 법이야."라는 말로 그 무도회에 참석하지 못하게 했다는 사실을 그는 알게 되었다. 양면으로 빼곡히 쓴 편지가 육십 장 이상이 되었을 때, 플로렌티노 아리사는 더 이상 자신의 비밀을 혼자 간직할 수 없었다. 그래서 비밀을 털어놓을 수 있는 유일한 사람이었던 자기 엄마에게 하나도 남김없이 사실을 털어놓았다. 자기 아들이 사랑의 문제를 너무도 솔직하게 털어놓자, 트란시토 아리사는 감동한 나머지 눈물까지 흘리면서, 자신의 빛으로 아들을 인도하려고 애썼다. 그녀는 서정적인 시구로 가득한 그 엄청난 분량의 편지를 건네주지 말라고 설득하면서, 그 여자아이도 사랑에 있어서는 풋내기이니, 그렇게 하면 그가 꿈꾸고 있는 여자아이를 놀라게 할 뿐이라고 말해 주었다. 그러면서 여자아이가 그의 맹세를 너무 갑작스럽게 받아들이지 않고 생각할 시간을 주기 위해서는, 먼저 그가 그녀에게 관심이 있다는 것을 알게 해야 한다고 충고했다.

　그러면서 이렇게 말했다.

　"하지만 무엇보다도 네가 첫 번째로 정복해야 할 여자는 그 소녀가 아니라 고모란다."

이 두 가지 충고는 의심할 여지 없이 현명한 것이었지만, 이미 때는 늦은 뒤였다. 페르미나 다사가 고모에게 읽는 것을 가르치다가 잠시 한눈을 팔면서 눈을 들어 누가 복도로 지나가고 있는지 보았던 그날, 사실 플로렌티노 아리사는 기댈 곳 없는 그 특유의 분위기로 그녀에게 깊은 인상을 심어 주었다. 밤에 저녁을 먹으면서 그녀의 아버지가 전보에 관해서 얘기한 탓에 그녀는 플로렌티노 아리사가 무슨 일로 자기 집에 왔으며, 직업이 무엇인지도 알게 되었다. 이런 정보는 그에 대해 더욱 관심을 갖게 만들었다. 당시 내부문의 사람들과 마찬가지로 그녀도 전신이라는 발명품이 마술과 관련이 있다고 생각했기 때문이다. 그래서 플로렌티노 아리사가 공원의 나무 밑에서 책을 읽고 있는 모습을 처음 본 순간부터 그를 알아보았던 것이다. 그 남자가 몇 주일째 그곳에 있었다고 고모가 말할 때까지는 그런 모습을 보고 마음이 설레지는 않았다. 그런데 매주 일요일마다 미사를 끝내고 나오는데도 그를 보게 되자, 고모는 그와 그토록 자주 마주치는 게 우연일 수는 없다고 확신하게 되었다. 고모는 "나 때문에 그런 고생을 하는 건 아닐 거야."라고 말했다. 에스콜라스티카 다사 고모는 행동이 엄격하고 항상 고행자의 옷을 입긴 했지만, 삶에 대한 본능과 공모를 꾸미는 데 뛰어난 소질을 가지고 있었다. 그것은 그녀가 지닌 최고의 덕목이었다. 그래서 한 남자가 자기 조카에게 관심을 보이고 있다는 생각만으로도 억제할 수 없는 흥분을 느끼기에 충분했다. 그러나 페르미나 다사는 아직 사랑에 대해 단순한 호기심조차도 느끼지 못했다. 그녀가 플로렌티노 아리사에게 느낀 감정은 그가 병자처럼 보였기 때문에 조금 불쌍하다는 것뿐이었다. 하지만 고모는 오래 살아야 남자의 참다운 본성을 알 수 있다고 말하고, 공원 벤치에 앉아 자기들이 지나가는 것을 지켜보던 그 남자가 상사병에 걸려 있다고 확신했다.

에스콜라스티카 고모는 사랑 없는 결혼에서 외로운 외동딸로 태어난 소녀에게는 이해와 애정의 피난처였다. 어머니가 죽은 뒤 페르미나 다사를 기른 그녀는 오빠 로렌소 다사와의 관계로 인해 고모라기보다는 오히려 공범자처럼 행동했다. 그래서 플로렌티노 아리사의 출현은 두 여자가 심심한 시간을 보내기 위해 고안해 내던 수많은 은밀한 재미 중의 하나가 되었다. 하루에 네 번씩 복음 공원을 지날 때마다 두 여자는 더위를 참으며 거의 언제나 검은 옷을 입은 채 나무 아래에 앉아 책을 읽는 척하던, 갈비씨에 소심해 보이는 이 별로 인상적이지 못한 보초에게 순간적으로 흘끗 눈길을 던지며 발길을 재촉하곤 했다. 그가 눈을 들어 자기를 쳐다보지도 않은 채 공원을 지나가던 두 여자, 그러니까 그의 삶에서 멀리 떨어져 있는 엄숙한 표정의 두 여자를 보기 전에, 둘 중 그를 먼저 발견한 사람은 "저기 있어."라고 말하면서 애써 웃음을 참곤 했다.

고모는 이렇게 말했다.

"불쌍해라. 내가 같이 다니니까 감히 접근도 못 하네. 하지만 그가 진지하고 심각하게 생각하게 되면, 언젠가 너에게 접근해서 편지를 건네줄 거야."

고모는 온갖 불행을 예견하면서, 금지된 사랑을 할 때 필수 불가결한 방법인 자필 편지로 서로의 미움을 전하는 법을 그녀에게 가르쳐 주었다. 그런 갑작스러운 행동은 유치해 보였지만, 페르미나 다사에게 새로운 호기심을 일깨워 주었다. 그렇지만 그 일이 심각하게 진전되고 있음을 깨닫는 데는 몇 달이 걸렸다. 그녀는 어느 순간에 장난이 고통과 열망이 되고, 언제 그가 보고 싶어서 피가 끓는지 알지 못했다. 그런데 어느 날 밤 그녀는 갑작스레 잠에서 깨어났다. 어둠에 잠긴 침대 맡에서 그가 자기를 보고 있는 꿈을 꾸었던 것이다. 그러자 고모의 예언이 이루어지기를 간절히 바랐고, 하느님께 기도하면서 그가 자기에게 편지를 건넬 수 있도록 해 달라고 애원했다. 그녀는 단지 그가 편지에서 무슨 말을 하는지 알고 싶을 뿐이었다.

그러나 그녀의 기도는 아무런 응답도 받지 못했다. 아니 그 반대였다. 그녀가 기도를 한 것은 바로 플로렌티노 아리사가 자기 어머니에게 고백했을 때였는데, 어머니는 일흔 장이나 되는 편지를 건네주겠다는 그의 생각을 단념하게 만들었던 것이다. 그래서 페르미나 다사는 그해가 다가도록 계속 편지를 기다려야만 했다. 12월의 방학이 다가오면서 그녀의 열망은 이내 절망으로 변했다. 그녀는 학교에 가지 않는 석 달 동안 어떻게 해야 그를 만날 수 있고, 그가 자기를 보게 하려면 어떻게 해야 할지 수없이 생각하면서 불안해했다. 그런 불안은 크리스마스이브 때까지도 해결되지 않았다. 그날 그녀는 그가 자정 미사를 보러 온 사람들 틈에서 자기를 바라보고 있다는 예감에 몸을 떨었고, 그녀의 마음은 흔들렸다. 그러나 아버지와 고모 사이에 앉아 있었기 때문에 그녀는 고개를 돌릴 엄두도 내지 못한 채, 자기 마음이 동요하고 있다는 사실을 들키지 않도록 안간힘을 써야만 했다. 하지만 무질서하게 성당을 나서는 수많은 사람들 틈에서 그를 너무나 가까이, 그리고 너무나 분명하게 느낀 나머지, 중앙 통로를 따라 걸어가면서 어깨 너머로 바라보고자 하는 저항할 수 없는 힘에 복종했다. 그러자 눈에서 두 뼘 정도 떨어진 곳에서 얼음처럼 차가운 눈과 창백한 얼굴, 그리고 사랑의 두려움으로 굳어 버린 입술을 보았다. 자신의 대담한 행동에 당황한 나머지 그녀는 넘어지지 않기 위해 에스콜라스티카 고모의 팔을 잡았고, 고모는 레이스 달린 긴 장갑 속으로 그녀의 손에 식은땀이 흐르고 있는 것을 알았다. 그러자 이유를 알아차린 고모는 무조건적인 공모자처럼 아무도 눈치채지 못할 신호를 주며, 그녀가 기운을 차리게 했다. 폭죽이 터지고 국가를 연주하는 북소리가 울려 퍼지고 집집마다 색색의 등불을 밝히고 평화를 염원한다면서 군중이 외치는 가운데, 플로렌티노 아리사는 새벽녘까지 몽유병자처럼 거리를 헤매면서, 그날 밤 태어난 사람이 하느님이 아니라 자기라는 환각에 사로잡혀 멍한 상태로 눈물을 흘리며 축제를 지켜보았다.

그다음 주가 되자 그의 멍한 상태는 더해만 갔다. 그런데 낮잠을 자는 시간에 아무런 희망도 없이 페르미나 다사의 집을 지나다가 그녀와 고모가 대문의 아몬드 나무 밑에 앉아 있는 것을 보았다. 재봉실에서 그녀를 처음 보았던 날의 오후 장면이 야외에서 다시 반복되고 있었다. 페르미나 다사가 고모에게 글 읽기 수업을 하고 있었던 것이다. 그러나 교복을 입지 않은 페르미나 다사는 어딘가 달라 보였다. 그녀는 마치 그리스 귀부인처럼 어깨부터 수많은 주름이 잡힌 튜닉을 입고 있었고, 머리에는 방금 꺾은 치자나무 화관을 쓰고 있어서 마치 왕관을 쓴 여신처럼 보였다. 플로렌티노 아리사는 그녀가 틀림없이 자기를 볼 수 있으리라 확신하던 공원 벤치에 앉았다. 그러나 그는 책을 읽는 척하는 방법을 쓰는 대신 책을 펴 놓고서 꿈속의 여인에게 시선을 고정시킨 채 앉아 있었다. 그러나 그녀는 그에게 자비의 눈길로 대답하지 않았다.

처음에 그는 어쩌다 아몬드 나무 밑에서 수업을 하게 된 것이고, 이는 아마도 집수리가 끝없이 계속되기 때문이라고 생각했지만, 며칠 후 페르미나 다사가 석 달간의 방학 동안 매일 같은 오후 시간에 자기가 그녀를 볼 수 있도록 그곳에 있을 것임을 깨닫게 되었다. 이런 확신은 그에게 새로운 희망을 불어넣어 주었다. 그녀는 그가 자신을 보고 있다는 것을 안다는 인상을 풍기지도 않았고, 그에게 관심이 있다는 신호도, 그를 혐오한다는 신호도 보내지 않았지만, 그녀의 무관심 속에는 그에게 참고 견딜 수 있는 힘을 주는 또 다른 광채가 발하고 있었다. 그런데 1월이 끝나가던 어느 날 오후, 고모는 의자에 책을 놓고 대문 앞에 조카를 혼자 놔두었다. 그녀는 수북이 쌓인 아몬드 나무의 누런 낙엽 사이에 홀로 있었다. 그것이 미리 계획된 기회라는 생각에 기운을 얻은 플로렌티노 아리사는 길을 건너 페르미나 다사 앞에 멈추었다. 너무나 가까이 있었기 때문에 그녀의 숨결과 꽃향기를 맡을 수 있었다. 그것은 그가 평생 동안 떠올릴 그녀의 냄새였다.

그는 고개를 똑바로 세우고 단호하게 말했다. 그것은 반세기가 지난 후에야 비로소 똑같은 이유로 다시 취할 수 있었던 태도였다.

그는 말했다.

"당신에게 부탁하고 싶은 것은 단지 이 편지를 받아 달라는 것뿐입니다."

그것은 페르미나 다사가 생각했던 목소리가 아니었다. 너무나 분명하고 또렷하며 자신에 찬 것이, 그의 유약한 태도와는 전혀 달랐던 것이다. 그러자 그녀는 수놓던 바늘에서 눈을 떼지 않은 채 "우리 아버지의 허락 없이는 그 편지를 받을 수 없어요."라고 대답했다. 플로렌티노 아리사는 그 목소리의 열기에 몸을 떨었다. 평생 잊지 못할 조용한 목소리였다. 그러나 그는 한 발짝도 움직이지 않은 채 전혀 망설이지 않고 "그럼 허락을 받으세요."라고 대답했다. 그런 다음 "이건 죽느냐 사느냐의 문제입니다."라는 애원하는 말로 그런 명령조를 부드럽게 들리게 했다. 페르미나 다사는 그를 쳐다보지도 않았고 수놓는 것을 멈추지도 않았지만, 온 세상이 들어가고도 남을 문을 살며시 열어 놓기로 결심했다.

그녀는 이렇게 말했다.

"매일 오후에 이리로 오세요. 그리고 내가 자리를 바꿀 때까지 기다리세요."

플로렌티노 아리사는 그 말이 무슨 뜻인지 헤아리지 못했다. 그런데 다음 주 월요일, 공원 벤치에서 본 장면은 평소와 똑같았지만 한 가지가 달라져 있었다. 에스콜라스티카 고모가 집 안으로 들어가자 페르미나 다사가 자리에서 일어나 고모의 의자에 앉았던 것이다. 양복 옷깃에 흰 동백꽃을 꽂고 있던 플로렌티노 아리사는 길을 건너 그녀 앞에 멈추어 섰다. 그러고는 "이것은 내 인생에서 가장 위대한 순간입니다."라고 말했다. 페르미나 다사는 그를 향해 눈을 들지는 않았지만, 두리번거리면서 주위를 살폈다. 그리고 건기의 푹푹 찌는 거리에 아무도 없고, 마른 낙엽들만이 바람에 소용돌이치는 것을 보고는 이렇게 말했다.

"편지를 주세요."

플로렌티노 아리사는 하도 많이 읽어서 외워 낭송할 수 있을 정도였던 칠십 장의 편지를 가져가려고 생각했다가, 간결하고 명확하게 적은 반 페이지만을 가져가기로 마음을 바꾸어 먹었다. 그 안에는 가장 본질적인 것만을 약속한 내용이 적혀 있었다. 그러니까 어떤 시련을 겪더라도 그녀에게 충실할 것이며 그녀를 영원히 사랑하겠다는 맹세가 담겨 있었던 것이다. 그는 양복 안주머니에서 편지를 꺼내 아직도 그를 쳐다볼 용기를 내지 못한 채 난처한 표정을 짓고 있던 수놓는 여인의 눈앞에 내밀었다. 그녀는 두려움으로 뻣뻣하게 굳어 버린 손에서 떨리고 있는 파란 봉투를 보고서, 그가 편지를 놓을 수 있도록 자수틀을 올렸다. 그것은 그녀가 그의 손이 떨리고 있음을 간파했다는 사실을 숨기기 위한 것이기도 했다. 그러자 일이 벌어졌다. 새 한 마리가 아몬드 나무의 잎사귀 사이로 몸을 흔들자, 바로 수를 놓고 있던 곳에 새똥이 떨어졌던 것이다. 페르미나 다사는 자수틀을 치웠고, 무슨 일이 일어났는지 그가 눈치채지 못하도록 그것을 의자 뒤로 숨겼다. 그러고는 새빨갛게 달아오른 얼굴로 처음 그를 쳐다보았다. 플로렌티노 아리사는 손에 편지를 든 채 태연한 표정으로 "그건 행운의 징조입니다."라고 말했다. 그녀는 처음으로 미소를 지으며 고맙다고 대답했고, 거의 빼앗듯이 편지를 낚아채서 접고는 자기 브래지어 속에 숨겼다. 그러자 그는 옷깃에 꽂혀 있던 동백꽃을 주었다. 그녀는 "그건 약혼의 꽃이에요."라고 말하면서 거절했다. 그리고 시간이 끝나가고 있음을 깨닫고는 다시 원래의 자세로 돌아가면서 말했다.

"이제 가세요. 내가 연락할 때까지 더 이상 이곳으로 오지 마세요."

플로렌티노 아리사가 그녀를 처음 만난 날, 그의 어머니는 그가 이야기하기 전에 이미 알아차리고 있었다. 그가 말도 없어지고 식욕도 잃어버렸으며, 침대에서 뒤척이며 밤을 하얗게 새웠기 때문이다. 그러나 첫 편지에 대한 대답을 기다리기 시작하면서 그는 설사를 하고 푸른색의 물질을 토하는 등 더욱 고통스러워했다. 방향 감각을 잃고 갑자기 기절하는 일도 있었다. 그러자 그의 어머니는 깜짝 놀랐다. 왜냐하면 그의 상태가 상사병이 아니라 콜레라의 끔찍한 증세와 유사했기 때문이다. 플로렌티노 아리사의 대부이자, 그의 숨겨 놓은 애인이 됐을 때부터 그녀가 믿고 지내 온 늙은 동종 요법 의사 역시 환자의 상태를 보자마자 소스라치게 놀랐다. 그것은 플로렌티노 아리사의 맥박이 희미하고, 호흡은 거칠었으며, 얼굴은 죽어 가는 사람처럼 창백하고 식은땀을 흘렸기 때문이다. 그러나 검사를 해 보니 그는 열도 없었고 아픈 곳도 없었다. 그가 유일하게 구체적으로 느낀 것은 당장 죽고 싶다는 마음뿐이었다. 그는 우선 플로렌티노에게, 그러고 나서 어머니에게 요리조리 캐묻고는 상사병은 콜레라와 증상이 동일하다는 것을 확인시켜 주었다. 그는 신경을 진정시키기 위해 참피나무의 꽃을 달여 먹이라고 처방해 주었으며, 안정을 되찾을 수 있도록 멀리 떨어진 곳으로 가서 분위기를 바꾸어 보라고 권했다. 하지만 플로렌티노 아리사가 갈구하던 것은 이러한 처방과 정반대였다. 그는 자신의 순교를 즐기고 싶었던 것이다.

트란시토 아리사는 행복을 추구하는 본능이 가난으로 인해 좌절되었던 아픈 과거를 지닌, 사십 대의 자유로운 여인이었다. 그녀는 아들의 고통을 자신의 것인 양 지켜보면서 흐뭇해했다. 아들이 헛소리를 할 때면 달인 약을 먹였으며, 오한을 느낄 때는 담요를 덮어 주었다. 그러나 동시에 그에게 허약한 상태를 즐기라고 기운을 북돋워 주면서 이렇게 말하곤 했다.

"이 기회를 실컷 이용하도록 해. 넌 젊으니 가능한 한 모든 고통을 겪어 보는 게 좋아. 이런 일이 평생 지속되는 건 아니거든."

물론 우체국에서는 그렇게 생각하지 않았다. 플로렌티노 아리사는 게을러졌으며, 정신을 딴 데다 판 나머지 우편물이 온 것을 알리는 국기를 잘못 게양하기도 했다. 도착한 배가 리버풀의 우편물을 가지고 온 레이랜드 회사의 배였는데 독일 국기를 달기도 했고, 어느 날에는 프랑스의 생나제르에서 우편물을 가지고서 대서양 횡단 회사의 배가 도착했는데 미국 국기를 게양하기도 했다. 이렇게 사랑 때문에 생긴 정신적 혼란으로 인해 그는 우편물도 엉터리로 분류했고, 사람들에게 수없이 항의를 받았다. 플로렌티노 아리사가 직장에서 쫓겨나지 않은 것은 로타리오 투구트가 그를 전신 기사로 계속 데리고 있으면서 대성당의 성가대로 데려가 바이올린을 연주시켰기 때문이었다. 두 사람은 할아버지와 손자 같은 나이 차 때문에 서로 이해하기 힘들었지만, 직장에서나 항구의 술집에서는 너무나 사이가 좋았다. 불쌍한 술주정뱅이 거지들부터 사교 클럽의 화려한 파티에서 코코야자를 넣은 밥과 튀긴 생선을 먹기 위해 도망친 연미복 차림의 부잣집 아이들에 이르기까지, 그곳은 사회 계급과 상관없이 모든 사람들이 자주 들르는 술집이었다. 로타리오 투구트는 전신실에서 마지막 교대 시간이 끝나면 그곳에 들렀으며, 종종 자메이카의 펀치를 마시고 서인도 제도에서 온 범선의 미치광이 선원들과 함께 아코디언을 연주하면서 새벽녘까지 있곤 했다. 그는 뚱뚱한 체구에 목은 거북이처럼 짧고 굵었으며, 턱수염은 황금빛이었고, 밤에 나갈 때면 고대 로마의 해방 노예들이 쓰던 삼각 두건을 둘렀다. 초롱꽃을 엮은 줄만 있으면 성 니콜라스와 똑같아 보일 정도였다. 그는 잠시 그곳에 들르는 선원들에게 호텔에서 급히 하룻밤의 사랑을 파는 여자들을 '밤새'라고 부르곤 했는데, 적어도 일주일에 한 번은 그런 밤새와 밤을 보내곤 했다. 플로렌티노 아리사를 알게 되었을 때, 그가 자신 있다고 생각하면서 베푼 첫 번째 행동은 자기 낙원의 비밀을 전수한 것이었다. 플로렌티노 아리사를 위해 가장 예뻐 보이는 밤새들을 고르고, 그 여자들과 가격과 사랑 방식을 흥정했으며, 서비스를 잘해 주라고 자기 돈으로 선불까지 했다. 그러나 플로렌티노 아리사는 그의 뜻을 받아들이지 않았다. 그는 숫총각이었고, 사랑 때문이 아니라면 동정을 버리지 않겠다고 굳게 마음먹고 있던 것이다.

그 호텔은 영광의 시절을 보았던 식민지 시대의 대저택이었다. 커다란 대리석 거실과 침실은 판자로 나뉘어 있었는데, 그 판자에는 들여다볼 수 있는 구멍이 뚫려 있었다. 호텔 주인은 사랑을 나누려는 사람들뿐만 아니라 그런 장면을 몰래 보고자 하는 사람들에게도 방을 내주었다. 그래서 방을 엿보다가 뜨개질바늘에 눈을 찔린 사람들, 엿보던 방에서 사랑을 나누고 있는 여자가 자기 아내라는 사실을 알게 된 남자들, 상류한 갑판장과 함께 황홀경을 맛보기 위해 매춘부로 변장하고 들어온 상류층 신사들에 관한 말이 오르내렸을 뿐만 아니라, 몰래 엿보던 사람들과 구경거리가 된 사람들의 불행에 관한 수많은 이야기 또한 전해 오고 있었다. 그래서 옆방으로 들어간다는 생각만 해도 플로렌티노 아리사는 두려워 몸을 떨었다. 로타리오 투구트가 보고 보여 주는 것은 유럽 왕자들의 세련된 취향이라고 설명했지만, 결국 그를 설득하지는 못했다.

비대한 몸집이 연상시키는 것과는 정반대로, 로타리오 투구트는 장미 봉오리처럼 통통한 어린아이의 성기를 가지고 있었다. 그렇지만 그것은 행운의 결점이었다. 왜냐하면 가장 닳고 닳은 밤새들이 그와 함께 자는 행운을 누리려고 서로 다투었기 때문이다. 싸우면서 밤새들은 목이 잘리는 사람처럼 비명을 질렀는데, 그 비명은 궁궐의 버팀목을 흔들고 유령들도 공포에 떨게 만들었다. 사람들은 그가 사용하는 독사의 독으로 만든 연고가 여자의 성기를 달아오르게 만든다고 말하곤 했지만, 그는 하느님이 자신에게 주신 물건 외에는 다른 그 어떤 것도 사용하지 않는다고 맹세하곤 했다. 그는 자지러질 듯이 웃으면서 "그건 순전히 사랑 때문이야."라고 말하곤 했다. 오랜 세월이 흐른 뒤에야 플로렌티노 아리사는 그의 말이 맞을지도 모른다는 사실을 알게 되었다. 그는 자신의 감정 교육이 상당히 진행되었던 때에 동시에 세 명의 여자를 이용하여 왕과 같은 삶을 살던 어떤 남자를 만나면서 마침내 그런 사실을 깨달았다. 세 여자들은 새벽녘에 자기들이 벌어 온 돈을 그에게 바쳤고, 그의 발밑에 꿇어앉아 돈을 조금 벌어 온 것에 대해 용서를 빌었다. 그 여자들이 원하는 유일한 보답은 그가 돈을 가장 많이 가져온 여자와 함께 잠자리를 하는 것이었다. 플로렌티노 아리사는 그런 모멸을 받고도 참는 것은 공포심 때문이라고 생각했다가 세 여자 중의 하나가 정반대의 진실을 말해 주자 깜짝 놀라고 말았다.

"사랑을 해야만 이렇게 살 수 있어요."

로타리오 투구트가 호텔에서 가장 귀한 손님 중의 하나가 된 것은 사랑꾼으로서의 재능이 아니라 그의 개인적인 매력 때문이었다. 아주 조용하고 고독을 좋아하는 플로렌티노 아리사 역시 호텔 주인의 존경을 받았다. 그래서 비탄에 잠겨 가장 어려운 시기를 보내는 동안 그는 푹푹 찌는 조그만 방에 틀어박혀 시와 로맨스 소설을 읽으면서 눈물을 흘려 댔으며, 그의 꿈은 발코니에 있던 검은 제비들의 둥지와 키스의 속삭임을 떠나 낮잠의 정적 속에서 날갯짓을 하곤 했다. 더위가 한풀 꺾이는 저녁 무렵에는 그날의 일과를 마치고 급히 사랑을 나누면서 위안을 찾으려는 사람들의 대화를 듣지 않을 수가 없었다. 그렇게 해서 플로렌티노 아리사는 수많은 부정(不貞)과 국가의 기밀 몇 가지를 알게 되었다. 그것은 아주 중요한 고객이나 그 지방의 권력자들조차 옆방에서 누군가가 그들의 대화를 엿들을 수 있다는 사실도 개의치 않은 채 하룻밤의 애인에게 비밀을 털어놓았기 때문이다. 또한 소티벤토에서 북쪽으로 4레구아 떨어진 곳에 5000억 페소가 넘는 순금과 보석을 가득 실은 스페인의 보물선이 17세기 때부터 가라앉아 있다는 사실도 알게 되었다. 그 이야기를 듣자 그는 몹시 놀랐다. 하지만 그 이야기를 다시 떠올린 것은 석 달이 지나서였다. 사랑에 미쳐 있는 그의 마음에 바다에 잠긴 보물을 인양하여 페르미나 다사가 금으로 목욕을 하도록 해 주고 싶다는 욕망이 잠에서 깨어났던 것이다.

세월이 흐른 후 시(詩)의 연금술로 이상화된 소녀가 정말로 어땠는지를 기억하려고 애썼을 때, 그는 그녀의 모습을 가슴이 찢어질 듯했던 당시의 황혼과 구별할 수가 없었다. 그가 모습을 드러내지 않고 그녀를 지켜보았을 때, 그러니까 첫 번째 편지에 대한 답신을 기다리고 있던 때, 일 년 사시사철 항상 4월이던 아몬드 나무들이 꽃비를 내리던 오후 2시의 가물거리는 햇빛 속에서 아름답게 변한 그녀를 보곤 했었다. 당시 성당 안이 내려다보이는 성가대 자리에서 로타리오 투구트와 함께 바이올린을 연주했던 것은 오로지 그녀의 튜닉이 찬송가의 산들바람을 받아 어떻게 흔들리는지를 보기 위해서였다. 그러나 그런 도취 상태는 마침내 그의 기쁨을 망쳐 놓고 말았다. 왜냐하면 신비적인 음악은 그의 정신 상태와 비교하면 너무나 따분했고, 그래서 그는 사랑의 왈츠로 그것을 보다 뜨겁게 달구려 했기 때문이다. 결국 로타리오 투구트는 그를 성가대에서 축출해야만 했다. 바로 그 당시에 그는 트란시토 아리사가 마당의 화분에서 기르고 있던 치자나무를 먹고 싶은 열망에 굴복하고 말았고, 그런 방식으로 페르미나 다사의 향내를 알게 되었다. 또한 그 무렵 그는 자기 어머니의 가방에서 함부르크와 미국을 오가던 선원들이 밀수로 팔던 1리터짜리 향수병을 우연히 발견하고 사랑하는 여인의 다른 향내를 알기 위해 그것을 조금 먹어 보고 싶은 유혹을 이기지 못했다. 그런데 그는 그 향수를 새벽녘까지 계속해서 마셨고, 결국 페르미나 다사에 취해 독주까지 들이켜게 되었다. 처음에는 항구의 선술집에서, 나중에는 지붕 밑에서, 더 시간이 흐른 후에는 쉴 수 없는 연인들이 위안의 사랑을 나누던 방파제에서 하염없이 바다를 바라보다가 정신을 잃고 말았던 것이다. 아침 6시까지 실낱같은 희망으로 초조하게 그를 기다리던 트란시토 아리사는 아무도 생각하지 못한 구석구석까지 그를 찾아 헤맸고, 점심때가 조금 지나서야 익사체가 휩쓸려 오던 해변의 한구석에서 향긋한 구토물의 웅덩이 속에 뒹굴고 있는 아들을 발견했다.

트란시토 아리사는 그가 숙취에서 회복되는 틈을 이용해,

편지의 회답을 기다리는 그의 태도가 너무 수동적이라며 나무랐다. 그러면서 용기 없는 사람은 절대로 사랑의 왕국에 들어갈 수 없으며, 그 왕국은 잔혹하고 무자비한 곳이고, 여자는 결단력 있는 남자에게만 인생을 맡기며, 결단력은 여자들이 인생을 살아가면서 너무나 갈망하게 되는 안정감을 불러일으킨다고 말했다. 플로렌티노 아리사는 그 교훈을 필요 이상으로 진지하게 받아들였다. 트란시토 아리사는 아들이 검은 양복을 입고 빳빳한 모자를 쓰고 셀룰로이드 칼라에 감상적인 나비넥타이를 매고 잡화점을 나서는 모습을 보자 자부심을 숨길 수 없었다. 그것은 어머니로서의 자부심이라기보다는 색정을 이기지 못한 여자의 마음이었다. 어머니는 농담 삼아 장례식에 가느냐고 물었다. 그러자 그는 귀를 붉히면서 "비슷하다고 봐야죠."라고 대답했다. 그녀는 아들이 잔뜩 두려움에 질려 있지만 결심은 확고하다는 사실을 눈치챘다. 그러자 그에게 마지막 충고를 하고 축복을 베풀어 주면서, 배꼽을 잡고 웃으며 그녀의 마음을 얻고 돌아오면 향수병을 하나 더 따서 함께 축하할 것을 약속했다.

한 달 전에 편지를 건네준 뒤로 그는 공원에 가지 않기로 한 약속을 수시로 어겼지만, 그녀가 자기의 모습을 보지 못하도록 무척 조심했다. 아무것도 달라진 것이 없었다. 나무 아래서의 책 읽기 수업은 도시 사람들이 낮잠에서 깨어나는 오후 2시경에 끝났고, 페르미나 다사는 더위가 한풀 꺾일 때까지 고모와 함께 수를 놓았다. 플로렌티노 아리사는 그녀의 고모가 집 안으로 들어갈 때까지 기다리지 않고서 군인처럼 성큼

성큼 걸어서 길을 건넜다. 그러자 힘이 없던 그의 무릎에도 기운이 솟아났다. 그러나 그는 페르미나 다사가 아닌 그녀의 고모를 향해 가서 이렇게 말했다.

"부탁이 있습니다. 제가 이 숙녀와 잠시 단둘이 있도록 해 주시겠습니까? 긴히 할 말이 있습니다."

그러자 고모가 말했다.

"무례하군. 이 숙녀와 관계된 것이라면, 내가 듣지 못할 말은 하나도 없네."

그 말을 들은 플로렌티노 아리사는 이렇게 대답했다.

"그렇다면 말하지 않겠습니다. 하지만 한 가지만 경고하지요. 앞으로 일어날지도 모르는 일은 전적으로 아주머니께 책임이 있습니다."

그것은 에스콜라스티카 다사가 이상적인 애인에게 기대한 말투는 아니었지만, 그녀는 놀라서 벌떡 일어났다. 처음으로 플로렌티노 아리사가 성령의 힘으로 말하고 있는 듯한 놀라운 인상을 받았던 것이다. 그래서 그녀는 바늘을 바꾸기 위해 집 안으로 들어가면서, 두 젊은이를 대문 앞의 아몬드 나무 아래에 놔두었다.

사실 페르미나 다사는 한겨울의 제비처럼 자기 인생에 불쑥 나타난 과묵한 구혼자에 관해 아는 것이 거의 없었다. 편지에 서명한 이름이 없었다면 그의 이름마저 모를 뻔했다. 그녀는 편지를 받은 다음에 그에 관해 알아보았다. 그래서 그가 부지런하고 성실하지만, 젊었을 때 범한 단 한 번의 실수로 지울 수 없는 낙인이 찍혀 살아가는 여자의 아들이며, 아버지가 없는 사생아라는 것을 알 수 있었다. 또한 그녀가 생각했던 대로 전보 배달부가 아니라 전도유망하다고 평가받는 전신 기사의 조수라는 것도 알았으며, 그가 아버지에게 전보를 가져온 것은 자신을 만나기 위한 구실에 지나지 않았다고 생각했다. 이런 생각은 그녀를 감동시켰다. 그리고 그가 성가대 반주자 중의 하나라는 것도 알고 있었다. 비록 미사 중에 눈을 들어 그가 연주하고 있는지 확인해 보려고 한 적은 한 번도 없지만 말이다. 그렇지만 어느 일요일, 그녀는 다른 악기들이 미사에 참여한 모든 사람들을 위해 연주되고 있지만 바이올린만은 자기만을 위해 연주되고 있다는 계시를 받았다. 그는 그녀가 고르고 싶은 남자는 아니었다. 주워 온 아이처럼 보이게 하는 안경알, 성직자 같은 옷차림새, 그의 신비스러운 재주는 그녀에게 뿌리치기 힘든 호기심을 자아냈지만, 호기심이 사랑의 수많은 가면 중의 하나라는 생각은 한 번도 해 보지 못했다.

그녀도 자기가 왜 편지를 받았는지 이해할 수 없었다. 그런 행동을 한 자신을 책망하지는 않았지만, 그녀는 답을 주겠다고 했던 약속에 갈수록 압박감을 느꼈으며, 그것은 그녀의 삶에 방해물이 되고 있었다. 아버지의 말 한마디, 우연한 눈길, 그리고 사소한 행동 하나하나도 그녀의 비밀을 파헤치려는 함정처럼 느껴졌다. 마침내 그녀의 경계심은 사소한 부주의로인해 비밀이 탄로 날지도 모른다는 두려움으로 변했고, 결국 식탁에서도 말하기를 삼가는 지경에까지 이르게 되었다. 또한 마치 자기 일처럼 그녀의 억눌린 고민을 함께했던 고모마저 피하게 되었다. 그녀는 아무런 이유도 없이 아무 때나 화장실에 틀어박혀 지냈으며, 그의 편지를 읽고 또 읽으면서 쉰여덟 개의 단어를 이루고 있는 314개의 글자 속에서 그 글이 말하고 있는 것 이상을 발견할 수 있으리라는 기대를 가지고 그곳에 숨겨진 마술적 공식, 즉 비밀의 암호를 알아내려고 노력했다. 그러나 처음에 읽었던 내용 이상은 아무것도 발견할 수 없었다. 뜨겁고 열렬한 내용이 길게 써 있을 것이라는 희망에 부풀어 두근거리는 마음으로 봉투를 찢었지만 향내 나는 종이쪽지 한 장을 발견하고서 그의 결단력에 놀랐던 첫날의 내용 밖에는 없었던 것이다.

처음에 그녀는 자기가 답장을 해야 한다고 진지하게 생각하지는 않았다. 그러나 편지의 내용이 너무나 분명했기 때문에 그것을 피할 방도가 없었다. 그러는 동안 그녀는 망설임의 폭풍 속에서 자기가 생각하던 것 이상으로 플로렌티노 아리사를 자주 생각하고 있으며, 그에게 관심을 보이고 있다는 사실에 놀랐다. 심지어는 자기가 답장을 생각하는 동안에는 그에게 오지 말라고 부탁한 것도 기억하지 못한 채, 왜 그가 평소에 오던 시간에 그 공원으로 오지 않는 것인지 비탄에 잠겨 스스로에게 묻기도 했다. 그래서 누군가를 그토록 생각하리라고는 상상도 하지 못했던 방식으로 그를 생각하게 되었다. 그러니까 그가 있지도 않는 곳에 있을 것이라고 예감했고, 그가 있을 수 없는 곳에 있기를 원했다. 또한 잠자고 있는 동안 그가 어둠 속에서 자기를 지켜보고 있는 듯한 느낌에 잠을 깨기도 했다. 그래서 조그만 공원의 노란 나뭇잎 더미를 밟으며 그가 뚜벅뚜벅 걸어오는 것을 보았던 어느 날 오후, 그녀는 자기의 꿈이 장난을 치고 있는 것이 아니라는 사실을 좀처럼 믿을 수 없었다. 그러나 그가 연약해 보이는 모습과는 전혀 다르게 아주 단호한 태도로 답장을 요구하자, 그녀는 두려움을 이겨 내고 그에게 어떻게 답장을 해야 할지 몰랐다고 사실대로 말하면서 그의 추궁을 피하려고 했다. 그러나 플로렌티노 아리사는 그런 변명을 듣고 물러서기 위해 깊은 심연을 뛰어넘은 것이 아니었다. 그는 말했다.

"편지를 받았는데 답장을 하지 않은 것은 예의에 어긋나는 일입니다."

이것은 미루의 끝이었다. 페르미나 다사는 다시 자기 자신의 주인이 되어 너무 늦어서 미안하다고 사과하면서 방학이 끝나기 전까지 답장을 받게 될 거라고 예의 바르게 대답했다. 그리고 그 약속을 지켰다. 2월의 마지막 금요일, 그러니까 학교가 개학하기 사흘 전에 에스콜라스티카 고모는 우체국에 가서 전보 배달 지역 목록에 있지도 않은 '피에드라스 데 몰레르' 마을에 전보를 보내려면 얼마가 드느냐고 물었다. 플로렌티노 아리사가 그녀를 맞았지만, 두 사람은 마치 서로 한 번도 본 적이 없는 듯한 표정을 지었다. 그런데 우체국을 나가면서 그녀는 창구에 도마뱀 가죽 장정의 기도서를 의도적으로 잊어버린 채 놓아두었다. 그 안에 바로 금박 무늬가 찍힌 리넨 봉투가 들어 있었다. 플로렌티노 아리사는 너무나 기쁜 나머지 그날 내내 장미를 먹으면서 편지를 읽었다. 글자 하나하나를 읽고 또 읽었고, 읽으면 읽을수록 더 많은 장미를 먹었다. 자정이 될 무렵 그는 편지를 너무나 많이 읽은 나머지 장미도 너무 많이 먹게 되었다. 그래서 그의 어머니는 마치 송아지를 다루듯이 그의 머리를 붙잡고 피마자기름으로 만든 약을 먹여야만 했다.

그해는 두 사람이 처절할 정도로 사랑에 빠진 해였다. 두 사람 모두 서로를 생각하고, 상대방과 함께 있는 것만을 꿈꾸면서 인생을 꾸려 나갔다. 상대방의 편지를 받기를 너무나 갈구했고, 똑같은 마음으로 답장을 했다. 환희에 들뜬 그 봄날과 그다음 해에도 그들은 직접 만나서 이야기를 나눌 기회가 없었다. 그 정도가 아니었다. 그들이 처음 만난 후로 그가 반세기 후에 자신의 결심을 다시금 말했을 때까지, 두 사람은 한 번도 단둘이 만날 기회가 없었고 사랑에 관해 말할 기회도 없었던 것이다. 그러나 처음 석 달은 하루도 빼놓지 않고 서로 편지를 주고받았다. 그리고 어떤 때는 하루에 두 통을 주고받기도 했다. 그것은 에스콜라스티카 고모가 자기가 불이 붙도록 도와준 이 강렬한 사랑의 불길에 놀라는 날까지 지속되었다.

자신의 운명에 대한 복수의 타다 남은 재를 가지고 우체국으로 첫 편지를 갖다준 이후, 에스콜라스티카 고모는 거의 매일 길거리에서 우연을 가장하여 그를 만나 편지를 전해 주었다. 그러나 하찮고 덧없는 말이라도 나눌 수 있게 직접 두 사람이 만나도록 주선할 용기는 없었다. 하지만 석 달이 지날 무렵, 그녀는 처음에 생각했던 것처럼 자기 조카가 소녀다운 공상의 피해자가 아니며, 자신의 삶이 이 사랑의 불길에 위협받고 있다는 사실을 깨달았다. 사실 에스콜라스티카 다사는 자기 오빠가 베풀어 주는 자비 이외에는 살아갈 방법이 아무것도 없었고, 폭군과 같은 오빠의 성격으로 볼 때 철석같이 믿었던 동생의 배신을 절대로 용서하지 않을 것임을 알고 있었다. 그러나 최후의 결정을 내리는 순간이 되자 그녀는 자기가 젊었을 때부터 지녀야 했던 형용할 수 없는 슬픔을 조카에게 안겨 줄 정도로 몰인정해지지 못했다. 그래서 그녀는 페르미나 다사의 일에 자기가 결백하다는 환상을 유지할 수 있는 전략을 쓰기로 했다. 그 방법은 아주 간단했다. 페르미나 다사가 매일 오가는 집과 학교 사이의 어느 숨겨진 장소에 편지를 놓고, 그 편지에 플로렌티노 아리사에게 어디에 답장을 놓을지를 지시하는 것이었다. 이런 식으로 그해의 나머지 나날 동안 에스콜라스티카 고모가 느끼던 양심의 문제는 해결되었고, 편지는 교회의 세례실, 나무 구멍, 폐허가 되어 버린 식민지 요새의 틈에 숨겨졌다. 종종 그들은 비에 젖거나 진흙에 더러워지거나 불운에 의해 찢겨 나간 편지를 발견하기도 했다. 그리고 어떤 경우에는 여러 가지 이유로 편지가 분실되기도 했지만, 항상 그들은 서로 다시 만날 수 있는 방법을 찾아내곤 했다.

플로렌티노 아리사는 매일 밤 편지를 쓰면서 자기 자신에게는 눈곱만큼의 자비도 베풀지 않았다. 잡화점의 뒷방에서 나오는 야자수 기름 램프의 연기에 건강을 해치면서 글자 하나하나를 썼던 것이다. 당시 그는 대중 문고판으로 나온 시집을 이미 여든 권이나 가지고 있었는데, 그의 편지는 자신이 좋아하는 그 시인들을 모방하려고 하면 할수록 더 길어지고 광적이 되었다. 아주 열렬하게 그의 고통을 즐기라고 부추겼던 그의 어머니는 그의 건강 상태에 긴장하게 되었고, 첫닭이 우는 소리를 들을 때면 침실에서 이렇게 소리치곤 했다. "네 머리가 닳아 없어지겠구나. 그 정도로 가치 있는 여자는 이 세상에 아무도 없어." 그녀는 그토록 광적인 상태에 있던 사람을 한 번도 본 적이 없었던 것이다. 그러나 그는 그런 말에 신경 쓰지 않았다. 그는 페르미나 다사가 학교에 가는 도중에 발견할 수 있도록 미리 정해진 장소에 편지를 숨겨 놓은 다음, 한숨도 자지 못한 채 간밤의 사랑으로 머리카락이 헝클어진 모습으로 종종 출근하곤 했다. 반면에 그녀는 아버지의 경계의 눈초리와 수녀들의 심술궂은 감시를 받고 있었다. 그래서 화장실에 틀어박히거나 수업 시간에 필기를 하는 척하면서 간신히 학교 공책의 반 페이지만을 채울 수 있었다. 그러나 이렇게 편지를 짧게 쓰는 것이 시간이 없거나 누군가에게서 급습을 받을 위험 때문만은 아니었다. 그것은 그녀의 성격이기도 했다. 그녀의 편지는 그 어떤 감정의 위험도 피했으며, 단지 항해 일지를 쓰듯이 성실하게 자신의 일상적인 일들을 이야기하는 데 그쳤다. 사실 그녀에게 있어 그 편지들은 심심풀이용으로, 자기 손은 불에 넣지 않으면서 뜨거운 불길을 유지하려는 것이 목적이었다. 반면에 플로렌티노 아리사는 한 줄한 줄마다 자신을 불태우고 있었다. 자신의 광기를 그녀에게 전염시키고 싶어 어쩔 줄 모르던 그는 바늘 끝으로 동백꽃잎에 세밀하게 새긴 시를 보냈다. 편지 안에 한 줌의 머리카락을 넣을 용기를 낸 사람은 그녀가 아니라 그였다. 그러나 그는 그토록 갈구하던 페르미나 다사의 땋은 머리카락 한 움큼은 받지 못했다. 하지만 적어도 그런 방법으로 한 발짝 더 나아가는 데는 성공했다. 왜냐하면 그때부터 그녀도 사전 속에 끼워 놓았던 마른 나뭇잎, 나비 날개, 마술적인 새의 깃털을 그에게 보내기 시작했고, 그녀 나이의 여학생으로서는 당시에 도저히 살 수 없는 가격으로 비밀리에 팔리고 있던 가로와 세로가 각각 1센티미터인 성 페드로 클라베르의 옷 조각[16]을 생일 선물로 주었던 것이다. 어느 날 밤 페르미나 다사는 아무런 예고도 없이 울려 퍼진 바이올린의 세레나데에 놀라 잠을 깼다. 바이올린 독주로 한 곡의 왈츠가 연주되고 있었던 것이다. 그녀는 하나하나의 음이 자기가 식물 표본에서 꺼낸 꽃잎과 산수 시간을 이용해 몰래 쓴 편지, 자연 과학보다 그를 더 생각하면서 시험 시간을 두려워했던 것에 감사하기 위한 행동이라는 사실을 깨닫자 몸을 떨었다. 그러나 플로렌티노 아리사가 그런 대담한 행동을 할 인물이라고는 감히 생각하지 못했다.

다음 날 아침 식사를 하면서 로렌소 다사는 궁금증을 참을 수가 없었다. 첫째로 세레나데의 언어를 바이올린 독주로 연주한 것이 무슨 의미인지 알 수 없었고, 둘째로 주의를 기울여 들어 보았지만 도대체 어느 집을 향해 연주하고 있는지는 알 수 없었던 것이다. 에스콜라스티카 고모는 침착했고, 그런 태도는 그녀의 조카에게도 영향을 주었다. 고모는 침실의 커튼 사이로 외로운 바이올리니스트가 공원의 반대편에 있는 것을 보았으며, 어쨌거나 바이올린 독주를 했다는 것은 관계

---

16) 스페인 태생의 예수회 신부로 콜롬비아의 카르타헤나로 건너와 흑인들을 위해 평생을 산 성인이다.

가 깨졌음을 알리는 것이라고 말했다. 그날 편지에서 플로렌티노 아리사는 세레나데를 연주한 사람은 바로 자신이며, 그 왈츠는 자기가 작곡한 것으로 제목은 그가 마음속으로 생각하고 있던 페르미나 다사의 또 다른 이름인 '왕관을 쓴 여신'이라고 확인해 주었다. 그는 두 번 다시 공원에서 그 곡을 연주하지는 않았지만, 그녀가 침실에서 놀라 벌떡 일어나지 않고도 들을 수 있도록 달이 빛나는 밤에 자신이 선택한 장소에서 연주를 하곤 했다. 그가 가장 좋아한 장소 중의 하나는 햇빛과 비바람에 그대로 노출된 채 가난한 사람들이 묻혀 있는 공동묘지였다. 쓸쓸한 언덕 위에 있는 그 묘지에는 독수리들이 잠을 자고 있었고, 음악은 초자연적인 울림을 지니곤 했다. 나중에 그는 바람의 방향을 알고서 자기의 멜로디가 가야 할 곳에 도착한다는 확신을 갖게 되었다.

그해 8월, 반세기 전부터 그 나라를 황폐화시키던 수많은 내전 중의 하나가 전국적으로 번질 조짐을 보이자 정부는 계엄령을 선포했고, 카리브해 연안 지역에는 저녁 6시 이후로 통행금지가 실시되었다. 이미 몇 번의 소요 사태가 발생했고, 군대는 온갖 보복적 행위를 자행했지만 플로렌티노 아리사는 사랑에 정신을 잃은 나머지 세상일이 어떻게 돌아가는지 알지 못하고 있었다. 그런데 어느 날 새벽, 군인 순찰대가 사랑스러운 음악으로 죽은 자들의 고요함을 방해하고 있던 그를 급습했다. 그가 즉결 처형에서 벗어난 것은 거의 기적이었다. 그는 '솔' 음을 암호로 사용하여 근처의 바닷가를 배회하고 있던 자유당 선박에 메시지를 보낸 첩자라는 혐의를 받았던 것이다. 플로렌티노 아리사는 이렇게 말했다.

"제기랄, 무슨 첩자라는 겁니까? 난 사랑에 빠진 가련한 남자일 뿐이라고요."

그는 발목에 쇠사슬이 묶인 채 지방 주둔 부대의 감방에서 사흘 밤을 보냈다. 그러나 석방되자 너무나 짧은 포로 생활 때문에 일종의 사기를 당한 듯한 느낌이 들었다. 심지어 그가 나이를 먹어서 그 내전과 또 다른 수많은 내전을 혼동하게 되었을 때도, 그는 그 도시, 아니 아마도 그 나라에서 사랑 때문에 2킬로그램이나 되는 족쇄를 찬 사람은 자기뿐일 것이라고 믿었다.

열정적인 사랑의 편지를 주고받은 지 이 년이 될 무렵, 플로렌티노 아리사는 단 한 단락의 편지로 페르미나 다사에게 정식으로 청혼했다. 지난 육 개월 동안 여러 번 흰 동백꽃을 보냈지만, 그녀는 다음 편지에 그 꽃들을 넣어 되돌려 주었다. 이는 의심의 여지 없이 그녀가 그에게 계속 편지 쓸 자세는 되어 있지만, 약혼할 정도로 심각한 감정은 없다는 것을 보여 주기 위한 행동이었다. 사실 그녀는 동백꽃이 왔다가 가는 것을 연인들의 장난이라고 생각했을 뿐, 그것이 자기 운명의 갈림길이 되리라고는 한 번도 생각해 보지 않았다. 그러나 정식으로 청혼을 받자 처음으로 죽음의 발톱에 깊은 상처를 입은 것 같은 느낌이 들었다. 너무나 두려운 나머지 그녀는 에스콜라스티카 고모에게 그런 사실을 이야기했고, 그녀는 용감하고 명민하게 그녀의 자문에 응해 주었다. 그러한 자세는 에스콜라스티카 고모가 자신의 운명을 결정해야만 했던 스무 살 때에는 지니지 못했던 것이었다. 에스콜라스티카 고모가 말했다.

"좋다고 대답해. 지금은 두려움에 질려 어쩔 줄 모를지라도, 그리고 나중에 후회할지 모른다 해도 말이야. 어쨌거나 싫다고 대답하면 넌 평생 후회하게 될 거야."

그러나 페르미나 다사는 너무나 혼란스러운 나머지 생각할 시간을 달라고 했다. 우선 한 달의 기간을 달라고 했고, 그 다음에 또 한 달, 그러고 나서 또 한 달을 요구했다. 그렇게 아무 대답도 하지 않은 채 넉 달이 흘러가자, 그녀는 다시 흰 동백꽃을 받게 되었다. 그러나 지난번과는 달리 봉투 속에 꽃만 있는 것이 아니라, 이것이 마지막이라는 단호한 쪽지가 동봉되어 있었다. 그 쪽지에는 지금 아니면 절대로 아니라는 글이 쓰여 있었다. 그리고 같은 날 오후 봉투를 받았을 때 죽음의 얼굴을 본 사람은 바로 플로렌티노 아리사였다. 그 봉투에는 학교 공책을 찢은 조각이 담겨 있었는데, 거기에는 연필로 쓴, 다음과 같은 단 한 줄의 문장이 적혀 있었다. "좋아요. 나한테 가지를 먹이지 않겠다고 약속하면, 당신과 결혼하겠어요."

플로렌티노 아리사는 전혀 준비가 되지 않은 상태로 답장을 받았지만, 그의 어머니는 달랐다. 그가 처음으로, 그러니까 육 개월 전에 그녀와 결혼하겠다는 생각을 말했을 때, 트란시토 아리사는 당시까지 두 가족과 함께 세 들어 살던 그 집 전체를 임대하기 위한 협상을 시작했다. 그 집은 17세기에 지은 2층 건물로, 스페인 통치 시절에는 담배 공장이 있었다. 파산한 이 집의 주인은 집을 유지할 돈이 없어서 이리저리 나누어 임대해야만 했다. 한쪽은 예전에 담배 가게가 있었던 곳으로 도로에 접해 있었고, 다른 한쪽은 공장이 있었던 곳으로 돌길이 깔린 마당 안쪽에 있었다. 그리고 아주 커다란 마구간이 있던 곳은 현재의 세입자들이 옷을 빨고 널어놓기 위해 공동으로 사용하고 있었다. 트란시토 아리사는 제일 작지만 가장 편하고 잘 보존된 첫 번째 부분에 살고 있었다. 잡화점은 옛날 담배 가게 자리에 있었다. 그곳에 있는 문은 거리를 향해 나 있었고, 그 옆에는 채광창으로만 통풍이 되는 옛 창고가 있었다. 그곳이 바로 트란시토 아리사가 잠을 자는 곳이었다. 창고가 거실의 반을 차지했는데, 가게와 창고는 나무판자로 나뉘어 있었다. 창고에는 테이블 하나와 의자 네 개가 있었는데, 그 테이블은 식탁 겸 책상으로 사용되었다. 바로 그곳에서 플로렌티노 아리사는 새벽녘까지 글을 쓰거나 해먹에 누워서 잠을 자며 지냈다. 그곳은 두 사람에게는 넉넉한 공간이었지만, 한 사람이 더 와서 함께 쓰기에는 비좁았다. 더군다나 성모 봉헌 학교의 학생이며, 잿더미였던 집을 새 집처럼 복구한 아버지를 둔 아가씨가 살기에는 턱없이 좁았다. 그녀는 잠자는 동안에 지붕이 자기들 위로 무너져 내리지 않을까 걱정하면서 잠을 자던 한 지붕 세 가족의 일곱 식구와는 달랐던 것이다. 그래서 트란시토 아리사는 오 년간 집을 깨끗이 쓰겠다는 조건으로 주인에게 마당에 있는 회랑을 써도 좋다는 허락을 받아 냈다.

그녀는 그럴 만한 재산이 있었다. 잡화점을 운영하고 지혈용 넝마를 팔아 벌어들이는 실제 수입은 그녀가 검소한 생활을 하기에 충분했다. 그 외에도 그녀는 돈이 궁한 불쌍한 새

고객들에게 돈을 빌려주면서 재산을 몇 배로 불려 가고 있었다. 그들은 그녀가 비밀을 지켜 준다는 이유 때문에 고리의 이자를 서슴지 않고 받아들였다. 왕비와 같은 기품을 지닌 귀부인들이 거추장스러운 유모나 하인들의 도움을 받지 않고 마차에서 내려 잡화점으로 들어가, 네덜란드산 레이스와 장식품들을 사는 척하면서 눈물을 흘리며 잃어버린 낙원의 마지막 장신구들을 저당 잡히곤 했다. 트란시토 아리사는 그들을 어려운 지경에서 구해 주면서도 그들의 혈통과 가문을 세심히 배려해 주었다. 그래서 이 귀부인들 대부분은 돈을 빌려준 것보다 명예를 유지시켜 준 것에 더욱 고마워하면서 가게를 떠나곤 했다. 십 년이 채 못 되는 기간 동안 귀부인들이 무수히 되찾았다가 다시 눈물을 흘리며 저당 잡히는 보석들을 그녀는 마치 자기 것처럼 훤히 알고 있었다. 아들이 결혼하겠다고 결심했을 때, 이익금은 금덩이가 되어 침대 밑의 항아리 속에 숨겨져 있었다. 그녀는 계산을 해 본 뒤, 오 년간 깨끗이 유지하는 조건으로 집을 빌리는 협상을 할 수 있을 뿐만 아니라 조금만 더 돈을 벌면 자신이 바라는 열두 명의 손자를 위해 죽기 전에 그 집을 살 수도 있음을 알게 되었다. 한편 플로렌티노 아리사는 임시로 전신 기사 수석 조수로 임명되었고, 로타리오 투구트는 다음 해에 설립 예정인 전신 자기(磁氣) 학교에 자신이 교장으로 가게 되면, 그가 전신실을 책임져 주길 바라고 있었다.

그렇게 해서 결혼의 실제적인 면은 해결되었다. 그러나 트란시토 아리사는 마지막 두 가지 조건을 충족시키는 것이 현명하다고 생각했다. 첫째는 로렌소 다사가 정말로 누구인지 알아보는 것이었다. 그의 어투는 그가 어디 출신인지를 분명하게 보여 주었지만, 그가 누구이고 어떻게 생활하고 있는지 아는 사람은 아무도 없었다. 두 번째는 두 사람이 충분히 상대방을 알 수 있을 정도로 연애 기간이 길어야 하며, 서로의 애정을 확신할 수 있을 때까지 완벽한 비밀로 해 두어야 한다는 것이었다. 그녀는 전쟁이 끝날 때까지 기다리는 것이 좋겠다는 의견을 제시했다. 플로렌티노 아리사는 완벽하게 비밀을 지키는 데 동의했다. 그것은 어머니의 의견이기도 했지만, 그의 성격 자체가 연금술사 같은 구석이 있기 때문이었다. 또한 그는 결혼을 미루자는 말에도 동의했지만, 그 의견이 비현실적이라는 결론을 내리게 되었다. 독립한 지 거의 반세기가 넘었지만, 그 나라는 하루도 평화를 누린 날이 없었던 것이다. 그는 이렇게 말했다.

"기다리다가 늙어 죽고 말겠어요."

우연히 그들의 대화에 끼어든 동종 요법 의사인 그의 대부는 전쟁이 결혼하는 데 장애가 되는 것은 아니라고 믿었다. 그는 전쟁이란 황소처럼 땅 주인에게 끌려 다니는 가난한 사람들이 정부에게 끌려다니는 맨발의 졸병들과 싸우는 것이라고 생각했다. 그가 말했다.

"전쟁은 산속에서나 벌어지는 것이오. 내가 기억하는 한, 도시에서는 총알이 우릴 죽이는 게 아니라 법령이 죽이는 것이오."

어쨌거나 세부적인 약혼 절차는 다음 주에 보낸 편지에서 결정되었다. 에스콜라스티카 고모의 조언을 받은 페르미나 다사는 이 년의 기간과 반드시 비밀을 지켜야 한다는 조건을 받아들이면서, 그녀가 고등학교를 마치는 크리스마스 방학에 플로렌티노 아리사가 청혼해 줄 것을 제안했다. 그때가 되면 자기 아버지에게 허락을 얻어 낼 것이고, 그 허락의 정도에 따라 어떻게 약혼식을 치를지 정하자고 제안했다. 그러는 동안 그들은 동일한 열정과 동일한 빈도로 계속해서 서로에게 편지를 썼다. 하지만 전에 느꼈던 고통에서 해방되자, 그들의 편지는 이미 남편과 아내가 된 것처럼 가정적인 어조를 띠게 되었다.

플로렌티노 아리사의 삶은 바뀌었다. 자신의 사랑이 응답을 받자 그는 자신감을 갖게 되었고, 전에 없이 활력에 넘쳤다. 또한 직장에서도 얼마나 일을 잘했던지, 로타리오 투구트는 그를 상임 조수로 임명하고자 노력했다. 당시 전신 자기 학교의 계획은 이미 실패로 돌아간 뒤였기에 그 독일인은 근무외의 시간을 정말로 자기가 좋아하는 일에 바쳤다. 그 일이란 다름 아닌 항구로 가서 아코디언을 연주하고 선원들과 맥주를 마시면서 항상 싸구려 호텔에서 끝을 맺는 것이었다. 오랜 세월이 흐른 후에 플로렌티노 아리사는 그 쾌락의 장소에서 로타리오 투구트가 영향력이 있었던 것은 그가 그 호텔의 주인이 되었을 뿐만 아니라 항구의 밤새들을 거느리는 사업가가 되었기 때문이라는 사실을 깨달았다. 그는 오랫동안 저축한 돈으로 조금씩 그 호텔을 샀지만, 직접 나서는 대신 깡마르고 애꾸눈에 대머리가 번쩍번쩍 빛나는 왜소한 사람을 호텔 지배인으로 내세웠다. 그런데 이 남자는 성격이 너무나 다정해서 사람들은 그가 어떻게 그렇게 훌륭한 지배인이 될 수 있었는지 이해하지 못했다. 그러나 그는 정말 훌륭한 지배인이었다. 적어도 플로렌티노 아리사에게는 그렇게 보였다. 그는 플로렌티노 아리사가 부탁하지도 않았는데 항상 그를 위해 호텔 방 하나를 비워 놓았다. 그것은 배 아래 문제가 생기면 이를 해결하기 위해서일 뿐만 아니라, 그가 가장 조용한 장소에서 책을 읽거나 연애편지를 쓸 수 있게 배려해 준 것이기도 했다. 그래서 정식으로 약혼을 하기까지 기나긴 시간이 흐르는 동안, 그는 사무실이나 집보다 그곳에서 더 많은 시간을 보냈다. 심지어 트란시토 아리사는 한동안 아들이 옷을 갈아입으러 올 때만 얼굴을 보기도 했다.

독서는 그에게 아무리 해도 싫증이 나지 않는 악취미가 되어 있었다. 그에게 글을 가르쳐 준 이후, 그의 어머니는 아이들이 읽는 이야기로 포장되어 팔리고 있던 북유럽 작가들의 그림책을 사 주었다. 그러나 사실 그 책들은 어른이 보기에도 잔인하고 사악한 내용을 담고 있었다. 플로렌티노 아리사는 다섯 살 때 이미 그 이야기들을 외워서 수업 시간이나 학교에서 열린 문학의 밤 때 낭송했다. 그러나 이야기를 꿰고 있다고 해서 공포심이 덜어지는 것은 아니었다. 오히려 그가 느끼는 공포심은 갈수록 더욱 커져 갔다. 그래서 시를 읽기 시작하자, 그것은 잔잔한 웅덩이처럼 다가왔다. 사춘기 때는 트란시토 아리사가 '필경사의 거리'에서 싸구려 책 장사들에게 구입한 문고판 책들을 출판 순서대로 하나도 빼놓지 않고 읽었다. 그 문고판 시리즈에는 호메로스부터 지방의 이름 없는 시인에 이르기까지 모든 작가의 작품이 수록되어 있었다. 그러나 그는 작가를 가리지 않고, 마치 숙명적인 순서인 양 자기 손에 도착하는 책부터 읽곤 했다. 그토록 많은 책을 읽었지만 그는 어떤 책이 좋고 어떤 책이 그렇지 않은지 알 수가 없었다. 그가 분명하게 알고 있는 것은, 소설과 시 중에서 시가 더 좋고, 시 중에는 연애시가 더 좋다는 것뿐이었다. 연애시는 아무런 생각 없이 두 번만 읽어도 외울 수 있었고, 그 시의 운율이 좋거나 내용이 가슴을 찢어지게 만드는 것일수록 더욱 쉽게 외울 수 있었다.

이것이 페르미나 다사에게 보낸 초창기 편지들의 출처였다. 그 안에는 스페인 낭만주의자들의 작품을 제대로 요리하지도 않고 써 내려간 문구들이 통째로 모습을 드러내곤 했으며, 그런 경향은 현실이 가슴의 고통보다 속세의 문제에 관심을 갖도록 만들 때까지 지속되었다. 이미 그때 그는 최루성의 연재 소설과 당시 기준에서 볼 때 보다 불경스러운 소설에 발을 들여놓고 있었다. 그는 광장이나 싸구려 서점에서 2센타보씩에 팔리던 그 지방 시인들의 시를 어머니와 함께 읽으면서 눈물을 흘리는 법을 배웠다. 그러나 동시에 그는 스페인 황금시대의 가장 뛰어난 시들을 외워서 낭송할 수도 있었다. 일반적으로 그는 손에 잡히는 순서대로 가리지 않고 모든 것을 읽었다. 심지어는 첫사랑의 힘든 시간이 한참이나 지난 후, 그러니까 더 이상 젊은이가 아니었을 때도 '청년 보고 전집' 스무 권을 첫 페이지부터 끝 페이지까지 모두 읽었을 뿐만 아니라, 가르니에 형제 출판사의 고전 번역 도서 목록과 '프로메테오' 전집에 수록된 비센테 블라스코 이바녜스의 보다 쉬운 작품들까지 읽어 내렸다.

어쨌거나 그는 떠돌이들이 머무는 호텔에서 청춘을 보냈지만, 거기서 책을 읽고 뜨거운 연애편지만 쓴 것은 아니었다. 그는 사랑 없이 사랑하는 비밀에 눈을 뜨게 되었던 것이다. 그곳에서 그의 삶은 그의 친구인 밤새들이 태어날 때처럼 벌거벗은 채 일어나는 정오가 지난 후에 시작되었다. 그래서 플로렌티노 아리사가 직장에서 돌아올 무렵이면 벌거벗은 님프로 가득 찬 대저택을 보게 되곤 했다. 그녀들은 도시의 비밀에 관해 큰 소리로 떠들어 댔는데, 바로 그 비밀의 주인공들이 부정을 저지르면서 흘린 것들이었다. 많은 여자들은 벌거벗은 몸에 새겨진 과거의 흔적을 드러내었다. 배에 난 칼자국, 총알을 맞아서 생긴 별 모양의 흉터, 사랑의 칼부림으로 생긴 깊은 상처 자국, 푸줏간 주인이 꿰맨 제왕 절개 수술 자국 등이 보였다. 낮에는 여자들 몇 명이 분노나 젊었을 때의 부주의로 생긴 불행한 열매인 어린아이들을 데려왔고, 아이들이 그곳에 들어오는 즉시 옷을 벗겨서 나체의 천국에서 자신들이 다른 존재라는 사실을 느끼지 못하게 했다. 그 여자들은 각자 자기가 먹을 것을 요리했다. 여자들이 플로렌티노 아리사를 식사에 초대할 때면, 그보다 근사한 식사를 하는 사람은 없었다. 각 여자들의 요리 중에서 가장 맛있는 것만 골라 먹었기 때문이다. 그것은 매일 해 질 때까지 계속되는 축제였다. 해가 지면 벌거벗은 여자들은 줄을 지어 노래를 부르며 화장실로 향했으며, 비누나 칫솔 혹은 가위를 빌려 달라고 소리치거나 서로 머리카락을 잘라 주었으며, 빌려 온 옷으로 갈아입고 서글픈 광대처럼 화장하고는 밤의 첫 번째 먹이를 낚기 위해 밖으로 나갔다. 그때부터 그곳의 삶은 비인격적이고 비인간적으로 변했고, 돈을 지불하지 않고 그녀들과 함께한다는 것은 있을 수 없는 일이 되었다.

페르미나 다사를 알게 된 뒤로 플로렌티노 아리사에게는 그곳보다 더 편안하게 있을 만한 곳이 없었다. 그곳은 그가 혼자 있지 않다고 느끼는 유일한 곳이었기 때문이다. 심지어는 그녀와 함께 있다고 느낄 수 있는 유일한 곳이기도 했다. 그것은 아마도 그곳에 아름다운 은빛 머리카락을 지닌 늙은 여인이 살고 있는 이유이기도 했다. 그녀는 벌거벗은 여자들의 자연스러운 삶에 동참하지 않았으며, 벌거벗은 여자들은 그녀를 신성하게 여기고 존경을 표했다. 그녀가 어렸을 때 조숙했던 남자 애인이 그녀를 그곳으로 데려와서는 실컷 즐기고 난 다음에 운명대로 살라면서 그녀를 버렸다. 이런 치욕을 겪었지만, 그녀는 좋은 사람을 만나 제대로 결혼했다. 이제 나이가 많이 들어 홀몸이 되자 두 아들과 세 딸은 서로 어머니를 모시겠다면서 다투었지만, 그녀에게는 젊은 시절에 방탕한 생활을 했던 그 호텔보다 살기에 더 적당한 곳은 떠오르지 않았다. 그녀가 항상 차지하고 있던 방이 바로 그녀의 가정이었다. 이런 이유로 그녀는 플로렌티노 아리사와 동질감을 느꼈다. 그녀는 그가 음탕한 쾌락의 천국에서 책을 읽으며 영혼을 풍부히 할 능력이 있으니 전 세계에 이름을 떨치는 똑똑한 인물이 될 것이라고 말하곤 했다. 한편 플로렌티노 아리사도 그녀에게 깊은 애정을 갖게 되어 시장에서 물건 사는 것을 도와주곤 했다. 그리고 몇 번은 그녀와 대화를 나누며 오후를 보냈다. 그는 그녀가 사랑을 잘 아는 여인이라고 생각했다. 자신의 비밀을 밝히지도 않았는데, 그의 문제에 많은 빛을 주었기 때문이다.

페르미나 다사의 사랑을 알기 전에도 그는 주위의 수많은 유혹에 한 번도 빠진 적이 없었다. 그러니 그녀가 그의 공식적인 약혼자가 되겠다는 지금은 더욱 그런 유혹에 넘어가지 않을 것이 분명했다. 플로렌티노 아리사는 많은 창녀들과 함께 살면서 그들의 기쁨과 슬픔을 함께 나누었지만 그나 그 여자들이나 그 이상의 관계를 맺을 생각은 하지 않았다. 뜻하지 않은 사건 하나가 그의 결심이 얼마나 확고한지를 보여 주었다. 여자들이 손님을 받기 위해 옷을 입던 어느 날 저녁 6시경에 방 청소를 담당한 여자가 그의 방으로 들어왔다. 젊은 여자였지만 나이에 비해 늙고 수척해 보였다. 마치 벌거벗은 여자들의 영광 속에 홀로 고행자의 옷을 걸치고 있는 듯했다. 그는 그녀를 매일 보았지만, 그녀가 자기를 주의 깊게 보고 있다는 사실은 알아차리지 못했다. 그녀는 빗자루와 쓰레기통, 그리고 바닥에 떨어진 사용한 콘돔을 줍기 위해 고안된 특수 걸레를 들고서 방들을 돌아다녔다. 그녀는 평소와 마찬가지로 플로렌티노 아리사가 책을 읽고 있던 방으로 들어왔고, 언제나처럼 그를 방해하지 않기 위해 아주 조심스럽게 비질을 했다. 그런데 갑자기 그녀가 그의 침대 가까이 다가왔고, 그는 자기 배 위에서 부드럽고 따뜻한 손을 느꼈다. 그는 그 손이 무언가를 찾더니 그것을 발견했음을 느꼈다. 그 손은 단추를 풀고 있었고, 그녀의 호흡 소리는 방 안을 가득 채웠다. 그는 더이상 참을 수 없을 때까지 책을 읽는 척했지만 결국은 몸을 피해야만 했다.

그녀는 흠칫 놀랐다. 청소부 일자리를 얻으면서 그녀가 받은 첫 번째 경고가 고객과 잠자리를 같이하려 해서는 안 된다는 것이었다. 그러나 그런 말을 마음에 새길 필요는 없었다. 왜냐하면 그녀는 매춘이란 낯선 남자와 자는 것이 아니라 돈때문에 함께 자는 것이라고 생각하는 부류에 속했기 때문이다. 그녀는 각각 다른 남편에게서 낳은 두 아이의 어머니였다. 그러나 그것은 우연한 모험의 결과가 아니라 세 번 사랑을 나눈 뒤에도 돌아올 수 있는 사람을 단 한번도 사랑하지 못했기 때문이었다. 그때까지도 그녀는 절박한 욕구가 없는, 그러니까 천성적으로 절망하지 않고 기다릴 준비가 된 여자였지만, 그곳의 삶은 그녀가 지닌 미덕보다 훨씬 강력했던 것이다. 그녀는 저녁 6시에 일하러 들어와 이 방 저 방을 돌아다니면서 비질 네 번으로 방 안을 쓸고 콘돔을 줍고 침대 시트를 갈며 온 밤을 보내곤 했다. 사랑을 나눈 후 남자들이 놓아두고 가는 것이 얼마나 많은지는 쉽게 상상하기 어려울 정도였다. 눈물과 토사물은 그래도 이해할 만했다. 그러나 섹스와 관련된 수많은 수수께끼도 남겨졌다. 핏덩이, 대변 덩어리, 의안, 금시계, 의치, 금발의 곱슬머리가 들어 있는 보석함, 연애편지나 사업상의 서신 혹은 부고장을 비롯한 온갖 편지들이 있었다. 어떤 사람들은 잃어버린 물건을 찾기 위해 돌아왔지만, 대부분의 분실물은 그냥 그곳에 남아 있기 일쑤였다. 로타리오 투구트는 불운에 빠져 분실된 수많은 개인 물품이 쌓여 가는 그 대저택이 조만간 사랑의 박물관이 될 것이라고 생각하면서 그 물건들을 금고에 넣어 보관했다.

일은 힘들고 보수도 형편없었지만 그녀는 잘 해내고 있었다. 그녀가 참을 수 없었던 것은 흐느낌과 탄식 소리와 침대 스프링의 삐걱거리는 소리였다. 그 소리들은 그녀의 피를 뜨거운 열기로 가득 채웠고, 그래서 새벽이 되면 거리에서 만나는 첫 번째 거지나, 아무런 욕심도 부리지 않고 질문도 하지 않으면서 그녀에게 호의를 베풀어 줄 가난한 술주정뱅이와 잠자리를 함께하고 싶은 욕망을 억누르기가 힘들었다. 젊고 깨끗한 플로렌티노 아리사처럼 여자가 없는 남자의 출현은 그녀에게 하늘이 준 선물이나 다름없었다. 왜냐하면 그를 처음 본 순간부터 그가 자기처럼 사랑에 굶주린 사람이라는 사실을 눈치챘기 때문이다. 그러나 그는 그녀의 절박한 욕망에 무감각했다. 그는 페르미나 다사를 위해 동정을 지켜왔고, 이 세상에는 이러한 그의 목표를 비틀어 놓을 수 있는 그 어떤 힘이나 논리도 없었던 것이다.

이것이 그의 삶이었다. 그런데 정식으로 약혼을 하기 넉 달 전에 로렌소 다사가 아침 7시에 전신실에 나타나 그를 찾았다. 그러나 플로렌티노 아리사가 아직 도착하지 않았기 때문에, 그는 긴 의자에 앉아서 8시 10분까지 그를 기다리면서 고상한 오팔이 박힌 무거운 금반지를 한쪽 손가락에서 빼서 다른 손가락에 끼었다. 그가 우체국에 들어오는 것을 보자, 로렌소 다사는 즉시 전신을 배달했던 청년을 알아보았다. 그는 플로렌티노 아리사의 팔짱을 끼고는 이렇게 말했다.

"같이 가세. 남자 대 남자로 5분간만 이야기하세."

죽은 사람처럼 얼굴이 새파랗게 질린 플로렌티노 아리사는 그냥 그에게 끌려갔다. 그는 이런 만남에 아무런 준비도 되지 않은 상태였다. 페르미나 다사가 이를 미연에 방지할 수 있는 방법이나 기회를 찾지 못했기 때문이다. 일은 이렇게 시작되었다. 지난 토요일 성모 봉헌 학교의 교장 선생님인 프랑카 데 라 크루스 수녀는 우주 창조 사상에 관한 수업 시간에 뱀처럼 살며시 들어와 어깨 너머로 학생들의 태도를 몰래 살펴보고 있었다. 그때 페르미나 다사가 공책에 필기하는 척하면서 사실은 연애편지를 쓰고 있는 장면을 목격했다. 그런 행동은 교칙에 의거하면 퇴학을 당할 수도 있을 만큼 심각한 사안이었다. 급히 교장 선생님의 호출을 받은 로렌소 다사는 자신의 강철 같은 체제가 새고 있는 틈을 발견했다. 천성적으로 타고난 용기와 인내심을 가지고 페르미나 다사는 편지를 쓴 것은 잘못이라고 시인했지만, 비밀의 애인이 누구인지 밝히는 것은 거부했다. 그녀는 수녀원 위원회 앞에서도 밝히기를 거부했고, 그런 이유로 퇴학 처분을 받았다. 하지만 그녀의 아버지는 그때까지만 해도 침입할 수 없는 성역이었던 그녀의 침실을 샅샅이 뒤진 끝에 트렁크의 이중 바닥에서 삼 년간의 편지 뭉치를 찾아냈다. 그 편지들은 정성 들여 쓰여진 것과 마찬가지로 아주 정성 들여 숨겨져 있었다. 편지에는 분명하게 서명이 되어 있었다. 그러나 로렌소 다사는 자기 딸이 숨겨 놓은 애인에 대해 전신실에서 일한다는 것과 바이올린을 좋아한다는 것밖에 모르고 있다는 사실을 그때뿐만 아니라 나중에도 믿을 수가 없었다.

그토록 힘든 관계가 유지되려면 자기 여동생과 공모를 해야만 가능하다는 사실을 확신한 그는 그녀에게 변명이나 용서를 빌 기회도 주지 않고 산 후안 데 라 시에나가로 가는 배에 태워 버렸다. 페르미나 다사는 결코 고모와의 마지막 기억을 지울 수가 없었다. 저녁 무렵 거무죽죽한 수도복 아래 고열에 시달리는 수척한 몸을 감추고 잿빛이 된 얼굴의 고모는 문 앞에서 작별 인사를 한 뒤 평생을 살면서 유일하게 남아 있던 독신녀의 이불을 짊어진 채, 한 달을 살 수 있는 돈을 손수건에 싸서 꼭 쥐고 이슬비가 내리는 공원으로 사라지고 있었다. 아버지의 손에서 해방되자마자 그녀는 고모를 찾기 위해 카리브해 지방을 돌아다니면서 고모를 알 만한 사람들을 찾아다니며 수소문했지만, 그녀의 흔적에 관한 소식을 접할 수가 없었다. 고모의 소식을 듣게 된 것은 거의 삼십 년이란 세월이 지나서였다. 페르미나 다사는 오랜 세월 동안 수많은 사람의 손을 거친 편지 한 통을 받게 되었는데, 그 편지는 그녀가 '하느님의 성수'라는 나환자 수용소에서 죽었다는 소식을 전해 주었다. 로렌소 다사는 페르미나 다사가 에스콜라스티카 고모에게 부당한 처벌을 내린 것에 그토록 심하게 반발하리라고는 꿈에도 생각지 못했다. 사실 그녀는 에스콜라스티카 고모를 거의 기억도 나지 않는 어머니와 동일시해 온 터였다. 그래서 그녀는 침실에 빗장을 걸고 틀어박혀 아무것도 먹지도 않고 마시지도 않았다. 처음에 그는 협박을 하다가 나중에는 문을 열어 달라고 애원하는 척도 했다. 그리고 마침내 방문이 열리자, 다시는 열다섯 살의 나이로 돌아갈 수 없는 상처 입은 암표범을 보게 되었다.

그는 온갖 달콤한 말을 동원해 딸을 달래려고 했다. 그녀의 나이에 사랑이란 신기루와 같은 것이라는 사실을 이해시키려고 애썼고, 편지를 되돌려 주고 학교로 돌아가 무릎을 꿇고 용서를 빌라면서 좋은 말로 그녀를 설득시키려고 했다. 그러면서 그녀에게 걸맞은 구혼자를 만나 그녀가 행복하게 살 수 있도록, 그 누구보다도 먼저 그녀를 도와주겠다고 맹세했다. 하지만 그것은 죽은 사람에게 말하는 것과 똑같았다. 모든 노력이 수포로 돌아가자 그는 월요일 점심때 이성을 잃고 말았다. 그는 목이 쉴 정도로 온갖 욕과 독설을 퍼부으며 폭발할 찰나에 있었다. 그런데 그때 그녀가 목에 나이프를 들이댔다. 연극을 한다는 표정은 그 어디에도 없었다. 손이 전혀 흔들리지 않았던 것이다. 넋이 나간 듯한 딸의 눈을 본 그는 감히 손가락 하나도 까딱할 수 없었다. 바로 그때 자신은 만나 본 기억도 전혀 나지 않지만 자기 인생에 커다란 슬픔을 안겨 준 빌어먹을 신출내기와 남자 대 남자로 5분간 얘기해 보겠다는 위험을 받아들였다. 그는 집에서 나가기 전에 습관대로 권총을 집어 들고는 셔츠 밑에 아주 조심스럽게 숨겼다.

플로렌티노 아리사는 로렌소 다사가 팔짱을 껴서 대성당 광장을 지나 파로키아 카페의 아치 덮인 회랑으로 데려갔을 때까지도 계속 숨을 헐떡거리고 있었다. 그는 플로렌티노 아리사에게 테라스에 앉으라고 말했다. 그 시간에 손님은 아무도 없었고, 흑인 여자 하나가 군데군데 이가 빠지고 먼지가 쌓인 스테인드글라스 창문으로 둘러싸인 넓은 홀의 바닥을 닦고 있었다. 의자는 아직도 다리를 위로 하고 대리석 테이블 위에 올려져 있었다. 플로렌티노 아리사는 그곳에서 로렌소 다사를 본 적이 여러 번 있었다. 로렌소 다사는 시장 상인인 아스투리아스 사람들과 노름하고 통에 담긴 포도주를 마시면서, 그들과는 아무 상관도 없는 전쟁이 계속되는 것을 두고 언성을 높이며 싸우곤 했다. 플로렌티노 아리사는 사랑은 숙명이라는 생각을 하면서 조만가 가지게 될 그와의 만남이 어떻게 될 것인지 여러 번 자문해 보았다. 그러면서 그들의 사랑은 두 사람의 운명에 영원히 새겨져 있기 때문에 그 누구도 방해할 수 없으리라 생각했다. 그는 그것이 불공평한 말싸움이 될 것이라고 짐작하고 있었다. 페르미나 다사가 편지에서 자기 아버지의 성격이 난폭하다는 사실을 경고했을 뿐만 아니라, 그역시 로렌소 다사가 노름 테이블에서 껄껄거리고 웃고 있을 때조차도 그의 눈은 화를 내고 있다는 것을 눈치챘기 때문이다. 로렌소 다사의 모든 것은 그가 거칠고 투박한 사내라는 것을 증명하고 있었다. 상스럽게 뚱뚱한 배, 고집스러운 말투, 스라소니 같은 구레나룻, 약지에 큼지막한 오팔 반지를 낀 커다란 손 등이 그러했다. 플로렌티노 아리사가 그의 걷는 모습을 처음 보았을 때부터 알아보았듯이, 그에게 있어 부드러운 면이라곤 암사슴처럼 사뿐히 걷는 딸과 똑같은 걸음걸이뿐이었다. 그러나 그가 앉으라면서 의자를 가리켰을 때, 보기보다는 그가 거칠지 않다는 것을 알게 되었다. 플로렌티노 아리사가 숨을 가다듬고 기운을 차리자, 그는 아니스 술을 한 잔 마시자고 말했다. 플로렌티노 아리사는 아침 8시에 술을 마셔본 적이 없었지만, 고맙게 그 초대를 받아들였다. 너무나 절박하게 술이 필요했기 때문이다.

정말로 로렌소 다사는 자기의 생각을 말하는 데 5분 이상 걸리지 않았다. 그리고 너무나 솔직하고 붙임성 있게 말한 탓에 플로렌티노 아리사는 머리가 혼란스러웠다. 아내가 죽은 뒤 그는 한 가지 목표를 자신에게 부과했는데, 그것은 자기 딸을 훌륭한 숙녀로 만들겠다는 것이었다. 글을 읽을 줄도 쓸 줄도 모르는 노새 장사꾼에게 그것은 멀고도 불확실한 길이었다. 그리고 산 후안 데 라 시에나가 지방에는 확실히 검증된 것은 아니지만 그가 노새 도둑이라는 소문이 널리 퍼져 있었다. 그는 노새 몰이꾼이 피우는 담배에 불을 붙이면서 이렇게 투덜거렸다. "나쁜 건강보다 더 나쁜 것이 바로 나쁜 명성이지." 그러면서 그는 자기가 돈을 모으게 된 진짜 비밀은 그의 노새들이 자기와 마찬가지로 하나같이 열심히, 그리고 확실하게 일했기 때문이라고 말했다. 마을이 잿더미 속에서 새날을 맞이하고 들판이 쑥대밭이 되었던 가장 힘든 전쟁 시절에도 그랬다는 것이다. 비록 딸은 자신의 운명에 아버지가 어떤 계획을 세우고 있는지 전혀 알지 못했지만, 마치 아버지 생각에 열렬히 동조하는 사람처럼 행동했다. 그녀는 똑똑했고 모든 면에서 체계적이었다. 심지어 글 읽는 것을 배우자마자 아버지에게 글 읽는 법을 가르쳐 주기까지 했다. 그리고 열두 살 때는 현실적인 문제를 대부분 파악해서 에스콜라스티카 고모의 도움 없이도 집안을 꾸려 나가기에 무리가 없었다. 그는 한숨을 쉬면서 "그 아이는 황금 노새야."라고 말했다. 딸이 모든 과목에서 만점을 맞고 졸업식에서 1등상을 타면서 초등학교를 마치자, 그는 산 후안 데 라 시에나가는 자신의 꿈을 이루기에는 너무나 좁다는 것을 깨달았다. 그래서 땅과 가축들을 팔고서 새로운 마음과 7만 페소를 가지고 폐허가 된 채 과거의 영광을 좀먹고 있던 이 도시로 이사 온 것이었다. 적어도 이 도시에서는 옛날식으로 교육받은 아름다운 여자가 결혼만 잘하면 다시 태어날 수 있었다. 그런데 플로렌티노 아리사가 갑작스럽게 등장해서 그가 그토록 힘들게 싸워 왔던 계획에 예기치 않은 장애물이 된 것이었다. "그래서 자네에게 부탁하려고 찾아온 것일세."라고 로렌소 다사는 말했다. 그는 아니스 술에 담배의 끝을 적시고는 연기를 내지 않고 그 담배를 한 번 빨았다. 그러면서 슬픔에 찬 목소리로 말을 맺었다.

"우리 앞길에서 제발 물러나 주게."

플로렌티노 아리사는 아니스 술을 홀짝홀짝 마시면서 그 말을 들었다. 페르미나 다사의 과거를 밝히는 그의 말에 너무나 정신을 집중한 나머지, 플로렌티노 아리사는 자기가 말할 차례가 왔을 때 무슨 말을 해야 하는지도 생각해 보지 않았다. 그러나 그 순간이 되자, 무슨 말을 하든 그것이 자신의 운명을 결정지을 것임을 깨달았다. 그는 물었다.

"따님과 이야기를 하셨습니까?"

"그건 자네와 상관없는 일이네."

"제가 여쭤보는 이유는 마음의 결정을 내릴 사람은 바로 따님이라고 생각하기 때문입니다."

"전혀 그렇지 않네. 이건 남자들의 문제고 남자들 사이에서 해결되어야 해."

로렌소 다사의 말투는 위협적으로 변해 있었다. 그러자 근처 테이블에 앉아 있던 한 손님이 고개를 돌려 그들을 쳐다보았다. 플로렌티노 아리사는 목소리를 낮추었지만, 단호하고 오만한 기품이 서리도록 온 힘을 기울였다.

"어쨌거나 따님이 어떻게 생각하는지도 모르고 대답할 수는 없습니다. 그건 배신행위일 테니까요."

그러자 로렌소 다사는 의자의 등에 몸을 기댔다. 그의 눈이 충혈되고 축축해지더니 왼쪽 눈의 눈동자가 빙그르르 돌더니 사팔눈처럼 바깥쪽으로 뒤틀렸다. 그 역시 목소리를 낮추었다.

"자네를 총으로 쏘아 죽이게 만들지 말게."

플로렌티노 아리사는 뱃속이 차가운 거품으로 가득 차 오르는 것을 느꼈다. 그러나 목소리는 떨리지 않았다. 그 역시 자기가 성령의 빛으로 빛나고 있다고 느꼈던 것이다. 그는 가슴에 손을 얹고 말했다.

"쏘십시오. 사랑 때문에 죽는 것보다 더한 영광은 없습니다."

로렌소 다사는 뒤틀린 눈으로 그를 보기 위해 앵무새처럼 옆으로 쳐다보아야만 했다. 그는 단숨에 욕을 하는 대신 침을 뱉듯이 음절 하나하나를 내뱉었다.

"개―자―식!"

바로 그 주일에 로렌소 다사는 딸에게 망각의 여행을 떠나게 했다. 그는 분노로 콧수염이 흐트러진 얼굴로 담배를 질겅 질겅 씹으면서 갑자기 딸의 방에 들어가서는 아무런 설명도 하지 않고 가방을 꾸리라고 명령했다. 그녀가 어디로 가느냐고 묻자, 그는 "죽으러 가는 거야."라고 대답했다. 그 대답이 너무나 진실처럼 들리자 깜짝 놀란 페르미나 다사는 며칠 전에 보여 주었던 용기로 다시 한번 아버지와 맞서려고 했지만, 그는 단단한 구리 버클이 달린 허리띠를 풀고서 주먹에 감은 다음 테이블을 내리쳤다. 그 소리는 마치 권총을 쏜 것처럼 온 집 안에 울려 퍼졌다. 페르미나 다사는 자신의 힘이 어느 정도이며 어떤 경우에 사용해야 하는지 잘 알고 있었다. 그래서 이불 두 개와 해먹 하나를 싸고, 두 개의 큰 트렁크에는 자신의 옷 전부를 담았다. 그녀는 그것이 돌아올 수 없는 여행임을 확신하고 있었다. 옷을 입기 전에 그녀는 화장실에 들어가 두루마리 화장지를 뜯어 플로렌티노 아리사에게 보내는 간단한 작별 편지를 썼다. 그런 다음 화장용 가위로 목 부분 아래의 땋은 머리를 싹둑 잘라 금실로 수놓인 벨벳 상자 안에 말아서 넣고는 편지와 함께 보냈다.

그것은 미친 여행이었다. 안데스의 노새 몰이꾼들과 함께한 첫 번째 여정은 노새의 등을 타고 시에라네바다 산맥의 산등성이를 따라가면서 열하루나 계속되었다. 그 기간에 두 사람은 사정없이 내리쬐는 햇볕에 제정신을 잃거나 수평으로 마구 들이치는 10월의 비에 흠뻑 젖었고, 벼랑에서 올라오는 나른한 수증기에 온몸이 돌처럼 굳어지기 일쑤였다. 사흘째 되던 날, 쇠파리들 때문에 미쳐 버린 노새 한 마리가 사람을 태운 채 노새들을 연결하고 있던 밧줄을 끌면서 벼랑 밑으로 떨어져 버렸다. 노새를 탄 사람과 밧줄로 연결된 일곱 마리 노새의 비명은 그 비극이 일어난 지 몇 시간 후에도 벼랑과 계곡에 세속 올러 퍼졌고, 페르미나 다사의 기억 속에서 그 소리는 오랜 세월 동안 자꾸만 되울렸다. 그녀의 짐은 노새들과 함께 모두 굴러 떨어졌지만, 벼랑 밑에서 공포의 비명이 멈출 때까지 지속된 영원과도 같은 순간에 그녀는 죽은 불쌍한 노새 몰이꾼이나 온몸이 갈기갈기 찢겨졌을 노새들을 생각한 것이 아니라 자기가 탄 노새가 다른 노새들처럼 밧줄로 연결되어 있지 않은 것이 불행이라는 생각에만 빠져 있었다.

그녀가 노새를 탄 것은 그때가 처음이었다. 그러나 공포와 여행의 말할 수 없는 고통은 두 번 다시 플로렌티노 아리사를 보지 못하고, 그가 보낸 편지에서 위안을 찾지도 못할 것이라고 확신한 것은 아니었기에 힘들지만은 않았다. 여행을 시작하면서부터 그녀는 아버지에게 한마디도 건네지 않았으며, 아버지는 너무나 혼란스러운 나머지 정말 필요한 경우에만 말을 하거나 노새꾼들을 통해 말을 전하곤 했다. 운이 좋을 때는 산길에 있는 싸구려 여관을 발견할 수 있었다. 거기서는 산사람들이 먹는 음식을 주었는데, 그녀는 대개 입에 대려 하지 않았다. 또한 땀과 고약한 오줌 냄새로 찌든 간이침대를 빌려 주기도 했다. 그러나 대부분의 경우 원주민들의 부락에서 밤을 보내곤 했다. 원주민들의 침실은 길가 한쪽에 나무 기둥 몇 개를 세우고 그 위에 쏩쓰름한 야자수 지붕을 씌운 야외 침실이었는데, 그곳에 도착하는 사람은 누구든 새벽까지 그곳에 머물 권리가 있었다. 페르미나 다사는 두려워 식은땀을 흘리며 하룻밤도 제대로 잠을 이룰 수가 없었는데, 나무 기둥에 노새를 매고 해먹을 거는 여행자들이 어둠 속에서 조심스럽게 오가는 것이 느껴진 탓이었다.

여행자들이 도착하기 시작하는 해 질 무렵이 되면 그곳은 한적하고 평화로웠다. 그러나 새벽 무렵에는 장터로 변했다. 서로 다른 높이로 수많은 해먹들이 걸려 있었고, 산에서 온 아루아코 원주민[17]들은 웅크리고 잠을 자곤 했다. 그리고 밧줄에 매인 염소들은 사납게 날뛰었고, 투계들은 거대한 닭장 안에서 요란하게 울어 댔으며, 전쟁의 위험 때문에 짖지 못하도록 길들여진 들개들은 조용히 숨을 헐떡였다. 로렌소 다사에게는 이처럼 힘든 여정이 친숙한 것이었다. 그는 반평생 동안 그 지역에서 노새를 팔아 왔고, 새벽녘이면 거의 언제나 오래된 친구들과 만나기 일쑤였기 때문이다. 그러나 딸에게는 영원한 고통이었다. 소금에 절인 메기 꾸러미에서 풍기는 악취는 그녀가 슬픔으로 잃어버린 식욕을 더욱 떨어뜨렸다. 그녀가 절망에 빠져 미치지 않은 것은 플로렌티노 아리사를 기억하면서 항상 마음의 위안을 찾았기 때문이었다. 그녀는 그곳이 망각의 땅임을 의심하지 않았다.

계속되는 또 다른 공포는 전쟁에 대한 것이었다. 여행을 떠날 때부터 여기저기 흩어져 있는 순찰대와 맞닥뜨리면 위험하다는 말을 듣곤 했다. 그리고 노새꾼들은 그들이 어떤 일파에

---

17) 콜롬비아의 시에라네바다 산지에 사는 원주민.

속하는지 알 수 있는 여러 방법을 알려 주고, 그에 따라 적절히 행동하도록 가르쳤다. 장교의 지휘를 받으며 말을 타고 있는 병사들을 자주 만날 수 있었는데, 그들은 보충병들을 산가축 떼처럼 밧줄로 묶어 질질 끌고 다녔다. 수많은 끔찍한 일에 고통을 받은 페르미나 다사는 당장 절박하지 않고 선실치럼 보이는 일들은 잊기에 이르렀다. 어느 날 밤 어느 당 소속인지 알 수 없는 순찰대가 노새 몰이꾼에 합류했던 두 여행자를 끌고 가서, 원주민 부락에서 반 레구아 떨어진 마호가니 나무에 목을 매달았다. 로렌소 다사는 그들과 아무런 상관도 없었지만, 그들의 시체를 나무에서 끌어내려 주었다. 그러고는 자신이 그들과 똑같은 운명에 처하지 않았다는 사실에 감사하며 가톨릭식으로 그들을 매장해 주었다. 그에게는 그럴 만한 이유가 있었던 것이다. 군인들이 그의 배에 총신을 들이대며 그를 잠에서 깨운 적이 있었다. 그러자 얼굴에 숯을 칠하고 누더기를 걸친 지휘관이 그에게 전등을 비추면서 자유파인지 보수파인지 물었다. 그러자 로렌소 다사가 말했다.

"전 어느 파도 아닙니다. 전 스페인의 신민입니다."

"정말 운이 좋군!" 지휘관은 손을 번쩍 들어 경례를 하면서 이렇게 덧붙였다. "국왕 폐하 만세!"

이틀 후, 그들은 환한 평원 지대로 내려왔다. 그곳에는 명랑하고 활기에 넘치는 바예두파르 마을이 자리 잡고 있었다. 안뜰에서는 투계가 벌어지고 있었고, 길모퉁이마다 아코디언 음악이 울려 퍼졌으며, 혈통 좋은 말을 탄 기수들이 보이고 폭죽 소리와 종소리도 들렸다. 그들은 화려한 불꽃의 성을 만들

고 있었다. 페르미나 다사는 그런 시끄러운 축제에도 눈길 한
번 주지 않았다. 그들은 리시마코 산체스 외삼촌의 집에 머물
렀다. 그는 그 지방에서 가장 훌륭한 혈통의 말과 노새를 타고
서 시끄럽게 떠들고 있던 친척 젊은이들을 이끌고 왕이 다니
던 큰길로 마중을 나왔다. 그리고 불꽃놀이의 굉음이 울려 퍼
지는 가운데 그들을 마을 길로 안내했다. 집은 대광장과 여러
번 수리한 식민지풍의 성당 옆에 있었다. 침실은 너무나 넓고
어두워서 마치 농장에 있는 안채와 같은 분위기가 났고, 과수
원 앞에 있는 복도는 뜨거운 사탕수수 주스 냄새를 풍겼다.

그들이 마구간에 내리자 응접실은 곧 처음 보는 수많은 친
척들로 넘쳐났다. 그들이 나누는 참을 수 없이 과장된 감정
표현을 보자 페르미나 다사는 머리가 아팠다. 이제 그녀는 이
세상에서 아무도 좋아할 수 없을 뿐만 아니라 오랜 시간 노새
를 타서 녹초가 된 데다 잠이 와 죽을 지경이었으며, 설사까
지 나오려고 했기 때문이다. 그녀가 원하는 것은 아무도 없는
조용한 장소에서 우는 것뿐이었다. 그녀보다 두 살 많고 그녀
와 마찬가지로 도도한 성격의 외사촌 언니 일데브란다 산체스
만이 처음 본 순간부터 그녀의 상태를 이해해 주었다. 그녀 역
시 끔찍한 사랑의 불길에 휩쓸려 있었던 것이다. 해가 지자 그
녀는 함께 쓰기로 한 침실로 페르미나 다사를 데려갔다가 그
녀의 엉덩이가 지독하게 쓸린 것을 보고는 어떻게 아직까지
살아 있는지 믿을 수가 없었다. 아버지와 쌍둥이처럼 닮은 친
절한 그녀 어머니의 도움을 받아 일데브란다 산체스는 페르미
나 다사에게 목욕물을 준비해 주었고, 아르니카 습포로 아린

부분을 시원하게 해 주었다. 그러는 동안에도 화약의 성에서 나는 굉음이 집의 주춧돌까지 흔들어 댔다.

자정이 되자 손님들이 떠나면서 마을 축제는 여기저기에 연기를 뿜어내는 재를 남기고 끝이 났다. 그러자 외사촌 언니인 일데브란다는 페르미나 다사에게 옥양목으로 만든 짐옷을 빌려주었고, 부드러운 침대 시트와 깃털 베개가 놓인 침대에 눕도록 도와주었다. 그 순간 페르미나 다사는 순간적으로 행복하다는 생각에 일종의 공포심을 느꼈다. 마침내 침실에 두 사람만 남게 되자, 일데브란다는 방문을 닫고 걸쇠를 걸었다. 그러고는 침대의 밀짚 매트에서 국립 전보 도장이 찍힌 서류 봉투 하나를 꺼냈다. 페르미나 다사는 외사촌 언니의 악의에 찬 밝은 표정을 보자, 자기 가슴의 기억 속에서 흰 동백꽃의 서글픈 냄새가 다시 피어오르는 것을 억누를 수가 없었다. 그녀는 빨간 밀랍으로 봉한 봉투를 이빨로 찢었고, 새벽이 될 때까지 눈물의 홍수 속에서 금지된 열한 개의 전신을 읽었다.

그리고 나서야 그녀는 깨달았다. 여행을 떠나기 전에 로렌소 다사는 전신 기사를 통해 처남인 리시마코 산체스에게 그곳으로 여행할 것을 알리는 실수를 범했던 것이다. 그러자 그의 처남은 그 지방의 수많은 마을과 계곡에 흩어져 살고 있던 많은 친척들에게 그 소식을 전했다. 그래서 플로렌티노 아리사는 그들의 여행 계획을 완벽하게 꿰었을 뿐만 아니라, 전신 기사들과 장거리로 동료애를 나누면서 카보 데 라 벨라의 최종 종착지까지 페르미나 다사의 흔적을 쫓았던 것이다. 그 덕택에 석 달간 머물렀던 바예두파르에 도착했을 때부터 일 년

반 후, 그러니까 로렌소 다사가 마침내 딸이 그를 잊었다는 사실을 확인하고 집으로 돌아오기로 결심하면서 리오아차에서 여행을 끝낼 때까지 그녀와 뜨거운 교신을 취할 수 있었다. 로렌소 다사 스스로도 자신이 얼마나 경계가 느슨해졌는지 의식하지 못하는 듯했다. 정략적인 친척들의 아첨에 정신이 팔렸던 것이다. 오랜 세월이 지난 끝에 처남은 원주민 부족의 편견을 버리고 열린 마음으로 그를 가족으로 받아들였다. 처남과 화해하는 것이 여행의 목적은 아니었지만, 그가 찾아오는 바람에 뒤늦게 응어리를 풀게 되었던 것이다. 사실 페르미나 산체스의 가족은 그녀가 그와 결혼하는 것을 온 힘을 다해 반대했었다. 그가 어디서 왔는지도 모르는 이민자에 허풍쟁이이며 무식하고 늘 이리저리 여행을 다니는 떠돌이이고 너무 단순해서 정직하다고 볼 수 없는 노새 장사라는 것이 그 이유였다. 그러자 로렌소 다사는 큰 도박을 벌였으니, 그의 애인이 그 지방에서 가장 사랑받는 여인인 데다 명예의 문제에 대해서라면 미칠 듯한 강박 관념을 가지고 있는 거친 여인들과 사랑스러운 남자들로 이루어진 복잡한 부족 출신이었던 것이다. 그러나 페르미나 산체스는 약속된 사랑이라는 맹목적인 결심으로 자기의 소망을 이루려는 쪽으로 마음을 바꿔 가족들의 반대를 무릅쓰고 비밀리에 서둘러서 그와 결혼해 버렸다. 그래서 그 결혼은 마치 사랑 때문이 아니라 혼전의 부주의를 성스러운 망토로 덮기 위한 것처럼 보였다.

이십오 년 후, 로렌소 다사는 딸의 사랑에 대해 그토록 비타협적인 자세를 취하는 것이 자신의 역사를 그릇되게 반복하는 것임을 깨닫지 못하고 있었다. 그는 처남들이 친척들에게 가슴 아파하면서 불평했듯이, 자기의 결혼을 반대했던 처남들에게 자신의 불행을 불평했다. 그러나 그가 투덜대면서 시간을 허비하는 동안, 그의 딸은 다시 사랑에 빠져들고 있었다. 그래서 그가 처남들의 부유한 대지를 돌아보며 황송아지를 거세하고 노새를 길들이는 동안, 그녀는 일데브란다 산체스가 이끄는 여자 외사촌들과 함께 고삐 풀린 말처럼 몰려 다녔다. 외사촌들 중에서 가장 아름답고 가장 자상한 일데브란다 산체스는 스무 살이나 많은 데다 자식들까지 딸린 유부남과 기약 없는 사랑에 빠졌지만, 스쳐 지나가는 눈빛으로만 만족해야 했다.

바예두파르에서 한동안 머무른 후, 그들은 작은 산기슭을 지나 여행을 계속했다. 그들은 꽃이 활짝 핀 들판과 꿈같은 고원 지대의 평야를 지났고, 가는 마을마다 마치 1등 한 사람들처럼 음악과 폭죽이 터지는 가운데 환영을 받았으며, 새로이 만난 사촌들과 공모자가 되었고 또한 정확하게 도착한 메시지를 전신국에서 받았다. 이내 페르미나 다사는 바예두파르에 도착했던 날의 저녁이 특별했던 것이 아니라, 그 비옥한 지방에서는 일주일 내내 축제처럼 지낸다는 사실을 깨달았다. 손님들은 해 질 무렵이 되면 아무 곳에서나 잠들었으며, 배가 고프면 아무 데서나 먹곤 했다. 그런 이유로 집들의 대문은 항상 열려 있고, 해먹도 늘 걸려 있었으며, 난롯불에는 세 종류의 고기를 넣은 고깃국이 끓고 있었다. 이는 도착을 알리는 전보가 도착하기 전에 도착하는 사람이 있을지도 모르기 때문이었는데, 그곳에서는 다반사로 벌어지는 일이었다. 일데브 란다 산체스는 나머지 여행길에 그녀와 동행했나. 비록 마음 은 복잡했지만 밝게 사는 혈통 탓인지 명랑하게 그녀를 안내 했다. 페르미나 다사는 자신에 대해 알게 되었고, 처음으로 자 유롭다는 느낌을 받았다. 또한 자신이 다른 사람과 함께 있으 면서 보호를 받고 있다는 것도 깨닫게 되었다. 가슴에 자유의 공기가 가득 들어차자, 그녀는 마음의 평화를 되찾고 살겠다 는 의지를 갖게 되었다. 만년에 그녀는 향수라는 비뚤어진 정 신으로 그 여행을 떠올리게 되었고, 그럴수록 그 여행은 기억 속에서 새로워져 갔다.

어느 날 밤 사람은 사랑 없이도 행복해질 수 있을 뿐만 아 니라 사랑과 싸우면서도 행복해질 수 있다는 비밀을 깨닫고 그녀는 경악을 금치 못하면서 산책길에서 되돌아왔다. 이렇게 몰랐던 것을 알게 되자 그녀는 몹시 불안했다. 여사촌 중의 하나가 자기 부모님과 로렌소 다사의 대화를 불시에 엿들었 는데, 로렌소 다사가 자기 딸을 클레오파스 모스코테의 엄청 난 재산을 상속받을 사람과 결혼시키는 것이 좋겠다고 말했 다는 것이었다. 페르미나 다사는 그가 누구인지 알았다. 광장 에서 그가 멋진 말들을 반회전시키는 모습을 본 적이 있었다. 그 말들은 마치 미사용 제구처럼 보이는 값비싼 장식품을 엉 덩이에 주렁주렁 달고 있었다. 그는 우아하고 똑똑했으며 돌 같은 여자마저 한숨을 쉬게 만드는 몽상가의 눈썹을 지녔다. 그러나 그녀는 무릎에 시집을 펼친 채 공원의 아몬드 나무 밑 에 앉아 있는 가련하고 비쩍 마른 플로렌티노 아리사를 떠올리며 그와 비교해 보고, 자신의 마음에 한 치의 의심의 그림 자도 없음을 알았다.

그 당시 일데브란다 산체스는 어느 점쟁이를 찾아갔다가 그의 통찰력에 감탄하고는 꿈에 부풀어 헛소리를 하고 다녔다. 아버지의 계획에 놀란 페르미나 다사도 점쟁이를 찾아갔다. 카드 점괘는 미래에 오랫동안 행복한 결혼 생활을 하는 데 그 어떤 장애물도 없을 것이라고 나왔다. 그녀는 그 예언을 듣자 용기를 되찾았는데, 사랑하는 사람이 아닌 다른 남자와 그렇게 행복한 운명을 누리리라고는 생각할 수가 없기 때문이었다. 이런 확실성에 고무되어 그녀는 자기 운명을 지휘하기로 했다. 그래서 플로렌티노 아리사와의 전신 왕래는 두 사람의 생각을 일치시키고 헛된 약속을 하는 단계를 넘어서 보다 체계적이고 실용적으로 변했으며, 전에 없이 강도가 높아졌다. 두 사람은 날짜를 정하고 결혼 방식을 결정했으며, 두 사람이 다시 만나게 되면 그 누구와도 상의하지 않고, 장소나 방식에도 구애받지 않고 결혼하기로 약속했다. 페르미나 다사는 이 약속을 너무나 심각하게 받아들인 나머지, 어느 날 밤 아버지가 처음으로 폰세카라는 마을에서 열리는 어른 무도회에 가도 된다고 허락해 주었지만 약혼자에게 동의를 얻지 않고 무도회에 가는 것은 꼴사나운 행동이라고 생각했다. 그날 밤 플로렌티노 아리사는 싸구려 호텔에서 로타리오 투구트와 카드 놀이를 하고 있었다. 그때 급히 전신으로 그를 찾는다는 소식을 듣게 되었다.

그를 찾는 사람은 폰세카의 전신 기사였다. 이 전신 기사는 페르미나 다사에게 무도회에 참석해도 좋다는 허락을 받도록 일곱 개의 중간 전신국을 거쳐 전신을 보냈다. 그러나 막상 허락을 받자 그녀는 단지 좋다는 단순한 대답으로 만족하지 않고, 상대편에서 전신 기계를 작동하고 있는 사람이 정말로 플로렌티노 아리사인지 증거를 보여 달라고 했다. 우쭐해하기보다는 놀란 나머지 그는 자신을 확인할 수 있는 문구를 썼다. 그것은 바로 "왕관을 쓴 여신을 두고 맹세한다고 말해 주시오."라는 말이었다. 페르미나 다사는 그 암호를 알아보고, 처음으로 참석한 어른 무도회에 아침 7시까지 있었다. 그러고 나서 미사에 늦지 않도록 급히 옷을 갈아입어야 했다. 당시 트렁크 바닥에는 예전에 그녀의 아버지가 빼앗은 것보다 더 많은 편지와 전보가 들어 있었고, 그녀는 결혼한 여자 같은 분위기를 풍기며 처신했다. 로렌소 다사는 페르미나 다사의 이런 변화를 보고는 시간과 거리가 그녀를 철부지 환상에서 치료한 것이라고 해석했지만, 정략결혼 계획에 대해서는 입도 뻥긋하지 않았다. 부녀의 관계는 원만했다. 그러나 이는 에스콜라스티카 고모가 집에서 쫓겨난 이후부터 페르미나 다사가 스스로 예의 바르게 처신하도록 자신을 억누르면서 이루어진 것이었다. 그러면서 두 사람은 너무나 편안하게 지낼 수 있었고 그런 예의 바른 자세가 사랑에 기초한 것인지 의심하는 사람은 아무도 없었다.

바로 그 무렵 플로렌티노 아리사는 편지에 그녀를 위해 바다에 가라앉은 보물선에서 보물을 인양하겠다는 결심을 이야기하기로 마음먹었다. 그것은 사실이었다. 그 생각은 마치 순간적인 영감처럼 그에게 다가왔다. 그날은 현삼(玄蔘) 때문에 수많은 고기가 바다 위로 떠올라 마치 바다가 알루미늄으로 뒤덮인 것처럼 보이던 따사로운 오후였다. 하늘의 새들은 대학 살에 놀라 괴성을 지르며 마구 날아다녔고, 어부는 새들이 그 금지된 기적의 열매를 먹지 못하게 노로 쫓아 버려야만 했다. 물고기를 잠재우는 현삼의 사용은 식민지 시대부터 법적으로 금지되어 있었지만, 다이너마이트로 대체되기 전까지 카리브 해에서는 어부들이 대낮에도 흔히 사용하는 방법이었다. 페르미나 다사가 여행을 떠나 있는 동안, 플로렌티노 아리사는 심심풀이로 부둣가에 나가 어떻게 어부들이 잠에 빠진 물고기들로 가득한 엄청나게 큰 그물을 통나무배에 싣는지 지켜보았다. 동시에 상어처럼 헤엄을 치던 아이들 패거리는 구경꾼들에게 동전을 던지면 바다 밑에서 꺼내 올 테니 동전을 던져 달라고 부탁했다. 이 아이들은 같은 이유로 헤엄을 치다 대서양 횡단선과 만나기도 했는데, 그들의 잠수 기술은 미국과 유럽에서 수많은 여행담의 주제가 되기도 했다. 플로렌티노 아리사는 그 아이들을 평소부터 알고 있었다. 그들을 알게 된 것은 사랑에 빠지기 전부터였지만, 그 아이들에게 보물선의 보물을 꺼내 올 능력이 있으리라는 생각은 해 본 적도 없었다. 그런데 그날 오후에 그런 생각이 떠올랐던 것이다. 그리하여 그다음 주 일요일부터 페르미나 다사가 돌아오기까지 거의 일 년에 달하는 세월 동안 그 생각은 그의 또 다른 헛소리가 되었다.

잠수부 소년 중 하나였던 에우클리데스는 이야기를 나눈

지 채 10분도 되지 않아 해저를 탐험한다는 생각에 플로렌티노 아리사와 마찬가지로 흥분했다. 플로렌티노 아리사는 진짜 계획을 모두 밝히지 않고, 단지 잠수하고 항해하는 그의 능력에 대한 정보만을 들었다. 그가 산소통 없이 20미터 깊이까지 내려갈 수 있느냐고 묻자 에우클리데스는 그렇다고 대답했다. 폭풍우가 몰아치는 가운데서도 단지 본능적 감각만으로 어부들이 사용하는 통나무배를 타고 공해(公海)로 나갈 수 있느냐고도 묻자 에우클리데스는 그렇다고 말했다. 또한 소타벤토 군도의 가장 큰 섬에서 북쪽으로 25킬로미터 떨어진 장소를 정확하게 찾아낼 수 있느냐고 묻사 에우클리데스는 그렇다고 대답했다. 그가 별을 보고 방향을 잡아 가면서 밤에 항해를 할 수 있느냐고 묻자 에우클리데스는 그렇다고 말했다. 그리고 고기잡이를 도와줄 때 어부들이 지불하는 금액과 같은 품삯으로 일할 수 있느냐고 묻자 에우클리데스는 그렇다고 말하면서 일요일에는 5레알을 추가로 주어야 한다고 덧붙였다. 또한 상어와 맞서 싸울 수 있느냐고 묻자 에우클리데스는 그렇다고 말하면서 자신에게는 상어를 겁줄 수 있는 마술적인 기술이 있다고 말했다. 종교 재판소에 끌려가 고문 기계로 고통을 받더라도 비밀을 지킬 수 있느냐고 묻자 에우클리데스는 그렇다고 대답했다. 사실 그는 한 번도 아니라고 말하지 않았고, 플로렌티노 아리사로서는 그가 너무나 자신 있게 그렇다고 말했기 때문에 그를 의심할 수가 없었다. 마침내 에우클리데스는 탐험에 들어가는 비용을 계산했다. 통나무배 한 척을 빌리는 값과 노를 빌리는 비용을 더한 뒤, 사람들이 그들의 항해 뒤에 다른 진실이 숨어 있는지 의심하지 않도록 낚시 도구를 빌리는 값까지 계산에 넣었다. 그 외에도 음식과 물 한 병, 기름 램프 하나, 수지 양초 한 묶음, 비상시에 구조를 요청하는 데 필요한 사냥꾼의 뿔을 하나 가져가야 했다.

그 아이는 열두 살이었으며, 빠르고 영리했다. 또한 쉬지 않고 지껄였으며, 뱀장어 같은 몸은 태풍의 눈 안으로도 미끄러져 들어갈 수 있었다. 밖에서만 지낸 탓에 소년의 피부는 본래 색깔을 상상할 수 없을 정도로 그을려 있었고, 그 때문에 커다란 노란 눈은 더욱 빛을 내었다. 플로렌티노 아리사는 이토록 중대한 모험에는 그 소년이 완벽한 동반자라고 그 자리에서 결정했고, 두 사람은 더 이상 미루지 않고 다음 일요일부터 작업을 시작했다.

그들은 새벽에 고기잡이배들이 정박해 있던 항구를 출발했다. 필요한 것은 모두 갖추어졌고, 그들도 완전히 준비되었다. 에우클리데스는 평소에 입고 다니던 팬티 하나만 달랑 걸쳤을 뿐 거의 벌거벗은 차림이었다. 반면에 플로렌티노 아리사는 프록코트를 입고 음침한 모자를 썼으며 에나멜 장화를 신었다. 또한 목에는 시인처럼 나비넥타이를 맸고, 섬으로 가는 동안에 읽을 책도 한 권 들고 있었다. 첫 일요일부터 그는 에우클리데스가 훌륭한 잠수부일 뿐만 아니라 유능한 항해사이며, 바다의 속성과 만에 흩어진 암초에 대해서도 훤히 꿰고 있다는 것을 알게 되었다. 그는 녹으로 좀먹은 폐선들의 역사에 대해 상상할 수 없을 정도로 자세하게 설명할 수 있었으며, 각 부표가 얼마나 오래되었고 바다의 쓰레기들이 각각 어디에서 나왔는지도 알고 있었고, 스페인 사람들이 만의 입구를 봉쇄하던 쇠사슬의 고리가 몇 개인지까지 알고 있었다. 그러자 그가 탐험 목적이 무엇인지도 알고 있을지 모른다는 걱정이 들어 플로렌티노 아리사는 그에게 악의에 찬 질문을 몇 개 던져 보았으나 에우클리데스가 침몰한 보물선에 대해서는 아무런 의심도 하지 않는다고 결론을 내렸다.

싸구려 호텔에서 처음으로 보물선 이야기를 들은 후, 플로렌티노 아리사는 최선을 다해 보물선에 관한 정보를 모조리 수집했다. 그는 '산 호세'호만이 산호 바닥에 외롭게 있는 것은 아님을 알았다. 사실 그 배는 '티에라 피르메' 함대의 기함이었고, 1708년 5월 이후에 이곳에 도착했었다. 그 배는 파나마의 전설적인 장터였던 포르토벨로항에서 그 보물의 일부를 싣고 왔는데, 거기에는 페루와 베라크루스에서 가져온 은 300상자와 콘타도라 섬에서 모아 온 진주 110상자가 실려 있었다. 티에라 피르메 함대는 이곳에 정박해 있으면서 밤새 축제를 벌였던 기나긴 한 달 동안 스페인 왕국을 가난에서 구하기 위해 나머지 보물들을 선적했다. 무소와 소몬도코에서 가져온 에메랄드 116상자와 금화 3000만 개가 그것이었다.

티에라 피르메 함대는 최소한 크고 작은 배 열두 척으로 이루어져 있었으며, 중무장한 프랑스 소함대의 호위를 받으며 이 항구를 출항했다. 그러나 이때 영국 소함대가 소타벤토 군도에서 티에라 피르메 함대가 만을 출발하기를 기다리고 있었고, 프랑스 소함대는 찰스 웨이저 사령관이 이끄는 영국 소함대의 정확한 함포 사격에서 그 함대를 구해 낼 수 없었다. 그래서 산 호세 호가 그곳에 침몰한 유일한 배라고 볼 수는 없었다. 물론 침몰한 배가 몇 척인지, 영국군의 함포 사격에서 무사히 탈출한 배가 몇 척인지는 정확한 기록이 남아 있지 않았지만 말이다. 그러나 의심의 여지가 없는 것은 산 호세 호가 후갑판에서 꼼짝도 하지 않은 사령관과 승무원을 모두 태운 채 가장 먼저 가라앉은 배였고, 그 안에 대부분의 짐이 실려 있었다는 것이다.

플로렌티노 아리사는 당시의 항해 지도를 보면서 보물선의 항로를 파악하고, 배가 난파된 지점을 정확히 측정했다고 생각했다. 그들은 보카 치카의 두 요새 사이를 통해 만을 떠났으며, 네 시간을 항해한 끝에 군도의 내해(內海)에 들어가게 되었다. 그곳 바닥에는 산호가 가득했고, 손으로 잠든 가재를 잡을 수도 있었다. 바람은 너무나 잔잔하고, 바다는 너무나 고요하고 맑아서 플로렌티노 아리사는 물속에 자기의 얼굴이 비친다고 느낄 정도였다. 가장 큰 섬에서 두 시간 거리에 위치한 그 내해의 끝에 바로 배가 침몰된 장소가 있었다.

정장을 한 플로렌티노 아리사는 지옥과 같은 햇볕 아래서 숨이 막힐 것만 같았다. 그는 에우클리데스에게 20미터를 내려가 바닥에 있는 것이면 무엇이든 가져오라고 지시했다. 물이 너무 맑았기 때문에 물 밑에서 움직이는 그를 볼 수 있었다. 에우클리데스는 그를 건드리지 않고 앞길을 이리저리 오가던 푸른 상어 떼 사이에서 마치 더러운 상어 한 마리처럼 보였다. 그런 다음 그가 산호초 사이로 모습을 감추는 것을 지켜보았다. 그리고 더 이상 그의 폐에 공기가 남아 있지 않을 것이라는 생각이 드는 순간, 플로렌티노 아리사는 등 뒤에서 그의 목소리를 들었다. 에우클리데스는 바닥에 서서 두 손을 들고 있었고, 물은 그의 허리춤까지 찼다. 그래서 그들은 계속해서 더 깊은 장소를 찾았다. 북쪽으로 항해하면서 그들과 상관도 없는 쥐가오리와 수줍은 오징어 떼와 어둠에 잠긴 장미 덩굴 위를 지났다. 그러더니 마침내 에우클리데스는 자신들이 시간만 낭비하고 있음을 깨닫고는 이렇게 말했다.

"찾으려고 하는 게 뭔지 알려 주지 않으면 내가 그걸 어떻게 찾겠어요."

그러나 그는 말하지 않았다. 그러자 에우클리데스는 세상 밑의 또 다른 하늘인 산호 바다를 보기 위해서라도 옷을 벗고 자기와 함께 물 밑으로 내려가자고 말했다. 그러나 플로렌티노 아리사는 하느님이 바다를 만드신 것은 창문을 통해 그것을 바라보기 위해서이며 그런 이유로 자기는 헤엄치는 법을 배우지 않았다는 말만 되풀이했다. 잠시 후 저녁이 되자 구름이 끼고 바람은 차갑고 습해졌으며, 금방 어둠이 깔렸다. 그들은 무사히 돌아오기 위해 등대를 보며 방향을 잡아야만 했다. 만으로 들어오기 전에, 두 사람은 불을 환하게 켜고 있는 크고 하얀 프랑스 대서양 횡단선이 아주 가까이 지나가는 것을 보았다. 그 배는 부드러운 스튜와 삶은 콜리플라워의 흔적을 남기고 있었다.

그렇게 그들은 삼 주일을 헛되이 보냈다. 만일 플로렌티노 아리사가 자신의 비밀을 에우클리데스와 공유하겠다고 결심하지 않았다면 아마도 남은 세월 전부를 낭비했을 것이다. 플로렌티노 아리사가 비밀을 털어놓자, 에우클리데스는 탐색 계획 전체를 수정했고, 두 사람은 보물선의 옛 항로를 따라 항해하기 시작했다. 그 장소는 플로렌티노 아리사가 예측했던 데서 동쪽으로 20레구아[18] 이상 떨어진 곳에 있었다. 그렇게 두 달이 지나기 전이었다. 바다에 비가 내리던 어느 저녁, 에우클리데스는 오랫동안 바다 밑바닥에 머물렀다. 그러자 통나무배는 너무나 많이 떠내려갔고, 그는 통나무배를 타기 위해 거의 반시간이나 헤엄을 쳐야 했다. 플로렌티노 아리사가 노를 저어서는 그가 있는 곳 가까이 갈 수가 없었던 것이다. 마침내 배에 오르자, 그는 자기가 바다 밑에서 오래 버틴 대가인 것처럼 입에서 두 개의 여성 장신구를 꺼내 보여 주었다.

그때 그가 들려준 이야기가 어쩌나 황홀했는지 플로렌티노 아리사는 자기 눈으로 직접 확인해 보기 위해서라도 수영을 배워 능력이 닿는 데까지 잠수를 하겠다고 약속했다. 에우클리데스는 그 장소에, 그러니까 불과 18미터 깊이의 산호초 사이에 너무나 많은 옛날 돛배들이 누워 있으며, 그 수는 헤아릴 수 없을 정도이고, 너무나 광활한 지역에 널려 있어서 끝을 볼 수가 없다고 말했다. 또한 가장 놀라운 것은 만을 떠다니고 있는 수많은 옛 난파선의 잔해 중에서 그 어떤 것도 그곳에 침몰해 있는 배들보다 상태가 좋지 않다는 사실이라고 말했다. 그리고 아직까지 돛이 하나도 파손되지 않은 범선도 여

---

18) 오래전 스페인과 포르투갈에서 쓰였던 도량형으로 현재는 사용되지 않는다. 1레구아는 약 5.5킬로미터다.

러 척 있는데, 침몰한 배들은 바닥에서도 볼 수 있으며, 배가 가라앉은 6월 9일 토요일 아침 11시의 햇빛을 받으며 아직도 화사하게 빛나고 있어서 마치 그들만의 시간과 공간을 가지고 가라앉은 것 같다고 말했다. 또한 그는 마구 튀어나오는 상상력에 목에 메어, 산 호세 보물선이 가장 눈에 띄는데 그 이름은 뱃머리에 금박으로 새겨져 있어서 눈에 잘 보이지만, 영국군에 의해 가장 많이 파손된 배이기도 하다고 말해 주었다. 그리고 배 안에서 300살이 넘은 낙지를 보았는데, 대포의 갈라진 틈 사이로 촉수가 삐져나왔지만, 식당 안에서 너무나 크게 자랐기 때문에 거기서 끼내려면 아마도 배를 부수어야 할 것이라고 말했다. 또한 전투복을 입은 사령관의 시체가 성의 수족관 속에서 비스듬히 누워 떠다니는 것도 보았고, 자기가 보물 창고로 내려가지 않은 것은 폐에 공기가 충분치 않아서였다고 말했다. 바로 거기에 증거가 있었다. 에메랄드가 박힌 귀걸이가 하나와 소금에 부식된 목걸이에 걸려 있는 성모의 메달이 그것이었다.

플로렌티노 아리사는 페르미나 다사가 그곳에 돌아오기 얼마 전에 폰세카로 보낸 편지에서 그런 보물에 관해 처음으로 언급했다. 침몰한 보물선의 이야기는 그녀도 익히 알고 있던 것이었다. 왜냐하면 아버지가 그것에 관해 이야기하는 것을 여러 번 들었기 때문이다. 로렌소 다사는 침몰한 보물을 인양하기 위해 돈과 시간을 버려 가면서 협력 관계에 있던 독일 잠수 회사를 설득하려 했었다. 역사학회의 여러 회원들이 난파된 보물선의 전설은 도둑놈 같은 부왕이 스페인 황실의 보물을 숨겨 두기 위해 만들어 낸 이야기에 불과하다며 그를 설득하지 않았다면 아마도 그는 계속 그 일을 추진했을 것이다. 어쨌거나 페르미나 다사는 플로렌티노 아리사가 말하듯이 보물선이 해저 20미터에 있는 것이 아니라, 그 어떤 사람의 손도 닿을 수 없는 해저 200미터 깊이에 있다는 것을 알고 있었나. 그러나 그가 시적으로 과장하는 것에 익숙해 있던 그녀는 그의 해적선 모험을 그가 이룬 최고의 성과 중의 하나라며 축하했다. 하지만 갈수록 그가 이런 환상적인 이야기를 자세히 서술하고 사랑의 맹세처럼 너무나 진지하게 편지에 써 내려가자, 그녀는 일데브란다에게 자기 애인이 보물에 현혹되어 정신이 이상해진 것은 아닌지 두렵다고 고백해야만 했다.

그즈음에 에우클리데스는 자신의 이야기를 증명할 수 있는 수많은 증거를 가지고 수면 위로 올라왔다. 이제 그의 이야기는 산호초 속에 흩어져 있는 귀걸이나 반지를 가지고 펄쩍펄쩍 뛰며 좋아하는 단계가 아니라, 바빌로니아의 보물을 실은 오십여 척의 배를 인양하기 위한 대규모 사업에 필요한 자금을 조달하는 일에 관한 것이었다. 그러나 조만간 일어나야 할 일이 일어나고 말았다. 플로렌티노 아리사가 그의 모험을 성공적으로 수행하기 위해 어머니에게 도움을 청했던 것이다. 그의 어머니는 보석이 박힌 금속을 이빨로 물어 보고, 보석을 햇빛에 비추어 보고는 그것이 유리임을 확인했고, 누군가가 아들의 순진함을 이용하고 있다는 것을 알았다. 에우클리데스는 플로렌티노 아리사에게 무릎을 꿇고서 자신은 절대 더러운 짓을 한 적이 없다고 맹세했지만, 다음 일요일부터 그는 어선들이 정박해 있는 항구에 나타나지 않았고, 그 어느 곳에서도 더 이상 모습을 드러내지 않았다.

그런 재앙이 플로렌티노 아리사에게 남겨 준 유일한 것은 등대라는 사랑의 보금자리였다. 두 사람이 넓은 바다 위에서 폭풍우의 공격을 받은 어느 날 밤, 그는 에우클리데스의 통나무배로 그곳에 도착했다. 그 이후 그는 저녁마다 그곳으로 가서 등대지기가 알고 있는 대지와 바다의 수많은 경이로운 사실에 관해 대화를 나누었다. 이렇게 세상의 수많은 변화 속에서도 살아남은 등대지기와의 우정이 시작되었다. 플로렌티노 아리사는 전기가 발명되기 전에 처음에는 장작더미로, 나중에는 기름을 담은 긴 병으로 불을 밝히는 법을 배웠다. 그는 불빛을 조종하고 거울로 불빛을 늘리는 법을 배웠고, 등대지기가 일을 할 수 없을 때 탑에서 바다의 밤을 대신 지켜 준 적도 여러 번 있었다. 또한 뱃소리를 듣거나 수평선에서 불빛의 크기만 보아도 그것이 어떤 배인지 알 수 있게 되었고, 어떤 배가 등대의 불빛을 보고 돌아오는지도 감지할 수 있게 되었다.

낮 동안에는, 특히 일요일에는 또 다른 종류의 기쁨이 있었다. 부왕의 동네, 즉 유서 깊은 도시의 부자들이 사는 곳에는 석회벽을 사이에 두고 여자들이 즐기는 해변과 남자들이 이용하는 해변이 분리되어 있었다. 그러니까 등대를 중심으로 오른쪽 해변과 왼쪽 해변이 나뉘어 있었던 것이다. 그래서 등대지기는 망원경을 설치해 놓고 1센타보씩 받으며 여자 쪽 해변을 보게 해 주었다. 누군가가 자기들을 보고 있다는 사실도 모른 채, 상류 사회의 아가씨들은 슬리퍼를 신고 모자를 쓰고, 거리에 나설 때 입는 옷과 다를 것도 없고 별로 매력적이지도 않은 헐렁한 수영복 속에 숨겨진 최고의 것을 뽐내곤 했다. 그 아가씨들의 어머니들은 해변의 뜨거운 햇볕 아래 대나무 흔들의자에 앉아 그 아가씨들과 똑같은 옷을 입고 똑같은 깃털 모자를 쓰고 미사에 갈 때 쓰는 것과 똑같은 오건디 양산을 쓴 채, 인근 해변의 남자들이 물 밑으로 다가와 자기 딸들을 유혹하지는 않는지 감시했다. 사실대로 말하자면, 망원경을 통해 볼 수 있는 것이 거리에서 볼 수 있는 것보다 더 재미있지는 않았다. 그러나 매주 일요일이면 수많은 손님들이 망원경으로 달려와 벽으로 분리된 지역의 금지된 과일 맛을 보는 기쁨을 만끽하려고 했다.

플로렌티노 아리사는 기쁨을 느끼기보다는 무료함을 달래기 위해 달려오는 사람들 중의 하나였다. 그러나 사람을 끄는 이런 부가적인 인기거리 때문에 등대지기와 좋은 친구가 된 것은 아니었다. 진짜 동기는 페르미나 다사가 그를 거부한 후에 여기저기 흩어진 사랑의 열기를 식히고 그녀를 대체할 무언가를 찾으려 했을 때, 그 어떤 장소보다도 등대에서 가장 행복한 시간을 보냈고, 자신의 불행을 위로할 최고의 것을 찾았기 때문이다. 그곳은 그가 가장 사랑하는 장소였다. 너무나 사랑했기에 그 등대를 사도록 도와 달라면서 여러 해 동안 자기 어머니를 설득하려고 애를 썼고, 나중에는 작은아버지 레온 12세를 조르기도 했다. 왜냐하면 당시에 카리브해의 등대는 개인 소유였고, 등대 주인들은 배의 크기에 따라 항구로 들어오는 통행세를 받았던 것이다. 플로렌티노 아리사는 그것이 시를 쓰면서 명예롭게 돈을 벌 수 있는 유일한 방법이라고 생각했지만, 그의 어머니나 작은아버지는 그렇게 생각하지 않았다. 그가 자기 돈으로 살 수 있게 되었을 때 등대는 이미 국가의 소유가 되어 있었다.

그러나 이런 꿈들 중에서 그 어느 것도 헛되지 않았다. 보물선 이야기와 이후 등대라는 새로운 소재는 페르미나 다사의 공백을 메워 주었다. 그런데 전혀 생각지도 않고 있을 때 그녀의 귀환 소식이 전해졌다. 사실 리오아차에서 오랜 시간을 머무른 후 로렌소 다사는 돌아오기로 결심했다. 이 무렵은 12월의 무역풍으로 인해 바다가 자비롭지 못할 때로, 유일하게 항해를 할 수 있는 유서 깊은 스쿠너[19]는 밤새 항해를 하다가도 역풍을 만나 출발했던 항구로 되돌아오는 경우도 있었다. 그리고 실제로 그런 일이 벌어졌다. 페르미나 다사는 노란 담즙을 토하며 선실의 간이침대에 묶여 고통스럽게 온밤을 지새워야 했다. 게다가 그 선실은 싸구려 선술집의 화장실처럼 숨 막힐 듯이 좁을 뿐만 아니라 악취가 진동하고 덥기까지 했다. 어찌나 심하게 요동을 치던지 그녀는 여러 번 침대의 끈이 풀어질 것 같은 느낌을 받았고, 갑판에서는 배가 난파된 것처럼 슬픔에 가득 찬 비명 소리가 들려오기도 했다. 자기 아버지가 옆방에서 호랑이처럼 코고는 소리는 그녀를 두렵게 만든 또 다른 원인이었다. 삼 년 만에 처음으로 그녀는 플

19) 두 개 이상의 돛대에 세로돛을 단 범선.

168

로렌티노 아리사를 한 번도 생각하지 않은 채 온밤을 하얗게 새웠다. 반면에 그는 뒤뜰의 해먹에서 그녀가 돌아올 시간을 애타게 기다리며 1분, 1분을 세느라 한숨도 자지 못했다. 새벽이 되자 바람은 멈추었고, 바다도 잠잠해졌다. 그리고 페르미나 다사는 뱃멀미로 녹초가 되긴 했지만 잠을 잤다는 사실을 깨달았다. 닻의 쇠사슬 소리에 잠이 깼던 것이다. 그녀는 바로 끈을 풀고 채광창을 들여다보았다. 항구의 군중 속에서 플로렌티노 아리사를 발견할 수 있으리라는 희망에서 그런 것이었지만, 그녀의 눈에 들어온 것은 아침 태양을 받아 누렇게 빛나는 야자수 사이로 모습을 드러낸 세관 창고와 스쿠너가 전날 출항했던 리오아차의 썩은 나무판자가 깔린 부두뿐이었다.

그날의 나머지는 마치 꿈을 꾸는 것 같았다. 어제까지 있었던 바로 그 집에서 작별을 했던 사람들과 다시 만나 똑같은 이야기를 나누면서, 그녀는 이미 살았던 삶을 다시 사는 것 같은 인상에 깜짝 놀랐다. 너무나 똑같이 반복되었기에, 페르미나 다사는 기억만 해도 소름 끼치는 스쿠너 여행 역시 다시 반복될지도 모른다는 생각에 두려움에 사로잡혔다. 그러나 스쿠너를 타지 않고 집으로 돌아갈 수 있는 방법은 이 주일간 노새를 타고 산을 넘는 것뿐이었다. 게다가 이제는 처음보다 더 위험한 상황이었다. 안데스 산지인 카우카 지방에서 다시 내전이 일어났고, 그 내전이 카리브해 지방으로 번지고 있었기 때문이다. 그래서 밤 8시에 그녀는 다시 시끄러운 친척들과 함께 항구로 갔고, 지난밤처럼 작별의 눈물을 흘렸으며, 너무 커서 선실에 들어가지도 않는 최후의 작별 선물을 똑같이 받았다. 출항 순간이 되자, 친척들은 일제히 공중에 총을 쏘아대면서 스쿠너에 작별 인사를 했고, 로렌소 다사는 갑판에서 권총 다섯 발을 공중으로 쏘아 답례했다. 페르미나 다사의 걱정은 이내 해결되었다. 밤새 바람은 잔잔했고, 바다는 꽃 냄새를 풍겼다. 페르미나 다사는 그 냄새에 취해 안전띠도 매지 않고 잠을 잘 수 있었다. 그녀는 꿈을 꾸었다. 다시 만난 플로렌티노 아리사가 그녀가 평소에 보아 왔던 얼굴을 떼어 내고는 그 얼굴이 가면이라고 말하는데, 사실 그 가면은 그의 얼굴과 똑같다는 꿈이었다. 이런 수수께끼 같은 꿈에 당혹하여 그녀는 아침 일찍 자리에서 일어났고, 아버지가 선장실의 바에서 진한 커피에 브랜디를 타 마시고 있는 것을 보았다. 술을 마셔서 그의 눈은 한쪽으로 비뚤어져 있었지만, 그들의 귀환을 불안해하는 기색은 전혀 보이지 않았다.

그들은 항구로 들어오고 있었다. 스쿠너는 몇 레구아 떨어진 바다까지도 악취를 풍기는 시장의 후미진 구석에 닻을 내리고 있던 돛단배들의 미로로 미끄러지듯이 조용히 들어왔다. 꾸준히 내리는 이슬비로 흠뻑 젖어 있던 새벽은 이내 커다란 빗방울을 떨어뜨리는 소나기를 맞고 있었다. 전신 사무실의 발코니에 우두커니 서서 플로렌티노 아리사는 스쿠너가 비에 젖어 기운이 빠진 돛을 달고 라스 아니마스만을 지나 시장의 부두에 닻을 내리는 것을 보았다. 그는 전날 아침 11시까지 그 배를 기다렸다. 그런데 우연히 받은 전보를 통해 역풍으로 인해 그 배가 연착하리라는 것을 알게 되었고, 그래서 그날 새벽 4시부터 다시 그 배를 기다리고 있었던 것이다. 그는 폭풍에도 상관없이 배에서 내리기로 결정한 승객 몇 명을 해변으로 실어 나르던 조그만 통나무배에서 눈을 떼지 않고 기다렸다. 통나무배가 반쯤 오다가 멈춰 서 버리는 바람에 그들 대부분은 그 배를 버리고 진흙탕 속을 철벅거리며 뛰어서 부두로 와야만 했다. 날씨가 갤 것을 기다렸지만 그것이 헛된 일이 되자, 8시에 흑인 인부 한 명이 허리까지 물이 찬 채로 스쿠너의 가로대에서 페르미나 다사를 받아서 팔로 안아 해변까지 데려다 주었다. 그러나 그녀가 너무나 흠뻑 젖어 있었기에 플로렌티노 아리사는 그녀를 알아볼 수 없었다.

그녀는 자신이 여행에서 얼마나 성숙했는지 자각하지 못하고 있었다. 그러다 닫힌 집 안으로 들어온 다음, 그녀가 돌아왔다는 소식을 듣자마자 옛 노예들의 움막에서 돌아온 흑인 하녀 갈라 플라시디아와 함께 즉시 그 집을 살 만한 곳으로 바꾸는 영웅적인 과업을 맡으면서 비로소 깨닫게 되었다. 이제 페르미나 다사는 아버지에게 응석을 부리고 아버지의 횡포에 간섭을 받는 외동딸이 아니라, 먼지와 거미줄이 가득한 제국의 여주인이었다. 그런 집은 굴하지 않는 사랑의 힘으로만 다시 구원받을 수 있었다. 그녀는 겁을 먹지 않았다. 왜냐하면 세상을 움직일 수도 있을 것 같은 용기가 샘솟는 것을 느꼈기 때문이다. 집으로 돌아온 바로 그날 밤, 긴 부엌 테이블에서 초콜릿 차를 마시고 도넛을 먹으면서 아버지는 마치 성사를 치르듯이 엄격하게 격식을 차리며 그녀에게 집 안을 관리할 권한을 주었다. 아버지는 이렇게 말했다.

"이제 너에게 네 인생의 열쇠를 주마."

만으로 열일곱 살이 된 그녀는 자신 있게 그 임무를 받아들였다. 그녀는 자기가 얻은 자유는 모두 사랑을 위한 것이라고 확신하고 있었다. 제대로 잠을 이루지 못한 채 밤을 보낸 다음 날 아침, 발코니의 창문을 열고 조그만 공원에 슬피 내리는 이슬비와 머리가 달아난 영웅의 동상과 플로렌티노 아리사가 시집을 들고 앉아 있곤 했던 대리석 벤치를 다시 보게 되자, 처음으로 집에 있는 것이 불쾌하게 느껴졌다. 이제 그녀는 그를 불가능한 연인이 아니라 자신의 몸과 마음을 모두 바칠 수 있는 남편으로 생각하고 있었다. 그녀는 자기가 떠난 후 잃어버린 시간의 무게를 느꼈다. 그리고 산다는 것이 얼마나 힘든 일이며, 하느님이 명령하시듯이 자신의 남자를 사랑하기 위해서는 얼마나 많은 사랑이 필요한지도 생각했다. 그러면서 비가 오거나, 그 어떤 방법으로도 자기의 대답을 듣지 못하거나 아무리 불길한 징조를 받았을 때라도 그 공원에 수없이 있던 그가 없다는 사실에 놀랐다. 그리고 그가 죽었을지도 모른다는 생각에 몸을 떨었다. 그러나 즉시 이런 불길한 생각을 떨쳐 버렸다. 왜냐하면 그녀가 돌아오기 직전에 받은 최근의 열정적인 전보에서 그들은 그녀가 돌아오면 어떻게 계속해서 서로의 생각을 전달할 수 있을지에 관해 얘기하는 것을 잊어버렸던 것이다.

　그러나 사실 플로렌티노 아리사는 그녀가 아직 돌아오지 않았다고 확신하고 있었다. 그는 리오아차의 전신 기사가 역풍으로 인해 전날 도착하지 않은 바로 그 배를 타고 금요일에 출발했다는 사실을 확인하고서야 그녀가 도착했음을 알았다.

그래서 그 주말부터 그는 그녀의 집에 사람이 살고 있다는 신호가 있는지 주시하고 있었다. 그리고 월요일 저물녘부터 창가로 불빛 하나가 너울거리더니 9시가 조금 넘은 후에 불빛이 발코니와 접한 침실에서 꺼지는 것을 보았다. 사랑을 처음 느꼈던 밤에 잠을 이루지 못하고 구토증을 느꼈던 것처럼, 그날 밤도 그는 초조한 마음으로 잠을 이루지 못했다. 트란시토 아리사는 첫닭이 울자 자리에서 일어났다. 마당에 나간 아들이 자정까지도 집에 들어오지 않은 것 같은 짐작에 겁이 났던 것이다. 그녀는 그를 찾았지만, 플로렌티노 아리사는 집 안에 없었다. 그는 밖으로 나가 바람을 맞으며 사랑의 시를 읊고 기쁨을 주체하지 못해 울면서 새벽녘까지 부둣가를 따라 방황했던 것이다. 8시에 그는 파로키아 카페의 지붕 아래 앉아 있었다. 밤을 지새운 탓에 피로에 지친 그는 제정신이 아닌 상태로 페르미나 다사에게 환영의 메시지를 보낼 방법을 궁리하고 있었다. 바로 그때 그는 가슴속까지 찢어놓을 듯한 격렬한 전율을 느꼈다.

그녀였다. 그녀는 시장바구니를 든 갈라 플라시디아와 함께 대성당 광장을 지나가고 있었다. 그녀가 교복을 입지 않고 외출한 것은 이때가 처음이었다. 그녀는 그곳을 떠났을 때보다 키가 더 크고 세련되어졌으며 더 명랑한 표정이었다. 그녀의 아름다움은 성숙한 여인의 자제력으로 정화되어 있었다. 땋은 머리는 다시 길게 자랐지만, 등 뒤로 늘어뜨리지 않고 왼쪽 어깨 위로 살그머니 말려 있었다. 이런 단순한 변화로 그녀에게서는 소녀티가 완전히 가셔 있었다. 플로렌티노 아리사는 너무 놀라 그 자리에 멍하니 있었다. 갑자기 눈앞에 나타난 여인이 광장을 지날 때까지 그는 그녀가 가는 길을 보고만 있었다. 그러나 그녀가 성당 모퉁이를 돌아 시장의 자갈길로 가면서 귀가 먹을 정도로 시끄러운 소리 속으로 사라지자, 그를 마비시켰던 거스를 수 없는 힘은 동시에 그녀를 뒤쫓아 가게 만들었다.

그는 자기 모습이 보이지 않게 그녀를 뒤쫓으면서 그녀의 일상적인 동작을 지켜보았다. 자신이 이 세상에서 가장 사랑한 그녀의 조숙한 모습과 우아한 자태를 처음으로 자연스러운 상태에서 바라보고 있었다. 그는 수많은 군중을 유유자적하게 헤쳐 나가는 그녀를 보고 깜짝 놀랐다. 갈라 플라시디아가 사람들과 이리저리 부딪치고 바구니들을 제대로 간수하지 못해 허우적거리며 그녀와 보조를 맞추기 위해 뛰어야 한 반면, 그녀는 그곳이 자신의 공간이며 그 순간이 자신의 시간인 듯 마치 어둠 속의 박쥐처럼 그 누구와도 부딪치지 않은 채 자유자재로 거리의 무질서 속을 항해하고 있었다. 그녀는 에스콜라스티카 고모와 장터에 온 적이 수없이 많았지만, 그때는 항상 조금만 사곤 했다. 아버지가 집에 필요한 것들, 즉 가구나 먹을거리뿐만 아니라 여자 옷까지 직접 구입했기 때문이다. 이 첫 번째 외출은 그녀가 어릴 적 꿈속에서 이상화시켰던 매력적인 모험이었다.

페르미나 다사는 영원한 사랑의 묘약을 판다고 떠들어 대는 뱀 장수나 상처에 고름을 흘리면서 문 앞에 누워 돈을 달라고 구걸하는 거지들이나 길들인 악어를 팔려고 하는 가짜 원주민들을 본 척도 하지 않았다. 그녀는 행선지도 정해 놓지 않은 채, 오랫동안 그곳을 돌아다니며 모든 것을 자세히 둘러보기 위해 발길을 멈추곤 했다. 서두르지 않으면서 온갖 물건의 영혼을 음미하는 것 이외에 다른 동기는 없어 보였다. 그녀는 무언가 파는 가게라면 빼놓지 않고 들어갔으며, 어느 곳에서 무슨 물건을 보든 사고 싶은 욕망이 한껏 커져 가고 있다는 것을 알았다. 큰 보물 상자에 담긴 옷에서 풍기는 베티베리아 향초의 향내를 맡았고, 무늬가 새겨진 실크를 몸에 둘러 보기도 했으며, '황금 철사'의 전신 거울 앞에서 머리에 핀을 꽂고 꽃무늬가 그려진 부채를 들고서 마드리드의 아가씨로 변장하여 미소 짓는 자신을 보고 웃기도 했다. 수입 상품 가게에서는 절인 청어 통조림을 땄는데, 그것은 그녀가 산 후안 데라 시에나가에서 아주 어릴 적에 보냈던 북동 지역의 밤을 떠올리게 했다. 또한 감초 맛이 나는 알리칸테의 소시지를 먹어 보고는 토요일 아침 식사 때 먹기 위해 두 개를 샀다. 그리고 대구 한 토막과 술에 담근 레드 커런트 한 병도 샀다. 또 향료 가게에서는 후각을 즐겁게 하기 위해 샐비어 잎과 오레가노 잎사귀를 손바닥에 놓고 비벼 보았으며, 향내 나는 클로버 한 줌과 별 모양의 아니스 한 줌, 그리고 생강과 두송 두 줌을 샀다. 그러고는 고춧가루 냄새를 맡자 기침을 하면서 눈에 웃음의 눈물을 가득 머금고 그곳을 나왔다. 프랑스 화장품 가게에서 로이터 비누와 안식 향수를 사자 가게 주인은 당시 파리에서 유행하던 향수를 귀 뒤에 살짝 찍어 발라 주었으며, 담배를 피운 후에 먹으면 냄새를 제거해 주는 알약도 하나 주었다.

분명히 그녀는 쇼핑을 즐기고 있었다. 그러나 정말 필요한 것은 주저 없이 구입했다. 그녀는 자신이 사는 물건이 자기뿐만 아니라 그를 위한 것이라는 사실을 의식하고 있었기 때문에 너무나 당당했고, 그래서 그녀가 난생처음 쇼핑을 한다는 것을 눈치챌 사람은 아무도 없었다. 그녀는 두 사람의 테이블보로 사용하기 위해 10미터의 리넨 천과 새벽이면 두 사람의 분비물로 축축이 적셔질 결혼 침대 시트로 사용할 무명 천, 그리고 사랑의 집에서 두 사람이 함께 즐길 수 있는 가장 고급스러운 물건 등을 구입했다. 그녀는 값을 깎아 달라고 요구했는데, 어떻게 해야 하는지도 훤히 꿰고 있었다. 가장 적당한 가격이 될 때까지 우아하고 점잖게 값을 흥정했고, 금 조각으로 값을 지불했다. 가게 주인들은 대리석 카운터에 그 금 조각을 두드려 보았는데, 이러한 행동은 금의 노랫소리를 듣는 순수한 기쁨을 누리기 위해서였다.

플로렌티노 아리사는 놀란 표정으로 그녀를 몰래 주시했다. 숨을 죽이며 그녀를 뒤쫓았고, 여러 번 하녀의 바구니와 부딪치기도 했다. 미안하다는 그의 말에 하녀는 미소로 답해 주었다. 그리고 그녀가 그와 너무나 가까운 곳으로 지나갔기에, 그는 그녀의 향내를 맡을 수 있었다. 그녀가 그를 보지 못했던 것은 도도한 태도로 걸어 다녔기 때문이었다. 그녀는 너무나 아름답고 너무나 매력적이었으며, 보통 사람들과는 너무나 달라 보였다. 그래서 그는 그녀의 구두가 딱딱거리면서 돌길 위를 걸을 때 왜 아무도 자기처럼 정신을 잃지 않는지, 그녀의 베일에서 나오는 숨소리에 왜 아무도 가슴 설레하지 않는지,

그녀의 땋은 머리가 바람에 휘날리거나 그녀의 손이 공중으로 날아오를 때, 혹은 황금 같은 미소를 지을 때에도 왜 모든 사람이 사랑에 미치지 않는지 이해할 수가 없었다. 그녀가 과거의 몸짓이나 성격을 잃은 듯한 징후는 없었다. 그러나 그는 그녀의 마법을 파괴할지도 모른다는 두려움에 가까이 갈 엄두를 내지 못했다. 그러나 그녀가 '필경사의 거리'의 시끄러운 소리 속으로 들어가자, 그는 자기가 수년간 바라 온 기회를 잃어버릴지도 모른다는 것을 깨달았다.

페르미나 다사는 학교 여자 친구들과 함께 필경사의 거리는 점잖은 숙녀라면 가지 말아야 할 파멸의 장소라는 이상한 생각을 공유하고 있었다. 그곳은 작은 광장 맞은편에 위치한, 아치형의 지붕이 통로를 덮고 있는 상점가였다. 빌린 마차나 당나귀가 끄는 짐마차들이 주차를 하고, 갈수록 빽빽이 들어서는 노점상들이 큰 소리로 우악스럽게 떠드는 곳이었다. 그 이름은 식민지 시대부터 전해 내려온 것으로, 당시에 과묵한 대필자들이 조끼를 입고 토시를 끼고서 그곳에 앉아 아주 싼 가격에 모든 종류의 서류를 써 주었기 때문에 붙은 것이었다. 그들은 탄원서나 청원서, 법정 증언, 축하 카드나 조문 편지, 나이를 막론한 연애편지 등을 써 주곤 했다. 그러므로 시끄러운 장터라는 악명을 얻게 된 것은 그들 때문이 아니라 유럽 선박에서 밀수로 도착한 온갖 수상한 물건들을 불법적으로 판매하는 최근의 행상꾼들 때문이었다. 그들은 음란한 우편엽서와 정력제를 비롯하여 필요한 상황이 되면 퍼덕거리는 이구아나의 볏이 달린 카탈루냐의 콘돔이나 사용자의 의지에 따라 꽃잎이 벌어지도록 끝에 꽃을 단 콘돔까지 팔고 있었다. 그 거리가 어떤 곳인지 잘 몰랐던 페르미나 다사는 자기가 어디로 가는지도 의식하지 못한 채, 아침 11시의 강렬한 햇볕을 피할 그늘을 찾아 그곳으로 들어갔던 것이다.

그녀는 구두닦이와 새 장수들, 싸구려 책 장사들과 주술로 병을 고치는 사람들, 그리고 사람들이 고함치는 소리보다 더 큰 소리로 애인에게 줄 파인애플 사탕 사세요, 사랑에 빠진 사람에게 줄 코코넛 사탕 사세요, 당신의 사랑에게 줄 조총 사세요 하고 사탕 장사들이 왁자지껄하게 떠드는 가운데로 빠져 들어갔다. 그러나 그녀는 그런 소음에는 관심이 없었다. 어느 문구점 주인이 핏빛 분위기를 띤 빨간 잉크, 조문 편지를 쓸 때 사용하는 슬픈 표정의 잉크, 어둠 속에서도 읽을 수 있는 야광 잉크, 불빛이 있어야만 드러나는 투명 잉크와 같은 요술 잉크로 보이는 시범에 매료되었기 때문이다. 그녀는 그런 잉크들을 모두 갖고 싶었다. 플로렌티노 아리사를 즐겁게 해주고, 자신의 기지로 그를 놀래 주고 싶었던 것이다. 그러나 여러 번 시험을 해 본 뒤 황금 잉크 한 통만 사기로 결정했다. 그런 다음 크고 둥그런 항아리 뒤에 앉아 있는 사탕 장사들에게 갔다가 너무 시끄러워 자기 목소리가 제대로 들리지 않자, 손가락으로 유리 항아리를 가리키면서 각 종류마다 여섯 개씩을 샀다. 막대 사탕 여섯 개, 밀크 사탕 여섯 개, 참깨 막대사탕 여섯 개, 카사바 사탕 여섯 개, 막대 초콜릿 여섯 개, 조각 롤케이크 여섯 개, 여왕 사탕 여섯 개를 비롯해 이런저런 사탕들을 모두 여섯 개씩 사서 못 견디게 매혹적인 자태로 하녀의 바구니에 차례로 넣었다. 페르미나 다사는 당밀을 향해 폭풍처럼 날아드는 파리 떼에도 무심했고, 계속되는 왁자지껄한 소리에도 신경 쓰지 않았으며, 죽음의 더위 속에서 반사되는 지독한 땀 냄새에도 개의치 않았다. 페르미나 다사의 관심을 끈 것은 흑인 여자 요술사였다. 그녀는 둥글고 예쁜 머리에 색색의 천을 얹고서 삼각형의 파인애플 조각을 푸줏간 칼끝에 찔러 페르미나 다사에게 주었다. 그녀는 그것을 집어서 입 안에 통째로 집어넣고는 사람들을 이리저리 쳐다보면서 맛을 보았다. 바로 그때 밀어닥친 갑작스러운 충격에 그녀는 그 자리에서 뻣뻣하게 굳어 버렸다. 그녀의 등 뒤에서 들려온 목소리는 귓가에서 너무나 가까이 울려 그녀는 그곳의 소란 속에서도 그 말을 들을 수 있었다. 그것은 바로 그의 목소리였다.

"여긴 왕관을 쓴 여신이 올 곳이 아니에요."

그녀는 고개를 돌렸고, 자기 눈에서 두 뼘 정도 떨어진 곳에서 차가운 눈과 창백한 얼굴과 두려움에 사로잡혀 굳어진 입술을 보았다. 그와 처음으로 가까이 있었던 자정 미사의 군중 틈에서 보았던 모습과 마찬가지였다. 그러나 그녀는 당시와는 달리 사랑의 감동이 아닌 환멸의 심연을 느꼈다. 순간적으로 자신이 중대한 실수를 저질렀다는 것을 깨달으면서, 왜 그토록 오랜 시간 동안 그렇게 열정적으로 이런 망상을 키워왔는지 모르겠다고 놀란 마음으로 자문했다. 그녀는 가까스로 '하느님 맙소사! 이 불쌍한 사람!'이라는 생각만 떠올릴 수 있었다. 플로렌티노 아리사는 미소를 짓고서 무언가를 말하려 하면서 그녀를 뒤쫓으려고 했다. 그러나 그녀는 그를 자기 인생에서 지워 버렸다는 손짓을 하면서 이렇게 말했다.

"제발 부탁인데, 이제 그만 잊어버려요."

그날 오후, 아버지가 낮잠을 자고 있는 틈을 이용해 그녀는 갈라 플라시디아 편으로 두 줄짜리 편지를 보냈다. 편지에는 "오늘 당신을 보자 우리의 사랑은 꿈에 불과했다는 것을 알았어요."라고 적혀 있었다. 하녀는 또한 그의 전보와 시와 마른 동백꽃잎을 전해 주면서, 그녀가 그에게 보냈던 편지와 선물들을 돌려 달라고 했다. 에스콜라스티카 고모의 기도서, 식물 표본집에서 가져온 마른 나뭇잎들, 가로와 세로가 각각 1센티미터인 성 페드로 클라베르의 옷 조각, 교복에 달린 실크 리본으로 묶었던 열다섯 살 때의 땋은 머리칼을 돌려 달라는 것이었다. 그다음 날부터 그는 미칠 듯한 상태로 자신의 절망감을 담은 편지를 수없이 써서 하녀에게 가져가라고 애원해 보았지만, 하녀는 되돌려 받는 선물 이외에는 아무것도 받지 말라는 단호한 지시를 충실히 이행했다. 그녀가 돌려 달라고 너무나 완강하게 요구했기 때문에 플로렌티노 아리사는 땋은 머리를 빼고는 모두 돌려주어야만 했다. 그는 잠시라도 좋으니 페르미나 다사가 직접 와서 그와 대화를 하지 않는 한 땋은 머리는 돌려주지 않겠다고 했다. 그러나 그녀는 그것마저 거부했다. 아들이 목숨을 끊을지도 모른다는 걱정에, 트란시토 아리사는 자존심을 꺾고 페르미나 다사에게 단 5분만이라도 좋으니 아들에게 시간을 내달라고 부탁했다. 페르미나 다사는 자기 집 현관 앞에서 서서 그녀를 만났지만, 집 안으로 들어오라는 말도 하지 않았고 약해진 모습도 전혀 보이지 않았다.

이틀 후, 어머니와 말다툼을 한 끝에 플로렌티노 아리사는 그의 침실 벽에 걸려 있던 유리 상자를 내렸다. 그 안에는 마치 성스러운 유물이라도 되듯이 땋은 머리가 가지런히 놓여 있었다. 그러자 트란시토 아리사는 금실로 수를 놓은 벨벳 천으로 그것을 싸서 손수 돌려주었다. 플로렌티노 아리사는 더 이상 페르미나 다사와 단둘이 있을 기회가 없었으며, 오랫동안 살면서 우연히 마주친 적은 셀 수 없이 많았지만 단둘이 이야기할 기회는 마찬가지로 없었다. 51년 9개월 4일 후 페르미나 다사가 미망인이 된 첫날에야 그는 평생 충실할 것이며 영원히 사랑하겠다는 맹세를 다시 할 수 있었다.

스물여덟 살의 후베날 우르비노 박사는 여자들이 가장 탐내던 미혼 남성이었다. 그는 파리에서 오랫동안 체류하면서 의과학 외과 전문의 과정을 마친 후 귀국했으며, 이 땅을 밟은 후부터 한순간도 시간을 낭비하지 않겠다는 결심이 어떤 것인지 분명한 본보기를 보여 주었다. 그는 고향을 떠났을 때보다 더욱 세련되어졌으며, 자제력도 더 강해져 있었다. 그의 세대 중에 의학 분야에 있어서 그보다 더 자세하게 많이 아는 사람은 없었다. 또한 당시 유행하던 음악에 맞추어 그 누구보다도 춤을 잘 추었으며, 즉석에서 피아노를 연주하는 솜씨 역시 그를 따라올 사람이 없었다. 그의 개인적인 매력과 그의 집안이 소유한 확실한 재산에 매료된 상류 계급의 아가씨들은 비밀리에 제비뽑기를 해서 누가 그와 함께 어울릴지를 정했고, 그 역시 그런 아가씨들과 어울리면서 즐겁게 보냈다. 그렇지만 그는 품위를 유지하면서 그 누구의 손도 닿지 않은 매혹적인 존재로 남아 있었다. 그런 그가 페르미나 다사의 서민적인 매력에 저항하지 못하고 무릎을 꿇고 말았던 것이다.

그는 그 사랑을 임상적 실수의 산물이라고 즐겨 말하곤 했다. 스스로도 그런 일이 일어났다는 사실이 믿기 어려웠다. 특히 두 번 생각할 필요도 없이 이 세상에 그 도시와 같은 곳은 없다고 걸핏하면 말하면서, 자신의 모든 열정을 그 도시에 쏟고 있던 그토록 중요한 시기에 그런 일이 일어나리라고는 생각지도 못했던 것이다. 파리에서 애인과 팔짱을 끼고 산책하던 늦가을 날 화롯가에서는 군밤 냄새가 풍겨오고 우울한 아코디언 소리가 울려 퍼지는 가운데, 옥외 테라스에서 질리지도 않고 계속 키스를 하던 연인들을 보면서 그 황금빛 저녁보다 더 순수한 행복은 없을 거라고 생각하곤 했다. 그러나 그는 가슴에 손을 얹고서 그런 행복을 4월의 카리브해의 어느 한순간과도 바꾸지 않겠다고 다짐하곤 했다. 가슴의 기억은 나쁜 기억을 지우고 좋은 기억만 과장하는 법이며, 이런 책략 덕택에 우리가 과거의 짐을 견디고 살아갈 수 있다는 것을 알기엔 그는 아직 어렸다. 그러나 배의 난간에 서서 식민지 냄새를 풍기는 동네의 하얀 돌기와 지붕 위에서 꼼짝하지 않고 앉아 있는 매들, 그리고 발코니에 널려 있는 가난한 사람들의 빨래를 다시 보자, 자신이 얼마나 향수라는 자비로운 함정에 쉽게 빠져 희생되었는지를 깨달았다.

배는 익사한 동물들이 떠다니며 담요처럼 드리워져 있던 만을 가로질러 들어왔고, 대부분의 승객들은 선실에 숨어 악취를 피했다. 젊은 의사는 트랩을 내려왔다. 그는 알파카 털로 짠 단정한 양복에 조끼와 먼지 방지용 외투를 입고 있었다. 그의 턱수염은 젊은 시절의 파스퇴르 같았고, 머리칼은 보일락 말락 하는 가르마를 중심으로 말끔하게 빗겨져 있었으며, 슬픔이 아니라 두려움에 목이 메는 것을 억누르는 자제력을 보이고 있었다. 군복도 입지 않은 맨발의 병사들이 지키고 있던 황량한 선창가에는 그의 누이들과 어머니, 친한 친구들이 그를 기다리고 있었다. 친구들은 세련되고 시석으로 보였지만, 그는 그들에게 활력이 부족하며 미래가 없다는 것을 깨달았다. 그들은 국가의 위기나 내전을 마치 먼 옛날의 남의 일처럼 말했지만, 그들의 목소리는 뭔가를 피하려는 듯 겁에 질려 있었고, 그들의 눈에는 입으로 지껄이는 말과는 전혀 다른 불확실성이 깃들어 있었다. 그에게 가장 충격을 준 것은 그의 어머니였다. 우아함과 적극적인 활동을 통해 인생에서 성공을 거둔 어머니는 아직도 젊은 여인이었지만, 이제는 미망인의 상장(喪章)에서 풍기는 장뇌향 속에서 서서히 시들어 가고 있었다. 그녀는 아들이 당황해하는 것을 알아차린 듯 왜 그의 피부가 파라핀처럼 창백하냐고 물으며 선수를 쳤다. 그러자 그가 대답했다.

"그게 거기 삶이에요, 어머니. 파리에 가면 모두 초록색이 되거든요."

잠시 후 꽉꽉 닫힌 마차 안에서 어머니 옆에 앉은 그는 더

위로 숨이 막힐 것 같았다. 그리고 창문을 통해 마구 쏟아져 들어오는 무자비한 현실을 더 이상 견딜 수가 없었다. 바다는 잿빛이었고, 후작들이 살았던 옛 궁궐들은 급격히 늘어난 거지들에게 정복될 찰나였다. 열린 하수구에서 풍기는 죽음의 수증기 때문에 재스민의 뜨거운 향내를 발견하기란 불가능했다. 그가 그곳을 떠났을 때보다 모든 것이 더 작고 가난하고 우울해 보였다. 길거리의 쓰레기 더미에 너무나 많은 쥐들이 몰려 있어서 마차를 끄는 말들은 놀라서 넘어지기 일쑤였다. 항구에서 부왕의 동네 한가운데 있는 집까지 오는 긴 여로에서, 그는 자신이 느꼈던 향수에 걸맞은 것을 하나도 보지 못했다. 좌절에 빠진 그는 어머니가 자기의 표정을 보지 못하도록 고개를 돌리고는 아무 소리도 내지 않고 울기 시작했다.

우르비노 데 라 카예 가문의 유서 깊은 저택인 카살두에로 후작의 고저택은 더 이상 난파된 건물들 한가운데 우뚝 솟아 있는 존재가 아니었다. 후베날 우르비노 박사는 어두컴컴한 현관을 지나 그 집으로 들어온 후 그 사실을 깨닫고는 가슴이 찢어지는 것 같았다. 그는 안쪽 정원의 분수가 먼지에 뒤덮여 있고, 이구아나들이 다니던 길에는 꽃도 피우지 않는 잡초가 무성한 것을 보았다. 그리고 큰 방들로 통하는 청동 난간의 커다란 계단에는 대리석으로 만든 포석들이 많이 빠져 있고, 또 어떤 것들은 부서져 있음을 알았다. 탁월한 능력보다는 자기 희생으로 더 유명한 의사였던 그의 아버지는 육 년 전에 그 마을을 휩쓴 아시아형 콜레라에 희생되어 목숨을 잃었고, 아버지가 돌아가시자 가문의 영혼도 죽어 버렸다. 그 슬픔이 영원히 지속될 것이라고 예견한 어머니 블랑카 부인은 죽은 남편이 밤을 새우며 즐기던 유명한 시 낭송회와 실내악 연주회를 저녁 기도로 대체해 버렸다. 두 누나 역시 천성적으로 우아하고 명랑했던 성격은 어디론지 사라지고 수녀 분위기만 짙게 풍겼다.

도착한 그날 밤, 집 안의 어둠과 침묵에 놀란 후베날 우르비노 박사는 한시도 잠을 이루지 못했다. 그래서 재앙과 파멸과 밤의 온갖 무서움을 무찌르기 위해 성령에게 로사리오 기도를 세 번 드렸고, 그가 기억하는 모든 기도문을 암송했다. 그런데 기도를 하는 동안 마도요 한 마리가 잘못 닫은 문틈으로 들어와 침실 안에서 매시간 정각마다 노래를 불러 댔다. 인근에 위치한 '하느님의 목자' 정신 병원에서 들려오는 미친 여자들의 발작적인 비명, 물통에서 세면대로 떨어지면서 온 집 안에 울려 퍼지는 무자비한 물소리, 침실에서 길을 잃고 헤매는 마도요가 성큼성큼 걸어 다니는 소리, 어둠에 대한 선천적인 공포감, 보이지는 않지만 잠든 거대한 저택에 머물러 있는 죽은 아버지의 존재 같은 것들이 그를 밤새 괴롭혔다. 옆집의 수탉들과 함께 마도요가 5시를 노래하자, 후베날 우르비노 박사는 자기의 육체와 영혼을 하느님의 섭리에 맡겼다. 잿더미로 변한 조국에서 더 이상 하루라도 살아갈 기운이 나지 않는다고 느꼈던 것이다. 그러나 가족들의 애정과 시골에서 보내는 일요일들, 그와 같은 계급의 아가씨들이 던지는 탐욕에 찬 칭찬들 때문에 이내 이렇게 씁쓸한 첫인상은 사라져 버렸다. 그는 조금씩 10월의 숨 막히는 더위와 코를 찌르는 냄새와

"내일 만나지, 의사 선생. 걱정 말게."와 같은 친구들의 성급한 판단에 익숙해져 갔다. 그리고 마침내는 관습의 마력에 굴복하게 되었다. 그는 오래지 않아 자기의 굴복을 쉽게 정당화할 수 있는 맘을 떠올렸다. 그것이 자기의 세계이며, 하느님이 그에게 내려 주신 슬프고 답답한 세상이니 자신이 그런 세상을 책임져야 한다고 생각했던 것이다.

그가 가장 먼저 한 일은 아버지의 진료실을 차지한 것이었다. 새벽녘의 찬 기운을 내뿜고 있던 단단하고 칙칙한 영국산 목재 가구는 그대로 놔두었지만, 부왕 시대에 사용했던 과학 서적과 낭만적인 의학 서적들은 다락방으로 보내고, 유리문이 달린 책장에는 새로운 프랑스 학파의 의학 서적들을 꽂았다. 또한 벌거벗은 여자 환자를 살리기 위해 죽음과 투쟁하는 의사의 그림을 제외한 색 바랜 다른 그림들과 고딕체로 쓰인 히포크라테스 선서를 벽에서 떼어 내고서, 그 자리에, 즉 아버지의 유일한 학위증 옆에 유럽의 여러 학교에서 그가 최고의 성적을 받았음을 보여 주는 여러 증서들을 걸어 두었다.

그는 자선 병원에 새로운 생각들을 이식하려 했지만, 젊은 열정으로 생각했던 것처럼 쉽지는 않았다. 시대에 뒤처진 병원에서 고질적인 미신을 완고하게 고집했기 때문이다. 이곳에서는 질병이 기어 올라오지 못하도록 침대 다리를 물 항아리 안에 담가 놓기도 했고, 무균 처치에는 우아한 옷차림이 기본 조건이라고 여기면서 수술실에서 정장을 입고 스웨이드 장갑을 끼도록 요구하기도 했다. 그곳 사람들은 갓 도착한 젊은 의사가 당뇨가 있는지를 밝히기 위해 환자의 오줌을 맛보거나,

마치 한방을 쓰던 친구인 양 샤르코[20]나 트루소[21]를 인용하거나, 최신식 좌약을 의심스럽게 여기고 수업 시간에 백신의 치명적 위험을 엄중히 경고하는 등의 행동을 참을 수 없어 했다. 그는 가는 곳마다 문제에 부딪혔다. 이 촌스러운 사람들의 땅에서 참신한 지식, 광적일 정도의 시민 봉사, 언제나 한 발 늦는 유머 감각은 모두 그의 뛰어난 장점이었지만, 이러한 것들이 나이 많은 의사들에게는 분노를 일으켰고, 젊은 동료 의사들에게는 비열한 조롱을 샀던 것이다.

그는 도시의 위생 상태가 위험한 지경에 이르렀다는 사실에 집착했다. 그래서 고위 당국자들에게 쥐들의 광활한 서식지가 되어 버린 스페인식 하수구를 메우고, 대신 폐쇄식 하수로를 건설하여 그 찌꺼기들이 지금처럼 시장의 선창가 말고 멀리 떨어진 배수장으로 흘러가게 해야 한다고 주장했다. 시설이 좋은 식민지 시대의 집들은 정화조를 갖춘 변기를 사용하고 있었지만, 도시 인구의 3분의 2는 늪지대 주변의 오두막 집에 모여 살면서 노천에서 볼일을 보곤 했다. 배설물들은 햇볕에 바싹 말라 먼지가 되었고, 모든 주민은 12월의 시원하고 부드러운 바람 속에서 크리스마스의 기쁨을 만끽하며 그 먼지를 들이마시고 있었다. 후베날 우르비노 박사는 가난한 사람들이 스스로 화장실을 만들 수 있도록 시의회 건물에 시민 필수 강좌를 설치하려고 노력했다. 또한 수세기 전부터 썩은

---

20) 현대 신경학의 기초를 세운 프랑스의 의사.
21) 프랑스의 내과 의사.

늪지가 되어 버린 맹그로브 숲 속에 쓰레기를 버리지 말고, 적어도 일주일에 두 번씩 모아서 사람 없는 곳에 가져가 소각하게 하려고 애써 보았지만 모두 헛수고였다.

그는 식수의 치명적인 위협도 알고 있었다. 그 도시에 상수도를 설치한다는 생각은 그 자체가 공상에 불과한 것처럼 보였다. 왜냐하면 그런 계획을 추진할 사람들은 지하 물탱크를 가지고 있었기 때문이다. 그곳에는 수년간 내린 빗물이 두터운 이끼 밑에 고여 있었다. 당시 사람들이 가장 소중히 여기던 가구 중에는 나무를 잘 세공해 만든 커다란 집수기(集水器)라는 것이 있었는데, 그 집수기의 돌 여과기는 밤낮으로 똑똑 물소리를 내면서 커다란 물통으로 물을 흘려보냈다. 물을 푸는 데 사용하던 알루미늄 단지는 그것으로 물을 마시지 못하도록 가장자리에 마치 가짜 왕의 왕관처럼 이빨이 들쭉날쭉 나 있었다. 구운 흙 단지 안의 어둠 속에서 물은 맑고 시원했으며, 숲 냄새를 풍겼다. 그러나 후베날 우르비노 박사는 이렇게 정화된 물의 겉모습에 속지 않았다. 왜냐하면 아무리 주의를 한다 해도 물통의 밑바닥은 물벌레들의 서식처나 다름없었기 때문이다. 그는 거의 신비에 가까운 경이감을 가지고 그 벌레들을 지켜보면서 어린 시절의 따분한 시간을 천천히 흘려보냈었다. 그는 당시의 많은 사람들처럼 물벌레에는 정령이 깃들어 있으며, 그것들은 고요한 물속에 가라앉아 있으면서 젊은 처녀들을 유혹하고, 사랑 때문에 무서운 복수를 할 수도 있는 초자연적인 생물체라고 믿었다. 그는 어렸을 적에 라사라 콘데 선생님이 그 정령들을 쫓아냈다가 그들의 복수로 집이 파괴되어 엉망이 된 것을 보았다. 사흘 낮과 사흘 밤 동안 벌레들이 그녀의 창문을 향해 던진 돌멩이가 산을 이루고, 깨진 유리 조각들이 거리에 웅덩이를 이룬 모습을 보았던 것이다. 오랜 시간이 흐른 후에야 그는 물벌레가 사실은 모기의 애벌레라는 것을 알게 되었고, 그 이후로 그 사실을 잊은 적이 한 번도 없었다. 왜냐하면 그때부터 물벌레뿐만 아니라 다른 해로운 '정령'도 우리의 단순한 돌 여과기를 아무 일 없다는 듯이 통과할 수 있음을 깨달았기 때문이다.

물탱크의 물은 오랫동안 음낭 수종의 원인으로 여겨졌다. 그래서 도시의 많은 사람들은 부끄러움도 없이 일종의 애국적 자부심으로 그것을 참아 내고 있었다. 초등학교에 다닐 때, 후베날 우르비노는 음낭 수종에 걸린 사람들이 무더운 오후마다 대문 앞에 앉아서 늘어져 커다래진 음낭이 마치 다리 사이에서 잠든 아이라도 되는 양 부채질하는 광경을 보면서 두려워 떨지 않을 수 없었다. 폭풍이 몰아치는 밤에는 음낭 수종에 걸린 사람들이 슬픈 새처럼 휘파람 소리를 내며, 근처에서 매의 깃털을 태울 때면 참을 수 없는 고통으로 몸을 비튼다고 사람들은 말했다. 그러나 아무도 그런 재앙을 불평하지 않았다. 왜냐하면 길고 커다란 음낭은 그 무엇보다도 빛나는 남성의 명예였기 때문이다. 후베날 우르비노 박사가 유럽에서 돌아왔을 때, 그는 이미 이런 믿음은 과학적으로 잘못된 것임을 잘 알고 있었다. 그래서 물탱크의 물에 미네랄 함유량을 증가시켜야 한다고 말했지만, 그곳 사람들의 뇌리에는 그 지방의 미신이 너무나 세게 박혀 있던 까닭에 명예로운 음낭 수종을

야기하는 능력이 훼손될까 두려워 그런 의견에 반대했다.

　더럽고 불순한 물뿐만 아니라, 후베날 우르비노 박사는 장터의 위생 상태에 대해서도 지속적으로 관심을 보였다. 그곳은 서인도 제도이 범선들이 지나다니거나 정박하던 라스 아니마스만 앞에 위치한 광활하고 황량한 땅이었다. 당시의 어느 유명한 여행가는 그 장터를 이 세상에서 가장 다양한 물건들이 있는 곳이라고 묘사했다. 사실 그곳은 모든 것이 넘치고 풍부하며 시끌벅적했지만, 동시에 세상에서 가장 위험한 장터이기도 했다. 변덕스러운 파도가 쌓아 놓은 쓰레기 더미 위에 자리 잡고 있는 그곳은 동시에 밀물이 밀려들 때면 하수구의 오물들이 뭍으로 휩쓸려 올라왔다. 그리고 인근 도살장의 쓰레기도 그곳에 버려졌다. 토막 난 머리나 썩은 내장, 그리고 동물 찌꺼기가 피의 웅덩이 속에서 햇빛을 받으며 태연하게 둥둥 떠다니고 있었다. 매들은 시장 노점의 처마에 걸린 소타벤토의 맛있는 토끼 고기와 사슴 고기를 비롯해서 바닥의 돗자리 위에 놓인 아르호나의 봄 야채를 먹으려고 쥐와 개들과 서로 다투곤 했다. 후베날 우르비노 박사는 그 장소를 위생적으로 만들고, 도살장을 다른 곳으로 옮기고 싶어 했다. 또한 먹을거리들이 너무나 깨끗하고 화사해서 먹기가 미안할 정도였던 바르셀로나의 옛 보케리아 시장[22]처럼, 스테인드글라스로 장식된 지붕이 덮인 시장을 만들려고 했다. 그러나 유명한 그의 친구들 중에서 가장 정중한 사람들조차도 그의 열정은 꿈

---

22) 바르셀로나에서 가장 큰 수산물 시장.

에 불과하다면서 측은하게 여겼다. 사실 그들은 자신들의 자랑스러운 가문과 그 도시의 영웅성과 아름다움, 그리고 유적들의 소중함을 소리 높여 주장했지만, 세월의 흐름에 따라 황폐화되어 가는 모습에는 눈을 뜨지 못하고 있었다. 반면에 후베날 우르비노 박사는 진실의 눈으로 바라볼 수 있을 만큼 충분히 그 도시를 사랑하고 있었다. 그는 이렇게 말하곤 했다.

"이 도시는 실로 고상하고 고결해져야 해. 우리가 400년 동안이나 이 도시를 망치려고 노력해 왔는데 아직도 해내지 못했으니까."

그러나 그 도시는 거의 파멸에 이를 뻔한 적이 있었다. 콜레라의 첫 희생자들이 장터의 웅덩이에서 쓰러진 이후 십일 주 동안 우리 역사에서 가장 많은 사망자가 기록되었던 것이다. 그때까지 몇몇 명문가 출신의 사망자들은 대주교와 성당 참사 회원의 거주지 부근에 있던 교회들의 포석 아래에 매장되었고, 그들보다 덜 부유한 사람들은 수도원의 뜰에 묻혔다. 가난한 사람들은 식민지 시대부터 있었던 묘지로 보내졌다. 그곳은 물이 메마른 운하를 사이에 두고 그 도시와 분리된 바람 많은 언덕 위에 위치하였으며, 회반죽으로 만든 다리의 한쪽에는 통찰력 있는 주지사의 지시에 의해 "Lasciate ogni speranza voi ch'entrate. (이곳에 들어오는 자, 모든 희망을 버려라.)"[23]란 글이 새겨져 있었다. 콜레라가 번진 후 이 주가 되자 묘지는 시체들로 넘쳐흘렀고, 이름 없는 수많은 독립 영

---

23) 해당 문장은 이탈리아어로 단테의 『신곡 — 지옥편』에 나오는 문장이다.

웅들의 좀먹은 유해를 납골당으로 옮긴 뒤에도 교회에는 여분의 땅이 한 뼘도 남아 있지 않았다. 성당 안은 제대로 닫히지 않은 지하 납골당에서 새어 나오는 김 때문에 공기가 희박해졌고, 이러한 이유로 성당 문은 삼 년이 지나서야 다시 열리게 되었다. 그때는 바로 페르미나 다사가 자정 미사가 끝난 후 처음으로 플로렌티노 아리사를 가까이서 보았던 때이다. 삼 주째가 되자 산타클라라 수도원은 포플러 가로수 길까지 시체로 꽉 차게 되었고, 그래서 수도원 마당보다 두 배나 큰 수도원 과수원을 묘지로 사용해야만 했다. 그리고 그곳을 아주 깊이 파서 시체를 관에도 넣지 않고 급히 세 단으로 매장했지만, 그것도 중단해야만 했다. 왜냐하면 시체로 넘친 땅바닥이 스펀지처럼 변해서, 밟을 때마다 오염되고 구역질 나는 피가 스며 나왔기 때문이다. 그다음부터는 도시에서 1레구아도 떨어져 있지 않고 살찐 가축들이 많은 '하느님의 손'이라는 목장에 시체를 매장하기 시작했다. 그곳은 후에 '만인의 묘지'로 봉헌되었다.

콜레라 발생이 공포되자, 지방 수비대의 요새에서는 화약이 대기를 정화시킨다는 미신에 따라 밤낮을 가리지 않고 15분마다 대포를 쏘았다. 콜레라는 가장 숫자가 많은 가난한 흑인들에게 더 잔인했지만, 실제로는 피부색이나 가문을 전혀 고려하지 않았다. 콜레라는 갑작스럽게 시작된 것처럼 갑자기 사라졌는데, 그 전염병의 희생자가 얼마나 되는지는 전혀 파악되지 않았다. 그것은 그 숫자를 밝히는 일이 불가능했기 때문이 아니라 우리가 지닌 가장 일상적인 장점 중의 하나가 자신의 불행에 대해서는 입을 다무는 것이었기 때문이다.

후베날의 아버지인 마르코 아우렐리오 우르비노 박사는 그 악몽 같은 시기에 시민 영웅이었던 동시에 콜레라에 희생된 가장 유명한 사람이었다. 공식 칙령에 따라 그는 개인적으로 공공 위생 전략을 수립하고 이끌었을 뿐만 아니라 사회 질서와 관련된 모든 문제에 자발적으로 관여했다. 심지어 전염병이 가장 창궐했던 순간에는 그보다 더 권위 있는 공권력은 없을 정도였다. 수년이 지난 후, 당시의 기록을 점검하면서 후베날 우르비노 박사는 아버지의 방법이 과학보다는 자선에 바탕을 두었고, 여러 면에서 합리적인 것과는 반대였으며, 그래서 오히려 아무것도 가리지 않는 탐욕적인 전염병이 맹위를 떨치도록 조장했음을 확인했다. 그는 자식들이 느끼는 연민의 정으로, 그러니까 시간이 흐르면서 자기 아버지의 아버지가 되는 아들의 입장에서 그러한 사실을 확인했다. 그는 쓸쓸히 혼자서 과오를 범하고 있었을 아버지와 함께 있지 못한 것이 처음으로 가슴 아팠다. 그렇다고 아버지의 장점까지 깎아내린 것은 아니었다. 즉 그가 보여 준 근면성과 자기희생 정신, 특히 개인적인 용기는 그 도시가 재앙에서 회복된 후 수여한 수많은 명예 훈장을 받고도 남을 자격이 있으며, 그보다 별로 명예롭지 못한 전투에서 사망한 다른 수많은 독립 영웅들 사이에 그의 이름이 새겨진 것도 타당하다고 인정했던 것이다.

그는 살아생전에 영광을 누리지 못했다. 그는 다른 사람들에게서 보고 불쌍히 여겼던 치유할 수 없는 증상이 자신에게 나타나고 있음을 알게 되자, 그 전염병과 부질없는 싸움이라도 해 보는 대신 다른 사람들에게 전염되지 않도록 세상과 결별하는 쪽을 택했다. 그는 자선 병원의 다용도실에 혼자 틀어박힌 채 동료 의사들의 요청과 가족들의 애원에도 귀를 기울이지 않고, 병원 복도 바닥을 가득 메우고 신음하던 전염병 환자들의 공포에도 등을 돌렸다. 그러고는 아내와 아들에게 뜨거운 사랑의 편지를 썼다. 이 세상에 존재했음을 감사하는 편지에서 그는 얼마나 열렬히 삶을 사랑했는지를 밝혔다. 그것은 가슴이 찢어질 듯이 비통한 스무 장에 걸친 작별 편지로, 점점 흐려지면서 힘을 잃어 가는 그의 글씨 속에는 병이 어떻게 진전되었는지가 잘 드러나 있었다. 그 편지를 누가 썼는지 몰랐다 해도 그가 마지막 숨을 쉬면서 남긴 서명은 알아볼 수 있었다. 그의 유언에 따라 재로 변한 그의 시신은 공동묘지에서 다른 사람들의 것과 뒤섞였고, 그렇게 해서 자신을 사랑했던 사람들의 시야에서 영원히 사라졌다.

후베날 우르비노 박사는 사흘 후 파리에서 친구들과 저녁을 먹고 있는 도중에 전보를 받았고, 아버지를 기리기 위해 샴페인으로 축배를 들었다. 그는 "훌륭한 분이셨어."라고 말했다. 후에 그는 울지 않으려고 현실을 외면했다면서 자신의 철없던 행동을 두고두고 자책했다. 그러나 삼 주 후 아버지가 남긴 편지의 사본을 받은 그는 진실에 굴복하고 말았다. 그가 누구보다도 먼저 알았고, 자신을 키워주었으며, 삼십이 년간 그의 어머니와 사랑을 나누었던 사람의 모습이 갑자기 마음속에 나타났던 것이다. 그러나 그 편지를 쓰기 전까지 아버지는 그 순수하고 단순한 소심함 때문에 자신의 영혼과 육체를 그런 식으로 드러낸 적이 한 번도 없었다. 당시까지만 해도 후 베날 우르비노 박사와 그의 가족은 죽음이란 다른 사람에게 나 일어나는 불행이라고 생각했었다. 즉 남의 부모나 남의 형제, 혹은 남의 배우자에게나 일어나는 일로 알았던 것이다. 그들은 느린 삶을 사는 사람들이었다. 그러니까 자기들이 늙거나 병들거나 혹은 죽는 대신, 단지 시간 속에서 조금씩 사라지고, 안개와 같은 다른 시절의 기억을 망각으로 여기게 될 때까지 그 기억을 떠올리는 사람들이라고 생각했다. 나쁜 소식을 전했던 전보보다 아버지의 유서가 그에게 죽음은 확실한 것이라는 생각을 갖게 했다. 그러나 아홉 살 때인지 아니면 열한 살 때인지는 모르지만, 그의 가장 오래된 기억 중의 하나에 따르면, 분명히 아버지는 죽음의 신호를 일찍부터 보여 주었다. 두 사람은 비가 오던 어느 날 오후에 집 안에 있는 진료실에 함께 있었다. 그는 바닥의 타일에 색분필로 종달새와 해바라기를 그리고 있었고, 그의 아버지는 조끼 단추를 풀어헤치고 셔츠 소매에 고무 끈을 맨 채 햇빛이 비치는 창문을 등지고 글을 읽고 있었다. 그런데 갑자기 글 읽는 것을 멈추고, 은 손잡이가 달린 효자손으로 등을 긁었다. 하지만 제대로 되지 않자, 아버지는 아들에게 손톱으로 등을 긁어 달라고 부탁했고, 그는 아버지가 시키는 대로 했다. 그런데 그는 등을 긁어 주면서, 아버지가 당신의 몸에 아무런 감각도 느끼지 못하는 것 같은 이상한 인상을 받았다. 마침내 아버지는 등 너머로 슬픈 미소를 지으며 그를 바라보고는 이렇게 말했다.

"내가 지금 죽는다면, 넌 내 나이가 될 쯤에는 나를 거의 기억하지 못하겠지."

그는 분명한 이유도 없이 그렇게 말했고, 죽음의 천사는 잠시 진료실의 시원한 어둠 속으로 날더니, 펄럭이던 깃털의 흔적을 남긴 채 홀연히 창문 밖으로 날아가 버렸다. 그러나 아이는 그것을 보지 못했다. 그로부터 이십여 년이 흘렀고, 후베날 우르비노 박사에게는 그날 오후의 아버지 나이가 될 날이 얼마 남지 않았다. 그는 자신이 아버지와 똑같다는 사실을 알고 있었고, 그 외에도 이제는 자기도 죽을 존재라는 끔찍한 의식이 덧붙여져 있었다.

콜레라는 그의 강박 관념이 되어버렸다. 당시 그는 그다지 중요하지 않은 과목에서 별 생각 없이 배운 것 이상으로는 콜레라에 관해 알지 못했고, 불과 삼십 년 전에 파리를 비롯한 프랑스 일대에서 14만 명 이상이 콜레라 때문에 사망했다는 사실을 믿을 수가 없었다. 그러나 아버지가 죽은 뒤로 그는 콜레라의 다양한 형태에 관해 온몸을 바쳐 연구했다. 그것은 자신의 기억을 잠재우기 위한 고행과도 같았다. 그는 당시 가장 유명한 전염병 학자이자 방역선(防疫線)의 창시자이며 위대한 소설가의 아버지이기도 했던 아드리앵 프루스트의 제자였다. 그래서 조국으로 돌아와 바다에서 풍겨 오는 역한 냄새를 맡고, 하수구에서 쥐들을 보고, 거리의 흙탕물에서 아이들이 벌거벗고 뒹구는 것을 보자 과거에 어떻게 해서 비극이 벌어졌는지 깨달았을 뿐만 아니라 언제라도 그것이 반복될 수 있다는 확신을 갖게 되었다.

그렇게 되기까지는 그리 오래 걸리지 않았다. 일 년도 채 지나기 전에 자선 병원의 학생들이 온몸이 이상할 정도로 파랗게 된 어느 구호 대상 환자를 치료하는 것을 도와 달라고 부탁했다. 후베날 우르비노 박사는 문간에서 그를 보자 즉시 적의 정체를 알아볼 수 있었다. 그러나 다행히도 운이 좋았다. 환자는 사흘 전에 쿠라사오에서 출항한 스쿠너를 타고 도착했으며, 스스로 병원 외래 진료실에 찾아왔기에 아무에게도 병을 전염시키지 않았을 가능성이 높았던 것이다. 어쨌거나 후베날 우르비노 박사는 동료 의사들에게 주의를 환기시키고, 시 당국이 인근 항구들에 경보를 내려 그 스쿠너의 행방을 찾아 감염된 스쿠너를 격리시키도록 했다. 그리고 세엄렁을 선포하고 매 15분마다 대포를 쏘는 치료책을 즉시 시행하려 했던 도시의 군 지휘관을 자제시켜야만 했다. 그는 기분 좋은 얼굴로 유머를 섞어 가며 이렇게 말했다.

"자유당원들이 들이닥칠 때를 대비해서 화약을 아끼십시오. 우린 중세 시대에 살고 있는 게 아닙니다."

환자는 흰 알갱이를 토하다가 숨이 막혀 나흘 만에 죽었다. 그다음 몇 주 동안 계속해서 경계를 늦추지 않았지만 다른 사례는 발견되지 않았다. 그런데 얼마 후《상업 신문》은 그 도시의 서로 다른 지역에서 두 아이가 콜레라로 숨졌다는 기사를 실었다. 그중 한 아이는 일반적인 이질로 확인되었지만, 다섯 살 먹은 다른 여자아이는 진짜 콜레라의 희생자인 것 같았다. 그 아이의 부모와 세 형제들은 각각 격리 수용되었고, 그 동네는 모두 엄격한 의료 감시를 받게 되었다. 그 형제 중의 한 아이가 콜레라에 감염되었지만 곧 회복되었고, 모든 위험이 사라지자 그 가족은 집으로 돌아갔다. 세 달간 열한 건의 사례가 보고되었고, 다섯 달째에는 다시 증가 추세를 보였지만, 그해가 끝날 무렵 전염병의 위험에서 벗어났다고 판단되었다. 제때에 위험을 알린 것 외에도, 후베날 우르비노 박사의 엄격한 위생관이 이런 기적을 가능하게 했음을 의심하는 사람은 아무도 없었다. 그때부터 이 세기가 상당히 진행될 때까지 콜레라는 이 도시뿐만 아니라 카리브해의 모든 해안 지방과 막달레나강의 계곡에서도 풍토병으로 남긴 했지만, 다시는 전염병으로 확산되지 않았다. 이런 고비에 맞닥뜨리자, 당국은 후베날 우르비노 박사의 경고를 매우 심각하게 받아들이게 되었다. 그들은 의과 대학에 콜레라와 황열병에 관한 전공 필수 강좌를 개설했으며, 열린 하수구를 덮고 쓰레기 더미에서 멀리 떨어진 곳에 시장을 건립하는 일이 매우 시급하다는 것을 깨달았다. 그러나 우르비노 박사는 자신의 승리를 선언하는 데는 관심이 없었고, 계속해서 사회적 사명을 완수하고 싶은 생각도 없었다. 그 당시 그는 한쪽 날개가 부러진 채 마음은 산란하고 정신은 산만한 상태로, 인생의 모든 것을 바꾸고 잊기로 결심하고 있었다. 그것은 바로 번개처럼 페르미나 다사를 사랑하게 되었기 때문이다.

사실 그것은 임상적 실수의 산물이었다. 열여덟 살의 어느 여자 환자에게서 콜레라의 예비 증상이 보인다고 생각했던 그의 동료 의사가 그녀를 찾아가 달라면서 후베날 우르비노 박사에게 부탁했던 것이다. 콜레라가 이미 옛 도시 지역에 침투했을지도 모른다는 생각에 깜짝 놀란 나머지, 그는 그날 오후

바로 그곳으로 달려갔다. 왜냐하면 그때까지만 해도 콜레라에 걸린 사람들은 모두 가난한 동네에 사는 사람들이었고, 특히 대부분이 흑인이었기 때문이다. 그런데 그는 별로 기분 나쁘지 않은 깜짝 선물을 보게 되었다. 복음 공원의 아몬드 나무들이 짙게 그늘을 드리운 그 집은, 밖에서 볼 때는 식민지 구역의 다른 곳과 마찬가지로 폐허로 변해 버린 것 같았다. 그러나 집 안은 아름다웠고 눈이 부실 정도여서 마치 다른 시대의 다른 세상에 들어온 것 같았다. 대문을 들어서자 방금 생석회를 칠한 네모난 세비야식 정원에 오렌지 꽃이 활짝 피어 있는 것이 보였다. 바닥에도 벽에 바아 놓은 것과 똑같은 자갈돌이 깔려 있었다. 눈에 보이지는 않았지만 계속해서 물 흐르는 소리가 났으며, 코니스[24]에는 카네이션 화분이 걸려 있었고, 아치가 덮인 회랑에는 이상한 새들이 갇힌 새장들이 있었다. 그중에서도 가장 이상한 것은 아주 커다란 새장에 있던 세 마리의 까마귀였다. 그 까마귀들이 날개를 흔들어 대자, 뭐라고 표현할 수 없는 분명하지 않은 향내가 정원을 가득 채웠던 것이다. 집 안의 어딘가에 묶여 있을 여러 개들이 이상한 냄새를 맡자 미친 듯이 짖기 시작했지만, 어느 여자가 소리를 지르자 개 짖는 소리가 갑자기 뚝 멎어 버렸다. 그리고 수많은 고양이들이 여자의 권위적인 목소리에 놀라 사방에서 펄쩍 뛰어나와 꽃들 속으로 숨어 버렸다. 그러자 집 안은 투명하리만큼 조용해졌다. 무질서하게 늘어놓은 새장들과 돌 분수에서

---

24) 건축 벽면에 수평으로 된, 띠 모양의 돌출부.

똑똑 떨어지는 물소리를 통해 쓸쓸한 바다의 숨소리를 들을 수 있을 정도였다.

하느님이 그곳에 계시다는 확신에 몸을 떨면서, 후베날 우르비노 박사는 그런 집에는 전염병이 찾아올 수 없다고 생각했다. 그는 갈라 플라시디아를 따라 아치가 덮인 복도를 걸으며, 정원이 엉망진창이었을 때 플로렌티노 아리사가 처음으로 페르미나 다사를 보았던 재봉실 문 앞을 지났다. 그러고는 새 대리석 계단을 통해 2층으로 올라간 다음, 환자의 침실에서 들어오라는 말이 들리길 기다렸다. 그러나 갈라 플라시디아는 다시 침실 밖으로 나와 이런 말을 전해 주었다.

"아가씨가 지금은 아무도 들어올 수 없다고 하세요. 주인님께서 집에 없기 때문에요."

그래서 하녀가 지시한 대로 그는 저녁 5시에 다시 그곳을 들렀다. 이번에는 로렌소 다사가 손수 대문을 열고서 딸의 침실까지 안내해 주었다. 그리고 진찰을 하는 동안 그는 어두운 구석에 팔짱을 끼고 앉아서 거친 숨소리를 고르느라 헛된 노력을 기울이고 있었다. 점잖은 의사와 실크 슈미즈 안으로 처녀의 수줍음을 간직하고 있는 여환자 중에서 누가 더 거북해하는지는 좀처럼 알 수가 없었다. 그러나 두 사람 모두 상대방을 정면으로 바라보지 못했다. 대신 그는 사무적인 목소리로 질문을 던졌고, 그녀는 떨리는 목소리로 대답했다. 두 사람 모두 어두운 구석에 앉아 있는 남자를 의식하고 있었던 것이다. 마침내 후베날 우르비노 박사는 환자에게 일어나 앉으라고 부탁하고서, 아주 조심스럽게 잠옷을 허리춤까지 끌어 내렸다.

아무도 손을 대지 않은 고귀한 젖가슴과 어린 소녀의 젖꼭지가 순간적으로 방 안의 어둠 속에서 화약의 섬광처럼 빛났다. 그러자 그녀는 서둘러 두 팔로 젖가슴을 가렸다. 그러나 의사는 그녀를 바라보지 않은 채 침착하게 두 팔을 떼어 내고는, 그녀의 살갗에 자기의 귀를 갖다 대고 청진을 했다. 먼저 그녀의 가슴에, 그다음에는 등에 귀를 갖다 댔다.

후베날 우르비노 박사는 죽는 날까지 함께 살게 될 여인을 만났을 때, 아무런 감정의 동요도 경험하지 못했노라고 입버릇처럼 말하곤 했다. 레이스가 달린 하늘색 슈미즈와 고열로 뜨거웠던 눈, 그리고 이깨까지 풀어헤친 긴 머리카락은 기억하지만 식민지 지역에서 발생한 콜레라에 정신이 팔려 있었기에 그녀가 화사하게 꽃핀 젊은 여자라는 사실을 알아차리지 못했고, 단지 전염병에 걸렸다는 최소한의 증상이라도 찾아내는 데 온 신경을 집중했다고 말했다. 그러나 그녀는 훨씬 솔직했다. 콜레라 때문에 수없이 이름을 들어 온 그 젊은 의사는 자신을 제외한 그 누구도 사랑할 수 없는 현학자처럼 보였던 것이다. 진단 결과는 음식 때문에 생긴 장염이었는데, 그것은 사흘간 집에서 치료하면 나을 수 있는 병이었다. 딸이 콜레라에 걸리지 않았다는 사실을 확인하자 마음이 놓인 로렌소 다사는 후베날 우르비노 박사를 마차 문 앞까지 배웅해 주면서 왕진료로 1페소를 지불했다. 그 돈은 부잣집 의사에게도 너무 많은 돈처럼 보였지만, 로렌소 다사는 너무나 고맙다고 말하면서 의사와 헤어졌다. 그는 의사의 가문이 보여 주는 광채에 압도되어 있었다. 그는 그것을 숨기지 않았을 뿐만 아니라

보다 덜 공식적인 상황에서 그를 다시 만날 수만 있다면 무슨 일이든 할 기세였다.

그 일은 그렇게 끝났어야만 했다. 그런데 그다음 주 화요일 아무도 부르지 않았는데 후베날 우르비노 박사가 통보도 하지 않고 오후 3시라는 적당치 않은 시간에 그 집을 다시 찾아왔다. 페르미나 다사는 두 여자 친구와 함께 재봉실에서 유화 공부를 하고 있었다. 그런데 그가 흠 하나 없는 하얀 프록코트를 입고 마찬가지로 하얀 모자를 쓴 차림으로 창문에 모습을 드러내고는, 그녀에게 가까이 오라는 손짓을 했다. 그녀는 팔레트를 의자에 놓고 펄럭이는 치마가 바닥에 끌리지 않도록 발목까지 살짝 들고는 발끝으로 걸어서 창문 쪽으로 왔다. 보석이 박힌 머리띠를 이마에 두르고 있었는데, 그 빛나는 보석은 그녀의 눈처럼 초연한 색을 띠고 있었다. 그녀의 모든 것에서 신선한 향내가 풍겼다. 의사는 그녀가 집에서 그림을 그리는데도 마치 파티에 가는 것처럼 옷을 입은 것에 관심이 쏠렸다. 그는 열린 창문 밖에서 그녀의 맥박을 짚었고 혓바닥을 내어 보라고 했다. 그러고는 알루미늄 기구로 혀를 누르고 목 안을 진찰했고, 아랫눈썹 안쪽을 살펴보았다. 그때마다 그는 됐다는 표시로 고개를 끄덕였다. 그는 지난번 방문 때보다 덜 어색했지만, 그녀는 더 불편했다. 특별한 일이 생겨서 자신을 부르지 않는 한 다시는 방문하지 않겠다고 스스로 말해 놓고 왜 갑자기 찾아와서 이런 검사를 하는지 알 수가 없었던 것이다. 그러나 그보다 더한 것은 그녀가 그를 두 번 다시 보고 싶지 않았다는 사실이다. 진찰이 끝나자 의사는 알루미늄

기구를 약병과 진료 도구로 가득 찬 왕진 가방 안에 넣고는, 찰칵 소리를 내며 가방을 닫았다. 그러고는 이렇게 말했다.

"당신은 마치 갓 피어난 장미 같군요."

"고마워요."

"하느님께 감사해야죠."

이렇게 말하면서 그는 성 토마스를 엉터리로 인용하기 시작했다.

"좋은 것은, 그 기원이 무엇이든 모두 성령에서 비롯된다는 것을 기억하세요. 음악 좋아하세요?"

그는 우연히 아주 매혹적인 미소를 지으면서 물어보았지만, 그녀는 그 미소에 답하지 않았다.

"왜 그런 질문을 하는 거죠?" 그녀가 되물었다.

그러자 그가 다시 말했다.

"음악은 건강에 아주 중요하답니다."

그는 정말로 그렇게 믿고 있었고, 그녀는 곧 그것을 알게 될 것이었다. 나머지 생애 동안 음악이란 주제는 그가 친하게 지내자고 제안할 때마다 사용하던 거의 마술적인 공식이었지만, 그 순간 그녀는 그것을 장난이라고 해석했다. 그뿐만 아니라 그들이 창가에서 대화를 나누는 동안 그림을 그리는 척했던 두 여자 친구들은 쥐새끼처럼 깔깔대고 웃으면서 팔레트로 얼굴을 가렸다. 그러자 페르미나 다사는 더 이상 참을 수가 없었다. 화가 머리끝까지 치민 그녀는 창문을 쾅 하고 닫아 버렸다. 얇은 레이스 커튼 앞에서 당황한 의사는 현관으로 가는 길을 찾으려 했지만 그만 방향을 잃어버리고 말았다. 그리고 정신이 없는 상태에서 허둥대다가 향내를 내뿜던 까마귀 새장과 부딪쳤다. 그러자 까마귀들은 날개를 펄럭이면서 천박한 비명을 질러 댔으며, 의사의 옷에는 여자의 향내가 가득 배게 되었다. 그때 천둥처럼 요란한 로렌소 다사의 목소리가 울렸고, 그는 그 자리에서 옴짝달싹도 할 수 없었다.

"의사 선생님, 거기서 잠깐만 기다리시오."

2층에서 모든 것을 보고 있었던 그는 납빛의 통통 부은 얼굴로 셔츠 단추를 채우면서 계단을 내려왔다. 낮잠을 잘못 잔 탓에 아직도 구레나룻이 헝클어져 있었다. 의사는 당황함을 이겨 내려고 안간힘을 썼다.

"저는 단지 어르신 따님이 장미와 같다고 말했을 뿐입니다."

그러자 로렌소 다사가 말했다.

"맞소. 하지만 가시가 너무 많이 돋쳐 있지."

그는 우르비노 박사에게 인사도 건네지 않은 채 그의 곁을 지나갔다. 그러고는 재봉실의 창문을 밀어젖히고 딸에게 거칠게 소리치면서 명령했다.

"어서 나와서 박사님께 사과해라."

의사는 끼어들어 만류하려고 했지만, 로렌소 다사는 그에게 주의를 기울이지 않았다. 그는 "어서 서둘러라."라고 재촉했다. 그녀는 여자 친구들을 바라보면서 이해해 달라는 표정을 남몰래 지었다. 그녀는 아버지에게 햇빛이 들어오지 못하도록 창문을 닫았을 뿐이니, 자기는 사과할 것이 없다고 말했다. 우르비노 박사는 기분 좋은 얼굴로 그녀의 말이 맞다고 확인시켜 주려 했지만, 로렌소 다사는 굽히지 않고 자기의 지시에 따르라고 명령했다. 그러자 페르미나 다사는 분노로 창백해진 얼굴로 창문 쪽으로 돌아와 오른쪽 발을 앞으로 내밀고 손가락 끝으로 치마를 살짝 들어 올리면서 의사에게 연극을 하듯이 경의를 표했다.

"선생님, 진심으로 사과드립니다."

후베날 우르비노 박사는 기분 좋게 기사처럼 정중한 태도를 취하면서 실크해트를 벗어 그녀의 인사에 응수했지만, 기대했던 따뜻한 미소는 손에 넣을 수 없었다. 그러자 로렌소 다사는 사과의 의미로 사무실에서 커피를 마시자고 초대했고, 그는 자기 마음속에 조그만 유감의 찌꺼기도 없다는 것을 보여 주기 위해 기꺼이 그 초대를 받아들였다.

사실 우르비노 박사는 아침 식사 전 공복에 한 잔 마시는 것을 제외하고는 커피를 마시지 않았다. 또한 공식적인 모임에서 음식을 먹을 때 반주로 포도주 한 잔을 마시는 것을 제외하고는 술은 입에도 대지 않았다. 그러나 그는 로렌소 다사가 주는 커피뿐만 아니라 아니스 술도 한 잔 받아 마셨다. 아직 왕진 가야 할 곳이 남아 있었지만 그는 다시 아니스 한 잔과 커피 한 잔을 받았고, 그것을 마신 다음에 또다시 아니스 술과 커피를 마셨다. 처음에 그는 딸을 대신해서 사과를 하는 로렌소 다사의 말을 주의 깊게 들었다. 로렌소 다사는 자기 딸이 아주 똑똑하고 진지한 아이이며, 이곳 혹은 그 어느 곳의 왕자에게도 어울리는 아이라고 밝히면서, 한 가지 단점이라면 노새처럼 고집 센 성격이라고 말했다. 그러나 두 번째 술잔을 마신 이후 그는 마당 안쪽에서 페르미나 다사의 목소리가 들린다고 생각했고, 상상의 나래를 펼치며 그녀의 뒤를 쫓고 있었다. 그는 조금 전에 집 안에 깔린 어둠 속에서 그녀를 쫓고 있었던 것이다. 그러는 동안 그녀는 복도에 불을 밝히고 스프레이로 침실에 살충제를 뿌렸으며, 그날 밤 아버지와 그녀가 단둘이 테이블에 앉아서 먹을 난로 위의 수프 냄비를 열었다. 두 사람은 서로 눈을 들어 쳐다보지도 않을 것이며, 그녀는 원한의 저주를 깨지 않도록 수프 맛을 보지도 않을 것이고, 결국 아버지는 딸에게 항복하고는 그날 오후에 가혹하게 대했던 것에 용서를 구할 것이었다.

우르비노 박사는 여자에 대해, 자기가 떠나지 않는 한 페르미나 다사가 사무실에 들르지 않을 것임을 짐작할 정도의 지식은 있었다. 그러나 그는 그곳에서 시간을 지체했다. 그날 오후 자존심에 상처를 입은 그녀 때문에 한시도 마음이 편하지 않을 것 같았기 때문이다. 로렌소 다사는 이제 거의 술에 취해 스스로 불굴의 달변에 도취된 나머지, 상대방이 자기에게 관심을 두고 있지 않다는 사실도 눈치채지 못하는 것 같았다. 그는 불 꺼진 담배의 끝을 질겅질겅 씹으며 큰 소리로 기침을 하고 목청을 가다듬으면서 쉴 새 없이 지껄였다. 그리고 움직일 때마다 스프링에서 발정기의 동물 같은 소리가 나는 회전 의자에서 힘들게 편안한 자세를 취하려고 애를 썼다. 그는 손님이 한 잔 마실 때마다 석 잔씩 마셔 댔다. 그리고 이제 상대방의 얼굴이 제대로 보이지 않는다는 것을 깨닫고서야 말을 멈추고는 자리에서 일어나 램프의 불을 겼다. 후베날 우르비노 박사는 새로운 불빛 속에서 그를 정면으로 쳐다보았다가 그의 눈 한쪽이 물고기 눈처럼 비뚤어져 있고 말소리와 입술의 움직임이 일치하지 않는다는 것을 알고는, 그것이 술을 너무 많이 마셔서 생긴 환각 증세라고 생각했다. 그러자 자기의 몸이 아니라 자기가 앉아 있던 자리에 계속 앉아 있는 누군가의 몸 안에 자기가 있는 듯한 황홀함을 느끼며 자리에서 일어났고, 정신을 잃지 않도록 무척 애를 써야 했다.

로렌소 다사의 뒤를 따라 그의 집무실에서 나왔을 때는 이미 7시가 넘어 있었다. 하늘에는 보름달이 떠 있었다. 아니스 술을 마신 탓에 그가 이상화했던 정원은 수족관 바닥 위를 떠다니는 듯했고, 천으로 덮인 새장들은 갓 피어난 오렌지 꽃의 뜨거운 향내 아래서 잠자고 있는 유령처럼 보였다. 재봉실 창문은 열려 있었고, 작업 테이블에는 램프 하나가 불을 밝히고 있었다. 아직 끝내지 않은 그림들은 마치 전시장에 걸린 것처럼 이젤 위에 놓여 있었다. 그곳을 지나가면서 우르비노 박사는 "당신이 있는 곳인데 당신이 없구려."라고 말했지만, 페르미나 다사는 그 말을 듣지 못했다. 아니 들을 수가 없었다. 그녀는 자기 침실의 침대에 엎드린 채 화를 참지 못하고 울면서, 그날 오후의 모욕을 복수하기 위해 아버지를 기다리고 있었기 때문이다. 의사는 그녀와 작별 인사를 하겠다는 꿈을 버리지 못하고 있었지만, 로렌소 다사는 그러지 않는 것이 좋을 듯하다고 말했다. 그는 그녀의 청순한 맥박과 고양이 같은 혀, 부드러운 편도선이 그리웠지만, 그녀가 자기를 절대로 보고 싶어 하지 않으며 자신이 아무리 만나려고 애를 써도 모습을 보이지 않을 것이라는 사실에 낙담하고 말았다. 로렌소 다사가 현관에 들어서자, 담요 밑에서 잠을 깬 까마귀들이 구슬프게 울어 대기 시작했다. 의사는 그녀를 생각하면서 "저 까마귀들이 당신 눈을 쪼아 버리고 말 거야."라고 큰 소리로 말했고, 로렌소 다사는 뒤를 돌아보며 무어라고 했느냐고 물었다. 그러자 그가 말했다.

"내가 말한 게 아니라, 아니스 술이 말한 겁니다."

로렌소 다사는 그를 마차까지 배웅해 주면서 왕진비로 다시 1페소를 주려고 했지만, 그는 받지 않았다. 그리고 마부에게 왕진 가야 할 두 환자의 집으로 데려가 달라고 정확하게 일러 준 다음 그 누구의 도움도 받지 않고 마차에 올라탔다. 하지만 마차가 돌길을 덜컹거리며 달리자 곧 속이 메스꺼워지기 시작했다. 그는 마부에게 방향을 바꾸도록 지시했다. 그런 다음 잠시 마차 속의 거울을 들여다보았고, 거울 속의 자기 모습도 역시 페르미나 다사를 생각하고 있음을 알았다. 그는 어깨를 움찔거렸다. 그리고 마지막으로 하품을 하고는 고개를 가슴에 파묻고서 잠 속으로 빠져 들었다. 꿈속에서 장례의 종소리가 들려오기 시작했다. 먼저 그는 대성당의 종소리를 들었고, 뒤이어 모든 교회들이 차례로 울려 대는 종소리를 들었다. 심지어는 성 훌리안 자선 단체의 그릇 깨지는 것 같은 종소리도 들려왔다. 그는 잠든 채 중얼거렸다.

"빌어먹을! 죽은 사람이 또 죽었군."

그의 어머니와 누이들은 행사 때나 쓰는 커다란 식당의 식탁에서 카페오레와 도넛으로 저녁을 먹고 있었다. 그때 초췌한 얼굴에 까마귀들이 발산한 창녀의 향내로 범벅이 된 그가 문가에 나타나는 것을 보았다. 인근 성당에서 들려오는 가장 큰 종소리가 집 안의 거대하고 텅 빈 공간에 울려 퍼졌다. 그의 어머니는 너무나 놀라서 도대체 어디에 있었느냐고 묻고는, 하라이스 데 라 베라 후작의 마지막 손자인 이그나시오 마리아 장군이 그날 오후 뇌일혈로 쓰러지는 바람에 그를 사방으로 찾아다녔다고 말했다. 조종이 울리는 것은 바로 그 사람 때문이었던 것이다. 후베날 우르비노 박사는 문틀을 부여 잡은 채 어머니의 말을 듣는 둥 마는 둥 했다. 그러고 나서 뒤로 돌아 자기 침실로 가려고 했지만, 별꽃과 같은 아니스 술을 토해 내더니 갑자기 쓰러지고 말았다. 그러자 어머니가 소리쳤다.

"맙소사! 이런 상태로 집에 온 것을 보니 뭔가 심상치 않은 일이 있었구나."

그러나 가장 심상치 않은 일은 아직 일어나지 않았다. 이그나시오 마리아 장군의 죽음을 애도하던 도시가 평소의 모습으로 돌아오자마자 유명한 피아니스트 로메오 루시치가 그곳을 방문하여 모차르트의 소나타들을 연주했다. 그 기회를 이용해 후베날 우르비노 박사는 음악 대학의 피아노를 노새가 끄는 수레에 싣고 가서 페르미나 다사에게 역사에 길이 남을 세레나데를 바쳤다. 그녀는 첫 소절을 듣고 잠에서 깼지만, 발코니의 창살문을 내다볼 필요도 없이 자기에게 그런 무례한 경의를 표하는 주인공이 누군지 알 수 있었다. 그녀가 유감으로 생각한 것이 있다면, 원하지 않은 구혼자의 머리 위로 요강의 오줌을 부어 버리는 성격 괴팍한 다른 처녀들과 같은 용기를 가지지 못한 점이었다. 반면에 로렌소 다사는 세레나데가 울려 퍼지는 동안 급히 옷을 입고, 연주가 끝나자 연주회 의상을 아직도 입고 있던 후베날 우르비노 박사와 피아니스트를 응접실로 들어오게 해서 고급 브랜디 한 잔을 주면서 감사를 표했다.

페르미나 다사는 아버지가 자신의 마음을 누그러뜨리려 한다는 것을 곧 알게 되었다. 세레나데가 연주된 다음 날, 그는 지나가는 말로 그녀에게 이렇게 말했다. "네가 우르비노 데 라 카예 가문의 아들에게 사랑받고 있다는 사실을 네 어머니가 안다면 어떻게 생각할지 상상해 보도록 해라." 그러자 그녀는 단호하게 대답했다. "아마 관 속에서 다시 죽으시려고 할걸요." 그녀와 함께 그림을 그리던 여자 친구들은 후베날 우르비노 박사가 로렌소 다사를 사교 클럽에 점심 초대했으며, 그 일로 인해 박사는 규정을 어겼다는 심한 질책을 받아야 했다고 말해 주었다. 그때 비로소 그녀는 자기 아버지가 사교 클럽의 회원권을 여러 번 신청했지만, 그럴 때마다 재고의 여지가 없을 정도로 반대표가 너무 많아서 거부당했다는 것을 알게 되었다. 그러나 로렌소 다사는 그런 수모를 충분히 받아들이고도 남을 만한 사람이었고, 계속해서 후베날 우르비노와 우연히 만날 수 있도록 교묘한 전략을 구상했다. 하지만 그들과 우연히 만나려고 더욱 노력한 사람이 바로 후베날 우르비노라는 사실은 눈치채지 못했다. 가끔씩 두 사람은 사무실에서 대화를 나누며 시간을 보냈고, 그러는 동안 집 안은 시간의 흐름에서 벗어나 일시 정지한 듯했다. 왜냐하면 페르미나 다사는 그가 집을 떠나지 않는 한 정상적인 활동을 하려 하지 않았기 때문이다. 파로키아 카페는 아주 훌륭한 중간 기차지였다. 바로 거기서 로렌소 다사는 후베날 우르비노에게 체스를 처음 가르쳤는데, 어쩌나 훌륭한 학생이었는지 체스는 죽는 날까지 그를 괴롭히는 치유 불가능한 중독이 되어 버렸다.

피아노 독주로 세레나데를 연주했던 직후의 어느 날 밤, 로렌소 다사는 자기 집 대문에서 밀랍으로 봉해진 편지 봉투 하나를 발견했다. 자기 딸 앞으로 되어 있는 그 편지의 밀랍 봉인에는 후베날 우르비노 데 라 카예의 약자인 J.U.C라는 모노그램이 찍혀 있었다. 그는 페르미나의 침실 앞을 시나면서 문 밑으로 살짝 편지를 밀어 넣었다. 그녀는 그 편지가 어떻게 그곳까지 왔는지 이해할 수가 없었다. 자기 아버지가 구혼자의 편지를 갖다줄 정도로 변했으리라고는 도저히 생각할 수 없었던 것이다. 그녀는 정말로 그 편지를 어떻게 해야 할지 몰라서 그냥 침대 옆 탁자 위에 놔두었고, 그 편지는 개봉되지도 않은 채 여러 날 동안 그곳에 있었다. 그런데 비가 내리던 어느 날 오후, 페르미나 다사는 후베날 우르비노가 자기 목을 검사했던 혀 누르개를 선물하기 위해 집에 오는 꿈을 꾸었다. 꿈속의 혀 누르개는 알루미늄이 아니라 그녀가 다른 꿈을 꾸면서 너무나 기쁜 마음으로 음미했던 맛있는 금속으로 만들어져 있었다. 그래서 그녀는 그것을 서로 다른 길이로 조각내어 작은 조각을 그에게 주었다.

잠에서 깨어나자 그녀는 편지를 뜯었다. 편지는 짧고 깔끔했다. 후베날 우르비노가 부탁하는 것은 단지 그녀를 방문할 수 있도록 그녀 아버지에게 허락을 받게 해 달라는 것이었다. 그녀는 편지가 너무나 간결하고 진지한 데 깊은 인상을 받았고, 오랫동안 넘치는 사랑으로 길러온 분노는 즉시 녹아 버리고 말았다. 그녀는 사용하지 않는 보석함에 편지를 넣어 가방 밑에 보관했지만, 바로 그곳에 플로렌티노 아리사의 향내 나는 편지들도 있다는 사실을 떠올렸다. 그러자 창피한 나머지 그녀는 보관 장소를 바꾸기 위해 어쩔 줄 몰라 하면서 보석함에서 그 편지를 꺼냈다. 이 상황에서 가장 점잖은 처신은 편지를 받지 못한 척하는 것이라고 생각하고, 램프에 편지를 태우면서 밀랍 방울들이 불꽃 위로 푸른색을 띤 채 어떻게 부글거리며 녹아내리는지 지켜보았다. 그러면서 한숨을 쉬면서 "불쌍한 사람."이라고 말했다. 그 순간 일 년도 채 안 되는 사이에 그렇게 말한 것이 두 번째라는 사실을 깨닫고, 순간적으로 플로렌티노 아리사를 떠올렸다. 그녀 자신도 자기 인생에서 그가 너무나 멀리 떨어져 있다는 사실에 놀랐다. 불쌍한 사람.

마지막 우기인 10월에 세 통의 편지가 더 배달되었다. 그중 첫 번째 편지는 플라비니 수도원[25]에서 만든 보라색 선향 상자와 함께 도착했다. 두 통의 편지는 후베날 우르비노 박사의 마부가 대문 앞에서 건네주면서, 마차 창문으로 갈라 플라시디아에게 인사를 했다. 그렇게 인사한 것은 우선 그 편지들이 의사의 편지라는 것을 의심하지 않도록 하기 위해서였고, 둘

---

25) 프랑스의 디종 대교구에 있는 수도원.

째는 아무도 그 편지들을 받지 못했다고 말하지 못하게 하기 위해서였다. 이 두 통의 편지는 모노그램이 찍힌 밀랍으로 봉해져 있었고, 페르미나 다사가 이미 알고 있던 의사의 필체로 알아볼 수 없게 휘갈겨 쓰여 있었다. 그 편지들의 내용은 본질적으로 첫 번째 편지와 똑같았고, 동일한 순종의 정신을 보여 주었다. 그러나 점잖은 내용 속에는 플로렌티노 아리사의 인색한 편지에서는 절대로 분명하게 드러나지 않았던 조바심이 엿보이기 시작했다. 페르미나 다사는 이 주일 간격으로 도착한 그 편지들을 받자마자 읽었고, 불속에 던져 버리려던 순간에 자신도 모르게 생각을 바꾸었다. 그러나 그 편지에 답장을 하겠다는 생각은 추호도 하지 않았다.

10월의 세 번째 편지는 현관 밑에 놓여 있었는데, 그것은 모든 면에서 앞의 편지들과 달랐다. 너무나 어린애 같은 필체라 왼손으로 썼다는 데는 의심의 여지가 없었지만, 페르미나 다사는 못된 익명의 사람이 그 편지를 썼다는 것을 편지 내용에서 밝힐 때까지 전혀 눈치채지 못했다. 그 편지를 누가 썼든 간에, 그 작자는 페르미나 다사가 사랑의 미약으로 후베날 우르비노 박사를 유혹했다는 것을 당연시한 뒤, 그런 추측을 바탕으로 악의적인 결론을 내리고 있었다. 그 편지는 협박조로 끝나 있었다. 즉 페르미나 다사가 그 도시에서 모든 사람들이 탐내는 남자를 매개로 신분 상승하려는 의도를 버리지 않으면 공개적인 망신을 당하리라는 것이었다.

그녀는 자신이 심각한 오해의 희생자가 되었다고 느꼈지만, 그녀의 반응은 앙심을 품는 것이 아니라 그 반대로 나타났다.

그 익명의 작자를 찾아내어 적절한 설명으로 그가 잘못 생각하고 있음을 밝혀 주려 한 것이다. 왜냐하면 그 어떤 동기로도 자신이 후베날 우르비노의 구애에 반응을 보이지 않을 것임을 확신하고 있었기 때문이다. 그 이후 며칠간 그녀는 서명도 없는 두 통의 또 다른 편지를 받았다. 그것들은 첫 번째 편지와 마찬가지로 진실과는 상반된 내용을 담고 있었지만, 세 통의 편지 중 그 어느 것도 같은 사람이 쓴 것처럼 보이지는 않았다. 어떤 음모이거나, 그녀가 남몰래 사랑을 속삭이고 있다는 거짓 소문이 그 누구도 생각할 수 없는 곳까지 멀리 퍼진 게 틀림없었다. 그러자 그녀는 이 모든 것이 후베날 우르비노의 경솔한 행동에서 비롯되었을지도 모른다는 생각에 마음이 어지러웠다. 아마도 점잖은 외모와는 다른 사람일지도 모르며, 왕진을 하면서 입을 잘못 놀렸을지도 모르고, 그와 같은 계급의 다른 남자들처럼 잘난 체하면서 상상으로 그녀를 정복한 것을 실제로 그렇게 한 것처럼 떠들어 댔을지도 모른다는 생각이 그녀의 머리를 스쳤다. 그러자 자기의 명예를 더럽혔다고 비난하는 편지를 써야겠다는 생각이 들었지만, 어쩌면 그것이 그가 원하는 바일지도 모른다고 추측하면서 그런 생각을 접었다. 그녀는 재봉실에 그녀와 함께 그림을 그리러 오는 여자 친구들을 통해 정보를 얻으려고 애를 썼지만, 그 친구들이 들은 것은 단지 피아노 독주로 세레나데를 연주한 것이 너무나 좋았다는 호의적인 평뿐이었다. 그러자 페르미나다사는 분노가 치밀면서 자기 자신이 무기력하게 느껴졌으며 자기의 명예가 짓밟혔다고 느꼈다. 처음에는 눈에 보이지 않는

적을 찾아내 그의 실수를 일깨워 주려고 했지만, 이제는 정반대로 나뭇가지를 치는 전지가위로 그를 갈기갈기 찢어 버리고 싶은 심정이었다. 그녀는 위안의 흔적을 찾을 수 있으리라는 희망으로 익명의 편지에 담긴 표현과 말을 분석하면서 날밤을 새웠다. 그러나 헛된 희망이었다. 페르미나 다사는 천성적으로 우르비노 데 라 카예 가문의 세계와는 거리가 멀었고, 그들의 호의적인 행위로부터라면 몰라도 악행으로부터 자신을 보호할 수 있는 무기는 하나도 없었던 것이다.

이런 믿음은 그즈음 아무런 편지도 없이 도착한 검은 인형에 공포를 느낀 뒤로 더욱 심해졌다. 그 인형을 보낸 상본인이 누군지는 쉽게 짐작할 수 있을 것 같았다. 오로지 후베날 우르비노 박사만이 그런 인형을 보낼 수 있다고 생각했던 것이다. 원산지 상표에 따르면 그 인형은 마르티니크에서 구입한 것으로 금실로 된 곱슬머리가 달려 있고 고급스러운 옷을 입고 있었으며, 누우면 눈을 감았다. 페르미나 다사는 이 인형이 너무나 신기해서 모든 걱정을 잊고서 낮에는 자기 베개 위에 올려 놓곤 했다. 그리고 그 인형과 함께 자는 것에 익숙해졌다. 그러나 어느 정도 시간이 흐른 후 악몽을 꾸다 깨어나 보니 인형이 자라고 있었다. 원래부터 입고 있던 예쁜 옷은 허벅지까지 드러날 정도로 올라가 있었고, 신발은 발의 압력을 이기지 못해 터져 있었다. 페르미나 다사는 아프리카인의 저주에 관해 들은 적이 있었지만, 이 인형처럼 끔찍한 것은 없었다. 한편 후베날 우르비노 같은 사람이 그렇게 잔인한 일을 할 수 있으리라고는 생각할 수 없었다. 그녀의 생각은 일리가 있었다.

그 인형은 마부가 가져온 것이 아니라, 아무도 알지 못하는 떠돌이 새우 장사가 가져온 것이었기 때문이다. 수수께끼를 풀려고 애쓰면서 페르미나 다사는 잠시 플로렌티노 아리사를 떠올렸다. 7의 유침한 모습에 질겁했지만, 그녀는 살아가면서 잘못 생각했음을 깨달았다. 그 미스터리는 결코 해결되지 않았다. 그녀는 이후 결혼을 하고 아이들을 낳아 기르면서 자기 자신을 선택받은 운명을 지닌 가장 행복한 여자로 믿었지만, 오랜 세월이 흐른 뒤에도 그 사건을 떠올리기만 하면 두려워 몸을 떨곤 했다.

우르비노 박사는 마지막 시도로 성모 봉헌 학교의 교장인 프랑카 데 라 루스 수녀에게 개입해 줄 것을 요청했다. 수녀는 그녀의 교단이 아메리카에 정착한 이후 도움을 아끼지 않았던 가문의 부탁을 거절할 수 없었다. 그래서 어느 날 아침 9시에 수련 수녀를 데리고 그 집에 나타났다. 두 수녀는 페르미나 다사가 목욕을 끝낼 때까지 30분 동안 새를 보며 시간을 보내야만 했다. 교장 수녀는 유치한 열정과는 아무 관련 없는 금속성의 억양과 명령조의 시선을 지닌 남자 같은 독일 여자였다. 페르미나 다사가 그녀보다 더 증오하는 사람은 이 세상에 없었다. 그녀와 관계된 것이라면 뭐든 마찬가지였다. 그녀의 위선적인 신앙심을 떠올리기만 해도 배 속에서 전갈이 기어 다니는 기분이었다. 욕실 문에서 그녀를 보자 학교 다닐 때의 고통과 참을 수 없이 졸렸던 매일 미사, 시험에 대한 공포, 비굴할 정도로 근면한 신참 수녀들, 영혼의 빈곤이라는 프리즘에 의해 굴절된 삶 등이 갑자기 되살아났다. 반면에 프랑카 데 라 루스 수녀는 기쁘게 인사를 건넸는데, 진심인 것처럼 보였다. 그리고 페르미나 다사가 너무나 어른스러워져서 놀랐냐면서, 집 안을 아주 잘 관리하고 있으며, 정원에서도 아주 세련된 그녀의 취향이 느껴지고, 바비큐 그릴에도 오렌지 꽃이 가득하다면서 칭찬을 아끼지 않았다. 그러면서 수련 수녀에게는 한눈을 파는 사이 까마귀들이 눈을 파먹을지도 모르니 까마귀 근처에 가지 말고 거기서 기다리라고 지시했고, 페르미나와 단둘이 앉아서 대화를 나눌 수 있는 한적한 장소를 찾았다. 페르미나는 교장 수녀를 응접실로 안내했다.

그것은 짧고 쓰라린 방문이었다. 프랑카 데 라 루스 수녀는 사설을 늘어놓으며 시간을 낭비하지 않고, 단도직입적으로 페르미나 다사에게 명예롭게 복학시켜 주겠다고 제안했다. 퇴학 사유는 서류뿐만 아니라 교단의 기억에서도 지워질 것이며, 그러면 학업을 마치고 졸업장을 받을 수 있을 것이라고 말했다. 페르미나 다사는 당황하여 그 이유를 알고 싶어 했다. 그러자 수녀가 말했다.

"원하는 것은 모두 받아도 마땅한 분의 부탁이란다. 그분의 유일한 소원은 너를 행복하게 해 주는 것이지. 누군지 알겠니?"

그러자 페르미나 다사는 깨달았다. 그리고 순진한 편지 한 통 때문에 자기 인생을 망쳐 놓았던 여자가 무슨 권위가 있다고 사랑의 중개자로 나서는 것인지 자문해 보았지만, 감히 입 밖에 내어 말하지는 못했다. 대신 그녀는 그렇다고, 그 남자를 알고 있다고 대답한 다음 그 남자가 자신의 삶에 끼어들 권리가 없다는 것도 알고 있노라 말했다. 이 말을 들은 수녀가 말했다.

"너에게 부탁하는 것은 대화를 나눌 수 있게 딱 5분만 시간을 내 달라는 것이다. 네 아버지도 분명히 동의하실 거다."

자신의 아버지가 그 방문을 꾸민 공범자라고 생각하자, 페르미나 다사는 더욱 분노가 치밀었다.

"제가 아팠을 때 두 번 만났어요. 하지만 이젠 만날 이유가 없어요."

그러자 교장 수녀가 말했다.

"조금이라도 분별력이 있는 여자라면, 그 남자는 하느님이 주신 선물이라는 걸 알게 될 거야."

교장 수녀는 그의 장점과 독실한 신앙심, 그리고 아픈 사람들에게 얼마나 헌신적으로 봉사를 하는지에 관해 계속해서 늘어놓았다. 그렇게 말하는 동안, 대리석에 그리스도 형상이 조각된 황금 로사리오를 소맷부리에서 꺼내 페르미나 다사의 눈앞에서 흔들어댔다. 그것은 시에나의 금 세공인이 조각하고 클레멘스 4세가 축성한 백 년이 넘는 집안의 보물였다. 교장 수녀가 다시 말했다.

"네 것이다."

페르미나 다사는 핏줄에서 피가 솟구치는 것을 느꼈고, 용기를 내어 이렇게 말했다.

"수녀님이 왜 이런 일을 하시는지 모르겠어요. 수녀님은 사랑이 죄악이라고 생각하시잖아요."

프랑카 데 라 루스 수녀는 이런 말을 못 들은 척했지만, 그녀의 눈꺼풀에서는 불길이 일었다. 그녀는 페르미나 다사의 눈앞에서 계속 로사리오를 흔들며 입을 열었다.

"내 말을 듣는 편이 좋을 거다. 나 다음에는 주교님이 오실 수도 있거든. 주교님과는 이런 식으로 할 수 없어."

"오실 테면 오시라고 하세요."

페르미나 다사가 말했다.

프랑카 데 라 루스 수녀는 소맷부리에 황금 로사리오를 집어넣었다. 그러고는 다른 소맷부리에서 너무 많이 써서 다 해져 공처럼 말려진 손수건을 꺼내 손으로 꼭 쥐었다. 그녀는 동정 어린 미소를 지으면서, 먼 거리에서 보듯이 페르미나 다사를 바라보았다. 그리고 한숨을 지으며 말했다.

"불쌍한 것 같으니! 아직도 그 남자를 생각하고 있구나."

페르미나 다사는 눈썹 한 번 까딱하지 않고 버릇없이 교장 수녀를 바라보았다. 그렇게 아무 말도 없이 침묵 속에서 그녀를 노려보다가 남자 같은 눈에 눈물이 고이는 것을 보고 형언할 수 없는 기쁨을 느꼈다. 프랑카 데 라 루스 수녀는 손수건으로 눈물을 닦고 자리에서 일어났다. 그러고는 말했다.

"고집불통이라는 네 아버지 말이 맞구나."

주교는 오지 않았다. 아마도 일데브란다 산체스가 크리스마스를 보내러 오지 않았다면 그런 끈덕진 권유는 그날로 끝이 났을 것이다. 그리고 그 방문 때문에 두 사람의 인생도 바뀌게 되었다. 페르미나 다사는 새벽 5시에 리오아차에서 스쿠너를 타고 온 그녀를 맞이했다. 그녀는 뱃멀미로 초주검이 되어 북적거리는 승객들 사이에 있었다. 바다에서 잠을 제대로 자지 못해 피곤했지만 얼굴에 환한 미소를 지으며 기쁜 마음으로 배를 내려왔다. 그녀는 자신이 방문하는 동안 먹을 것이 부족하지 않도록 대광주리에 산 칠면조들과 비옥한 농장에서 수확한 온갖 과일들을 담아 가져왔다. 그녀의 아버지 리시마코 산체스는 편지를 통해 크리스마스 파티 때 악사들이 필요하지 않은지 물으면서, 자기가 최고의 악사들을 구해 줄 수 있다고 전했다. 그리고 나중에 불꽃놀이를 할 수 있도록 폭죽한 꾸러미를 보내 주겠다고 약속했다. 또한 3월 전에는 딸을 데리러 올 수 없다고 했기에 두 사람은 삶을 즐길 수 있는 시간을 실컷 갖게 되었다.

두 사촌은 즉시 그런 생활에 들어갔다. 첫날 오후부터 벌거벗고 목욕을 하면서 욕조 안에서 서로 씻겨 주었다. 비누칠도 서로 해 주었고, 머리칼에서 서로 이를 잡아 주기도 했으며, 엉덩이와 얌전히 있는 젖가슴을 비교하기도 했고, 상대방의 거울로 자기들의 모습을 바라보면서 벌거벗은 모습을 마지막으로 본 이후 세월이 얼마나 잔인하게 자신들을 다루었는지를 감상하기도 했다. 일데브란다는 몸집이 크고 단단했으며, 피부는 황금빛이었고 체모는 철사 뭉치처럼 까무잡잡하고 짧았으며 곱슬곱슬했다. 반면에 페르미나 다사의 벗은 몸은 희었고 몸매는 늘씬했으며 피부는 해맑았고 음모는 뻣뻣했다. 갈라 플라시디아가 침실에 똑같은 침대를 두 개 놓아 주었지만, 종종 두 사람은 한 침대에 누워 불을 끈 채 새벽까지 대화를 나누곤 했다. 또한 일데브란다가 트렁크 안감 속에 몰래 숨겨서 가져온 노상강도들이 피는 시가를 피웠고, 그런 다음에는 아르메니아산 종이를 태워 침실에 가득 찬 고약한 냄새를 없애야만 했다. 페르미나 다사는 바예두파르에서 처음으로 담배를 배운 뒤 폰세카와 리오아차에서도 계속 담배를 피웠었다. 그곳에서는 심지어 여사촌들 열 명이 모여 문을 걸어 잠그고 남자 이야기를 하면서 몰래 담배를 피우곤 했다. 또한 밤의 전쟁터에서 담뱃불을 들키지 않으려던 군인들처럼 입 안에 불이 붙은 부분을 넣고서 거꾸로 담배를 피우는 법도 배웠다. 일데브란다가 자신의 집에 머무는 동안 그녀는 매일 밤 잠들기 전에 담배를 피웠고, 그때부터 담배 피우는 습관을 갖게 되었다. 물론 남편이나 아이들 몰래 숨어서 피웠다. 그것은 여자가 남이 보는 곳에서 담배를 피우는 것은 적절하지 못한 행동이라고 여긴 탓도 있거니와, 비밀리에 피우는 기쁨을 누리기 위해서이기도 했다.

또한 일데브란다의 여행은 페르미나가 좋은 배필감을 결정할 수 있도록 돕기 위한 것이라는 구실이 붙긴 했지만, 사실은 일데브란다가 이루어질 수 없는 사랑을 멀리하도록 억지로 강요된 여행이었다. 일데브란다는 전에 자기 사촌이 그랬듯이 그런 망각을 비웃을 수 있다는 환상을 가지고 여행을 수락했고, 그녀의 메시지를 아무도 모르게 보내기로 폰세카의 전보사와 약속을 했다. 그래서 페르미나 다사가 플로렌티노 아리사를 거부했다는 사실을 알게 되자, 그녀는 너무나 쓰라린 환멸을 느꼈다. 더욱이 일데브란다는 사랑에 대해 우주적인 사고관을 지니고 있었기 때문에, 한 사람에게 무슨 일이 일어나면 그것은 전 세계의 모든 사랑에 영향을 끼친다고 생각했다. 그러나 그녀는 자기 계획을 포기하지 않았다. 그녀는 페르미나 다사가 일종의 위기감을 느끼고 당황해하며 만류하는 것을 뿌리치고 플로렌티노 아리사의 호의를 구할 요량으로 대담하게 혼자 우체국의 전신실로 찾아갔다.

그녀는 그를 알아보지 못할 뻔했다. 왜냐하면 페르미나 다사를 통해서 상상했던 모습과 일치하는 점이 하나도 없었기 때문이다. 처음에 그녀는 자기 사촌이 거의 눈에 띄지도 않을 뿐만 아니라 매 맞은 개 같은 분위기의 우체국 직원을 미칠 정도로 사랑했다는 사실이 믿어지지 않았다. 망신당한 랍비처럼 옷을 입은 채 점잔을 빼고 있는 그의 태도는 그 누구의 마음도 흔들어 놓을 수 없을 것 같았다. 그러나 이내 그의 첫인상에 대해 이렇게 생각한 것을 후회했다. 플로렌티노 아리사가 그녀가 누구인지도 모른 채 무조건적으로 봉사해 주었기 때문이다. 신분증을 보여 달라고 하거나 주소를 적어 달라고 요구하지도 않으면서 그처럼 그녀를 이해해 준 사람은 없었다. 그의 해결책은 간단했다. 그가 그녀의 손에 답신을 건네줄 수 있도록 매주 수요일 오후에 전신 사무실에 들르라는 것이었다. 한편 그는 일데브란다가 써서 가져간 글을 읽고는 한 가지 제안을 해도 좋겠냐고 물었고, 그녀는 동의했다. 플로렌티노 아리사는 우선 문맥으로 내용을 교정한 다음 그 부분을 지우고서 다시 쓰기 시작했고, 여백이 남지 않자 마침내 그 종이를 찢어 버리고는 완전히 새로 써 주었는데, 그 글은 그녀가 보기에도 감동적이었다. 우체국에서 나오자 일데브란다는 눈물이 터져 나올 것만 같았다. 그녀는 페르미나 다사에게 이렇게 말했다.

"못생기고 궁상맞아 보여. 하지만 정말 사랑이 넘치는 사람이야."

다른 무엇보다 일데브란다를 놀라게 한 것은 사촌 동생의 고독이었다. 마치 스무 살 먹은 노처녀 같다고 그녀는 말했다. 워낙 많은 식구가 뿔뿔이 흩어져 있어서 도대체 몇 사람이 사는지, 끼니때마다 누가 밥을 먹을지도 모르는 대가족에 익숙해 있던 일데브란다는 자기 또래의 소녀가 은신처에 틀어박혀 혼자만의 생활을 한다는 것은 상상하기도 힘들었다. 그녀의 생활은 이러했다. 아침 6시에 일어나 침실의 불이 꺼질 때까지, 그녀는 시간을 헛되이 쓰는 데만 전념했다. 그녀의 삶은 외부로부터 강요된 것이었다. 먼저 마지막 수탉이 울 무렵 우유 배달부가 현관을 두드리면서 그녀의 잠을 깨웠다. 그런 다음에는 어부의 아내가 해초를 침대 삼아 죽어 가고 있는 참돔을 담은 광주리를 들고 문을 두드렸으며, 값비싼 과일 장사들이 마리아 라 바하의 야채와 산 하신토의 과일을 가지고 찾아왔다. 그러고는 거지나 복권 파는 소녀들, 자선 단체 수녀들, 농담 잘하는 칼 가는 아저씨들, 빈 병을 사는 사람들, 오래된 금붙이를 사는 사람들, 헌 신문지를 사는 아저씨들, 카드나 손금, 혹은 커피 찌꺼기나 세숫대야의 물로 운명을 읽어 주겠다는 가짜 집시들이 하루 종일 문을 두드렸다. 갈라 플라시디아는 일주일 내내 문을 닫거나 열면서 아니에요, 다음에 오세요 하거나 제기랄, 더 이상 귀찮게 하지 말란 말이야, 필요한 건 다 샀단 말이야 하고 발코니에서 마구 소리 지르곤 했다. 그녀가 아주 열심히 그리고 흔쾌히 에스콜라스티카 고모의 일을 대신 맡아 하자 페르미나는 그녀를 고모와 혼동했으며, 심지어는 고모처럼 사랑하게 되었다. 갈라 플라시디아에게는 노예 근성이 있었다. 조금이라도 시간이 나면 작업실로 가서 흰옷을 다려 완벽하게 손질한 다음 라벤더 꽃과 함께 옷장에 걸어 놓았다. 그녀는 방금 세탁한 옷뿐만 아니라 입지 않아서 색이 바랜 옷들도 다림질해서 곱게 접어 놓았다. 그리고 똑같은 성성으로 십사 년 전에 죽은 페르미나의 어머니 페르미나 산체스의 옷들도 말끔하게 보관했다. 그러나 집안 살림의 결정권을 쥐고 있는 사람은 페르미나 다사였다. 그녀는 먹어야 할 것과 구입해야 할 것, 그리고 각각의 경우에 해야 할 일을 지시했으며, 그런 식으로 사실은 전혀 결정할 필요가 없는 한 집안의 살림살이를 결정하곤 했다. 새장을 청소하고 새들에게 먹이를 준 다음 그 어느 곳에도 꽃이 부족하지 않게 신경을 쓰고 나면 그녀는 할 일이 없었다. 퇴학을 당한 뒤로는 낮잠을 자기 시작해서 다음 날까지 깨어나지 않은 적도 많았다. 그림 수업은 시간을 보내기 위한 가장 재미있는 방법일 뿐이었다.

아버지와 페르미나 다사는 서로에게 걸림돌이 되지 않고 함께 사는 방법을 터득했지만, 두 사람의 관계는 에스콜라스티카 고모가 쫓겨난 뒤로 애정이 결여되어 있었다. 그녀가 일어날 때면 그는 이미 일하러 나가고 없었다. 그는 집에서 거의 식사하지 않았지만, 점심을 거르는 경우는 거의 없었다. 왜냐하면 파로키아 카페의 아페리티프[26]와 갈리시아식 애피타이저만으로도 충분했기 때문이다. 또한 저녁 식사도 거의 하지

---

26) 식사 전에 애피타이저로 마시는 여러 종류의 알코올 음료.

않았다. 그가 먹을 음식을 접시에 담아 다른 접시로 덮어 식탁에 놔두곤 했지만, 페르미나 다사와 갈라 플라시디아는 다음 날 아침 식사에 다시 데워서 내놓을 때까지 그가 그 음식을 먹지 않을 것임을 잘 알고 있었다. 그는 일주일에 한 번 딸에게 생활비를 주었다. 그는 아주 정확하게 계산했으며, 딸은 엄격하게 관리했다. 그러나 그녀가 예기치 않은 지출을 해야 한다고 말하면 기꺼이 그 부탁을 들어주었다. 그는 그녀가 쓰는 돈의 용도에 대해서 캐묻거나 가계부를 보여 줄 것을 요구한 적이 한 번도 없었지만, 그녀는 마치 종교 재판소의 법정에 제출해야 하는 것처럼 굴었다. 그는 자신의 사업이 어떤 것이며 현재 어떤 상태인지 일절 말하지 않았고, 항구에 있는 자기 사무실에 딸을 데려간 적도 없었다. 물론 그곳은 부모와 함께 가더라도 정숙한 아가씨들에게는 금지된 구역이었지만 말이다. 로렌소 다사는 전쟁이 소강상태에 들어갔을 때의 통행 금지 시간인 밤 10시 이전에 귀가하는 적이 거의 없었다. 그때까지 파로키아 카페에 죽치고 앉아 이런저런 게임을 했다. 그는 모든 실내 게임의 전문가이자 훌륭한 선생님이었던 것이다. 그는 잠에서 깨자마자 아니스 술 한 잔을 마시고 불 꺼진 시가 끝을 질겅질겅 씹으면서 낮 동안에도 일정한 간격으로 술을 마셨지만 항상 제정신으로 집에 돌아왔고, 딸을 깨우지도 않았다. 그런데 어느 날 밤 페르미나는 아버지가 들어오는 소리를 들었다. 기마경찰처럼 뚜벅뚜벅 걸어오더니 2층 복도에서 무거운 한숨을 내쉬고는 손바닥으로 그녀의 침실 문을 쾅하고 쳤다. 그녀는 문을 열고 처음으로 아버지의 비뚤어진 눈과 혀 꼬부라진 소리에 깜짝 놀랐다. 그가 말했다.

"우리는 망했다. 완전히 망했어. 이제 곧 알게 될 거야."

그것이 전부였다. 아버지는 그 말을 다시 입에 올리지도 않았고, 그 말이 진실인지를 보여 주는 사건도 일어나지 않았다. 그러나 그날 밤 이후 페르미나 다사는 이 세상에 자기 혼자뿐이라는 것을 알게 되었다. 그녀는 사회의 고성소[27]에 살고 있었다. 예전의 학교 친구들은 그녀에게는 닫혀진 하늘나라에 살고 있었다. 퇴학이란 불명예를 당한 이후에는 더욱 그랬다. 이웃 사람들도 그녀를 이웃으로 받아들이지 않았다. 그들은 성모 봉헌 학교의 교복을 입은 그녀만 알 뿐 과거에 대해서는 몰랐기 때문이다. 아버지의 세계는 장사치와 하역 인부들의 세계였으며, 파로키아 카페라는 공개적인 피난처에 몰려든 전쟁 난민들의 세계이자 고독한 남자들만의 세계였다. 지난해의 그림 공부는 그녀를 격리 생활에서 조금 벗어나게 해 주었다. 여선생님이 단체 수업을 원해서 다른 여학생들을 재봉실로 데려오곤 했기 때문이다. 그러나 그 여학생들의 사회적 배경은 다양했고 불확실했다. 그래서 페르미나 다사에게는 수업이 끝나면 우정도 끝나 버리는 빌려 온 친구들에 지나지 않았다. 일데브란다는 집 안을 열어 환기도 시키고, 자기 아버지에게서 악사들과 폭죽과 산더미 같은 화약을 가져와 카니발 무도회를 열어 사촌의 좀먹은 기분을 일소시키려고 했지만, 이

---

27) 비록 벌을 받지는 않지만 하느님과 함께 영원히 천국에 사는 기쁨을 누리지 못하는 영혼이 머무는 천국과 지옥 사이의 경계 지대를 이르는 말. 림보라고도 한다.

내 쓸모없는 생각이었음을 깨달았다. 이유는 단 하나였다. 초
대할 사람이 아무도 없었던 것이다.

어쨌거나 그녀는 페르미나 다사에게 활력을 불어넣어 주었
다. 매일 오후 그림 수업이 끝나면, 그녀는 도시를 구경하고 싶
으니 거리로 나가자고 했다. 페르미나 다사는 매일 에스콜라
스티카 고모와 함께 거닐었던 길을 가르쳐 주었고, 플로렌티
노 아리사가 책을 읽는 척하면서 자기를 기다리기 위해 앉아
있던 벤치와 그가 자기를 쫓아왔던 골목길과 편지를 숨겨 두
었던 곳도 가르쳐 주었다. 또한 종교 재판소의 감옥이었다가
나중에 개축되어서 자기가 그토록 미워하는 성모 봉헌 학교
가 되어 버린 음산한 궁전도 보여 주었다. 둘은 플로렌티노 아
리사가 바이올린을 켰고 그 소리를 바람에 실어 그녀가 침대
에서도 듣게 해 주었던 가난한 사람들의 묘지가 있는 언덕에
도 올라갔다. 그리고 그곳에서 유서 깊은 도시와 깨어진 처마
와 허물어져 가는 벽, 잡초가 무성한 요새의 깨어진 조각, 만
에 줄지어 있는 섬, 늪지 근처의 허름한 오두막집과 광활한 카
리브해를 바라보았다.

크리스마스이브에 두 사람은 대성당의 자정 미사에 참석했
다. 페르미나는 플로렌티노 아리사의 은밀한 음악이 가장 잘
들려오던 장소에 자리를 잡고서 사촌 언니에게 그날 밤과 똑
같았던 어느 날 밤에 그의 놀란 눈을 처음으로 보았던 장소를
정확하게 가리켜 보였다. 그리고 두 사람은 대담하게 필경사
의 거리로 가서 사탕을 샀고, 예쁜 종이를 파는 상점에서 재
미있게 구경했다. 페르미나 다사는 사촌 언니에게 자기의 사

랑이 신기루에 불과하다는 것을 깨달았던 장소를 알려 주었다. 그녀는 집에서 학교까지의 발길 하나하나와 도시의 모든 장소와 최근 과거의 모든 순간이 플로렌티노 아리사의 호의와 관련하지 않고는 존재하지 않는다는 사실을 깨닫지 못하고 있었다. 일데브란다가 이를 지적했지만 그녀는 그런 사실을 받아들이지 않았다. 좋든 싫든 간에 플로렌티노 아리사가 자신의 인생에서 일어난 유일한 사건이라는 엄연한 현실을 인정하고 싶지 않았기 때문이다.

그즈음에 벨기에 출신의 사진사가 와서 필경사의 거리가 끝나는 곳에 사진관을 차렸다. 그러자 수중에 돈이 있는 사람들은 그 기회를 이용해 사진을 찍었다. 페르미나와 일데브란다는 첫 손님 축에 들었다. 두 사람은 페르미나 산체스의 옷장을 샅샅이 뒤져서 가장 화려한 옷과 양산, 그리고 파티용 신발과 모자를 골라 1850년대 귀부인처럼 차려입었다. 갈라 플라시디아는 코르셋을 졸라매는 것을 도와주었고, 철사 버팀대가 달린 치마 속에서 움직이는 법과 장갑을 끼는 법, 굽 높은 부츠의 끈을 매는 법을 가르쳐 주었다. 일데브란다는 어깨까지 내려오는 타조 깃털이 달린 챙이 큰 모자를 골랐다. 페르미나는 색칠한 석고 과일과 크리놀린 조화로 장식된 모자를 썼는데, 일데브란다의 것에 비하면 그래도 최근 모델이었다. 그녀들은 거울 앞에서 할머니들의 은판 사진과 너무나 흡사한 자신들의 모습을 보면서 깔깔거리고 웃었고, 우스워 죽겠다면서 기쁨에 들떠 평생 기억에 남을 사진을 찍으러 갔다. 갈라 플라시디아는 두 사람이 양산을 쓰고 굽 높은 신발을 신은 채 뒤뚱거리며 넘어지지 않으려고 애를 쓰면서 보행기를 밀듯이 온몸으로 철사 버팀대 치마를 밀면서 공원을 가로질러 가는 모습을 발코니에서 내려다보았다. 그러면서 하느님이 그들의 인물 사진에 가호를 베풀어 주시길 빌며 성호를 그었다.

벨기에 사진사의 사진관 앞에는 수많은 사람들이 몰려 있었다. 당시 파나마 권투 챔피언 자리를 따낸 베니 센테노가 사진을 찍고 있었기 때문이다. 그는 시합 때 입는 팬티 차림에 손에는 글러브를 끼고 머리에는 챔피언 관을 쓰고 있었다. 일 분간 공격 자세로 움직이지 않으면서 가능한 한 숨을 쉬지 않아야 했는데, 가드를 올리기만 하면 팬들이 환호성을 지르는 통에 챔피언이 그들을 기쁘게 해 주고 싶은 유혹을 이기지 못하고 솜씨를 뽐내는 바람에 사진사가 애를 먹었다. 두 사촌이 찍을 차례가 되었을 때 하늘에는 이미 구름이 짙게 끼어 있었고, 금방이라도 비가 내릴 것만 같았다. 하지만 그들은 녹말가루로 분칠한 얼굴을 하고, 석고 기둥에 너무나 자연스럽게 기댄 자세로 필요한 시간 이상으로 꼼짝 않고 있을 수 있었다. 그것은 영원히 간직될 사진이었다. 일데브란다가 거의 백 살이다 되어 플로레스 데 마리아 농장에서 숨을 거두었을 때, 침실의 장롱 서랍에 자물쇠를 채워 고이 간직한 그녀의 사진이 발견되었다. 그 사진은 세월이 흐르면서 색이 바래 버린 한 통의 편지 안에 화석이 되어 버린 생각과 함께 향내 나는 침대 시트 사이에 숨겨져 있었다. 페르미나 다사는 그 사진을 항상 가족 앨범 첫 장에 끼워 놓고 오랫동안 보관했는데 아무도 언제 어떻게 그리 된 것인지 모르게 사라져 버렸다. 그런데 불가사의한 우연으로 이 사진은 플로렌티노 아리사의 손에 들어가게 되었는데, 이때는 둘 다 예순 살을 넘긴 뒤였다.

페르미나와 일데브란다가 벨기에 사진사의 사진관에서 나왔을 때 필경사의 서뤼 앞에 있던 광장은 발코니까지 발 디딜 틈도 없이 사람들로 꽉 차 있었다. 두 사람은 얼굴에 하얗게 녹말가루를 발랐고 입술에는 초콜릿 색깔의 연지를 발랐으며 옷은 그 시대에 어울리지도 않고 그 시간에 입을 옷도 아니라는 사실을 새까맣게 잊고 있었다. 거리의 사람들은 그녀들을 놀려 대면서 맞이했고, 두 사람은 어쩔 줄 모르면서 비웃는 사람들을 피하려 했다. 바로 그때 황금빛 준마가 끄는 사륜마차가 사람들 사이를 헤집고 나타났다. 그러자 야유의 휘파람 소리는 멈추었고, 그들에게 호의적이지 않았던 사람들은 뿔뿔이 흩어졌다. 일데브란다는 마차 발판에 모습을 드러낸 남자의 첫 모습을 절대로 잊을 수가 없었다. 그의 새틴 모자, 예쁜 무늬가 새겨진 조끼, 현자와 같은 태도, 눈에서 풍기는 감미로운 표정, 그리고 그의 존재에서 풍겨나는 권위는 영원히 뇌리에 남았다.

비록 한 번도 본 적이 없었지만, 그녀는 이 남자가 누구인지 즉시 알 수 있었다. 페르미나 다사가 그에 관해 무심히 이야기한 적이 있었기 때문이다. 페르미나 다사는 지난달의 어느 날 오후에 황금빛 말이 끄는 사륜마차가 현관 앞에 있다는 이유로 카살두에로 후작의 저택 앞을 지나가고 싶지 않다고 말했던 것이다. 그러고는 그 마차의 주인이 누구인지, 자기가 왜 반감을 갖게 되었는지도 설명하려고 했다. 하지만 마차

주인의 소망이 무엇인지는 말하지 않았다. 일데브란다는 그 이야기를 까마득히 잊고 있었다. 그러나 동화에 등장하는 주인공처럼 한쪽 발은 땅을 딛고 다른 발은 발판에 놓은 채 마차의 문 앞에 서 있는 그 남자를 보자, 자기 사촌이 도대체 왜 그를 싫어하는지 이해할 수가 없었다.

후베날 우르비노 박사는 두 여자에게 말했다.

"부탁이니 이 마차를 타십시오. 가시고자 하는 곳까지 모셔다 드리겠습니다."

페르미나 다사는 거절하겠다는 제스처를 했지만, 이미 일데브란다가 그의 제안을 받아들인 뒤였다. 후베날 우르비노 박사는 나머지 발마저 땅에 내리고는, 두 손가락 끝으로 거의 일데브란다를 건드리지 않은 채 마차에 오르는 것을 도와주었다. 더 이상 거절할 방법이 없자, 페르미나는 당황한 나머지 얼굴이 빨개져서 그녀 뒤를 따라 마차에 올라탔다.

집은 겨우 세 블록 떨어진 곳에 있었다. 두 사촌은 후베날 우르비노 박사가 마부와 짰을지도 모른다는 사실을 눈치채지 못했지만 틀림없이 그랬을 수밖에 없는 것이, 마차는 반시간 후에야 집에 도착했던 것이다. 페르미나와 일데브란다는 상석에 앉았고, 그는 그녀들 앞에 앉았다. 마차가 진행하는 방향과 반대로 앉았던 것이다. 페르미나는 창가로 고개를 돌리고는 멍하니 허공을 바라보았다. 반면에 일데브란다는 즐거운 표정이었고, 우르비노 박사는 그녀가 기뻐하는 것을 보자 더욱 즐거워했다. 마차가 움직이기 시작하자마자 그녀는 가죽 시트에서 풍기는 포근한 냄새와 완충재를 덧댄 아늑한 실내 분위기를 느끼고 여생을 보내도 좋을 만큼 아주 멋진 장소 같다고 말했다. 곧 두 사람은 웃으면서 오랜 친구처럼 농담을 주고받기 시작하더니 재치 넘치는 끝말잇기 게임을 했다. 두 사람은 페르미나가 그 게임을 모르고 있다고 생각하는 척했다. 하지만 그녀가 그 게임을 잘 알 뿐만 아니라 자기들 얘기도 모두 듣고 있다는 것을 알고 있었고, 게임을 한 이유도 바로 그 때문이었다. 잠시 후, 한참을 웃던 끝에 일데브란다는 발이 아파 도저히 부츠를 신고 있지 못하겠다고 털어놓았다. 그러자 우르비노 박사가 말했다.

"그보다 쉬운 일은 없겠네요. 누가 먼저 벗는지 시합하죠."

그는 자기 장화의 끈을 풀기 시작했고, 일데브란다는 그 도전을 받아들였다. 그러나 그녀에게는 쉬운 일이 아니었다. 코르셋의 버팀대 때문에 몸을 굽힐 수가 없었던 것이다. 그러나 우르비노 박사는 의도적으로 시간을 끌었다. 그리고 마침내 그녀가 승리의 웃음을 터뜨리면서 치마 밑으로 자기 부츠를 꺼냈다. 마치 저수지에서 방금 물고기를 낚아 올린 듯한 표정이었다. 두 사람은 곧 페르미나에게 시선을 돌렸고, 황금빛 앵무새와 같은 그녀의 환상적인 옆모습이 불타듯이 붉게 물들고 있는 석양빛을 받아 그 어느 때보다 날카로워져 있는 것을 보았다. 그녀는 세 가지 이유로 화가 나 있었다. 첫째는 원치 않은 상황에 처했기 때문이었고, 둘째는 일데브란다의 헤픈 태도 때문이었으며, 셋째는 마차가 도착을 지연시키기 위해 아무런 방향 감각도 없이 빙빙 돌면서 시간을 끌었기 때문이었다. 그러나 일데브란다는 이제 거의 자제력을 잃은 상태였다.

"이제야 알겠어요. 불편한 것은 신발이 아니라 바로 이 철사 우리라는 것을." 그녀가 말했다.

우르비노 박사는 그것이 철사 버팀대가 달린 치마라는 것을 알고는 날아가는 새를 잡듯이 잽싸게 그 기회를 잡았다. 그는 "그보다 쉬운 일은 없겠네요. 벗어 버리세요."라고 말했다. 그러고는 요술쟁이처럼 잽싸게 주머니에서 손수건을 꺼내 눈을 가리고서 말했다.

"난 보지 않을게요."

눈가리개는 둥글고 검은 턱수염과 밀랍을 발라 끝을 뾰족하게 세운 콧수염 사이에 있는 그의 순수한 입술을 너욱 상조했다. 그러자 그녀는 갑작스러운 공포가 자신을 휘감는 것을 느꼈다. 그녀는 페르미나를 보았다. 이번에는 별로 화가 난 모습이 아니라, 그녀가 정말 치마를 벗을지도 모른다는 생각에 잔뜩 겁에 질린 모습이었다. 일데브란다는 심각한 표정을 짓고는 '어떻게 할까?'라고 묻는 손짓을 해 보였다. 페르미나 다사는 집으로 곧장 가지 않으면 자기는 달리는 마차에서 뛰어내리겠다는 뜻을 똑같이 손짓으로 전했다.

의사가 말했다.

"기다리고 있습니다."

그러자 일데브란다가 대답했다.

"이제 봐도 돼요."

후베날 우르비노 박사는 눈가리개를 치우는 순간 그녀가 아까와는 판이하게 달라졌으며 그 게임은 끝났다는 것을, 그것도 좋지 않게 끝났다는 것을 알아차렸다. 그가 손짓을 하자

마부는 마차를 휙 돌려서 복음 공원으로 들어갔다. 그때 가로등이 하나둘씩 켜지고 있었다. 모든 교회가 삼종 기도를 알리는 종소리를 울리고 있었다. 일데브란다는 사촌 동생을 기분 나쁘게 했다는 생각에 약간 당황한 나머지 급히 마차에서 내리고서, 건성으로 악수를 하며 의사와 작별했다. 페르미나 다사도 일데브란다처럼 했다. 그러나 새틴 장갑을 낀 손을 빼려고 하자, 우르비노 박사는 가운뎃손가락을 힘껏 잡고서는 이렇게 말했다.

"당신의 대답을 기다리고 있습니다."

그러자 페르미나는 있는 힘을 다해 손을 뺐다. 빈 장갑이 의사의 손에 걸려 있었지만, 그 장갑을 되찾으려 하지도 않았다. 그녀는 저녁 식사도 거른 채 잠자리에 누웠다. 일데브란다는 아무 일도 없었던 것처럼, 주방에서 갈라 플라시디아와 저녁을 먹은 후 침실로 들어와서 타고난 재치 있는 말씨로 그날 오후의 사건을 언급했다. 그녀는 우르비노 박사의 우아하고 다정한 모습을 숨기지 않고 입이 마르도록 열심히 칭찬했지만, 페르미나는 그 말에 아무 대답도 하지 않았다. 그녀의 마음은 분노로 가득 차 있었다. 어느 순간 일데브란다는 후베날 우르비노 박사가 눈을 가렸을 때 자기는 빨간 입술 사이로 드러난 그의 반짝이는 이빨을 보았으며, 키스로 그 이빨을 먹어버리고 싶은 거스를 수 없는 욕망을 느꼈다고 털어놓았다. 그러자 페르미나 다사는 벽 쪽으로 몸을 돌리고는 사촌 언니의 기분을 상하게 하려는 의도는 전혀 없이 미소까지 띠며 진실을 털어놓아 그들의 대화에 종지부를 찍었다.

"언니는 진짜 헤픈 여자야!"

페르미나는 제대로 잠을 이룰 수가 없었다. 그녀의 눈에는 후베날 우르비노 박사가 웃으면서 노래하고, 눈가리개를 한 채 이빨 사이로 유황 불꽃을 내뿜고, 아무런 법칙도 정해 놓지 않고서 끝말잇기를 하며, 그녀를 비웃고는 다른 마차를 몰면서 가난한 사람들의 묘지로 올라가는 모습이 도처에서 보였다. 그녀는 새벽이 밝기 한참 전에 잠을 깨고서는, 기진맥진한 상태로 누워서 눈을 감고서 아직도 살아야 할 많은 나날들을 생각했다. 그런 다음 일데브란다가 샤워를 하는 동안 급하게 편지 한 통을 쓴 후에 급하게 그 편지를 접어서 꼼꼼히 급하게 봉투에 넣었다. 그리고 일데브란다가 욕실에서 나오기 전에 갈라 플라시디아를 통해 그 편지를 후베날 우르비노 박사에게 보냈다. 그것은 해야 할 말보다 단 한 단어도 많지도 적지도 않은, 전형적인 그녀의 편지였는데, 거기에는 단지 '좋아요, 박사님. 우리 아버지와 얘기해 보세요.' 하는 말만이 적혀 있었다.

플로렌티노 아리사는 페르미나 다사가 명문가 출신에 돈도 많고 유럽에서 공부했으며, 나이에 비해 상당한 명성을 지닌 의사와 결혼할 예정이라는 것을 알게 되었다. 그러자 이 세상의 그 어떤 것도 그를 다시 일으켜 세울 수 없을 정도로 절망에 빠져 버렸다. 트란시토 아리사는 아들이 말도 하지 않고 식욕도 잃어버린 채 하염없이 울면서 밤을 지새우는 것을 알고 사랑하는 애인의 모든 전략을 동원해 그를 위로했다. 그래서 마침내 일주일 후에는 그가 다시 밥을 먹게 할 수 있었다.

그리고 트란시토 아리사는 아이 아버지의 삼형제 중에서 유일하게 살아 있던 레온 12세 로아이사에게 연락을 취해 아무런 이유도 설명하지 않고서 어떤 일이라도 좋으니 조카에게 선박 회사의 일자리를 구해 달라고 부탁했다. 막달레나강이 흐르는 정글 속의 잊혀진 항구, 그러니까 우편물도 전보도 닿지 않으며 이 빌어먹을 도시에 대해 그 어떤 것도 말해 줄 사람이 없는 곳의 자리면 된다고 했다. 작은아버지는 형수뻘 되는 여자를 생각해서 그곳의 일자리는 주지 않았다. 형의 사생아가 있다는 사실을 참을 수 없었기 때문이다. 대신 스무 날이나 가야 도착할 수 있는 꿈의 도시이자 창문의 거리보다 3000미터나 높은 곳에 있던 비야 데 레이바에 전신 기사 자리를 구해 주었다.

플로렌티노 아리사는 이 요양 여행에 대해 결코 깊이 의식하지 못했다. 그는 당시에 일어났던 모든 일들처럼 불행이라는 얇은 렌즈를 통해 영원히 그 여행을 회상할 것이었다. 전신 기사 임명장을 전보로 받고 나서 그는 생각하려고 하지도 않았지만, 로타리오 투구트는 행정 분야에서 그에게 밝은 미래가 기다리고 있다면서 독일식 논리로 그를 설득했다. 그는 "전신 기사는 미래의 직업이야."라고 말했다. 그러고는 토끼 가죽으로 안을 누빈 장갑 한 벌과 스텝 지대에서 쓰는 모자, 바이에른의 추운 겨울도 너끈히 날 수 있는 값비싼 비로드 칼라가 달린 외투를 선물해 주었다. 작은아버지 레온 12세는 형의 것이었던 두 벌의 양복과 방수 장화 한 벌을 주었고, 다음 배편으로 갈 수 있도록 이등실 표도 선물했다. 트란시토 아리사는 아버지보다 마르고 독일인보다 키가 작은 아들의 사이즈에 맞게 옷을 수선해 주었고, 고원 지대의 추위를 이겨 낼 수 있도록 털양말과 내복을 사 주었다. 엄청난 고통으로 무감각해져 있던 플로렌티노 아리사는 죽은 사람이 자신의 장례식 준비를 하듯이 자신의 여행을 준비했다. 그토록 억눌린 열정의 비밀을 어머니에게만 털어놓았던 것처럼, 그는 철저하게 자기의 마음을 숨기고는 떠난다는 사실을 아무에게도 알리지 않았고, 누구와도 작별 인사를 나누지 않았다. 그러나 떠나기 전날 밤 그는 목숨을 잃어도 좋다는 심정으로 마지막으로 미친 짓을 저질렀다. 한밤중에 나들이옷을 입고는 페르미나 다사의 발코니 아래서 그녀를 위해 작곡했던 왈츠를 혼자 연주했다. 그 왈츠곡은 두 사람만이 알고 있는 노래로, 삼 년 동안 온갖 고난에 부딪혔던 그들의 사랑을 상징하는 것이었다. 그는 눈물로 범벅이 된 바이올린을 켜면서 가사를 중얼거렸다. 너무나 격렬한 영감을 담고 있던 이 곡의 첫 소절이 연주되자 거리의 개들이 짖기 시작했고, 이내 그 도시의 모든 개들이 짖어 대기 시작했다. 그러나 음악의 마법에 걸려 점차 조용해졌고, 왈츠는 초자연적인 침묵 속에서 끝을 맺었다. 하지만 발코니는 열리지 않았고, 거리를 내다보는 사람은 아무도 없었다. 심지어 세레나데에서 나오는 부스러기라도 챙기고자 기름 램프를 들고 거의 항상 달려오던 야경꾼도 없었다. 그 행동은 플로렌티노 아리사의 고통을 완화시켜 주기 위한 일종의 푸닥거리였다. 그는 바이올린을 케이스에 넣고 뒤도 돌아보지 않은 채죽어 버린 거리를 떠나면서 절대로 돌아오지 않겠다고 굳게 마음먹었고, 그래서 다음 날 떠나는 것이 아니라 이미 오래전에 그곳을 떠난 듯한 느낌이 들었던 것이다.

　카리브 하천 회사가 소유한 똑같은 세 척의 배 중의 하나인 그 배는 창립자를 기리려는 듯 '피오 5세 로아이사'라는 이름이 붙여져 있었다. 그것은 쇠로 만든 껍데기에 2층짜리 목재 가옥을 얹고서 떠다니는 넓고 평평한 집이나 다름없었다. 최대로 잠겨 봐야 수심 1.5미터 아래로는 내려가지 않았기 때문에 울퉁불퉁한 강바닥을 잘 피해 나갈 수 있었다. 더 오래된 배들은 오하이오와 미시시피를 오가던 배들의 전설적인 모델을 따라 그 세기 중엽에 신시내티에서 건조된 것으로, 나무를 때는 화력 보일러로 동력이 공급되는 바퀴가 양쪽에 하나씩 달려 있었다. 이런 배들과 마찬가지로 카리브 하천 회사의 선박은 아래 갑판이 거의 물에 닿을 정도로 낮은 높이에 있었다. 그곳에는 증기 엔진과 취사실, 그리고 승무원들이 다른 높이로 서로 엇갈리게 해먹을 걸어 놓는 닭장처럼 생긴 침실이 있었다. 그리고 상갑판에는 항해실과 선장실, 그리고 간부급 직원들이 쓰는 방이 있었다. 또한 휴게실과 식당이 있었는데, 지체 높은 승객들은 적어도 한 번은 그곳에 초대를 받아 저녁을 먹고 카드놀이를 했다. 중갑판에는 일반 식당으로 사용되는 복도를 중심으로 양쪽으로 여섯 개의 일등실이 있었으며, 뱃머리에는 조각된 나무 난간과 쇠기둥이 있는 휴게실이 강을 향해 열려 있었다. 대부분의 승객들은 밤이 되면 그곳에 해먹을 걸었다. 그러나 옛날 배와는 달리 이 배들은 물을 헤치고 나아가는 물갈퀴 바퀴가 양쪽에 달려 있지 않고 배 꽁무니에 위치한 승객용 갑판의 푹푹 찌는 화장실 바로 밑에 커다란 수평 물갈퀴 바퀴가 달려 있었다. 플로렌티노 아리사는 이느 7월의 일요일 아침 7시에 배에 올랐지만, 처음 여행하는 사람들이 거의 본능적으로 배를 살펴보는 것과는 달리 그런 수고를 하지 않았다. 그는 해가 질 무렵 뱃머리에 오줌을 누러 갔다가 화장실 틈으로, 뜨거운 증기를 내고 물거품을 내뿜으면서 화산이 터지는 것과 같은 굉음과 함께 자기 발밑에서 돌아가고 있는 커다란 나무 바퀴를 보았을 때 비로소 새로운 현실을 의식했다. 배는 칼라마르의 작은 마을 앞을 지나고 있었다.

그는 이제껏 한 번도 여행해 본 적이 없었다. 그의 트렁크 속에는 고원 지대에서 입을 옷들과 매달 연재물로 나온 것을 구입해서 그가 손수 판자를 붙여 장정한 화보가 곁들여진 소설들과 외워서 낭송할 수 있을 정도로 많이 들여다봐서 부스러질 찰나에 있던 사랑의 시집이 들어 있었다. 자신의 불행과 너무나 똑같다고 여긴 바이올린은 집에 두고 왔지만, 그의 어머니는 실용적이고 당시 인기가 높았던 침낭 세트를 가져가도록 했다. 그것은 바로 베개, 침대 시트, 백랍으로 만든 요강과 모기장으로 구성되었다. 이 모든 것이 한 장의 지푸라기 매트로 둘둘 말린 채 두 개의 대마 노끈으로 묶여 있었는데, 이는 비상시에 해먹에 걸어 두기 위해서였다. 플로렌티노 아리사는 침대가 있는 침실에서는 불필요할 것이라고 생각했기 때문에 그 세트를 가져가려고 하지 않았다. 그러나 첫날 밤 이후 어머니의 배려에 다시 한번 감사하게 되었다. 실은 출항 전의 마지막 순간에 배를 탄 사람이 있었다. 그날 새벽 유럽에서 온 배를 타고 도착한 이 남자는 연미복을 입고 있었고, 자신을 배웅하러 나온 그 지방 주지사와 함께 있었다. 그는 아내와 딸, 그리고 제복을 입은 하인들을 데리고 지체 없이 여행을 계속하고자 했다. 거기에다 그들이 가져온 금장식이 달린 일곱 개의 트렁크는 너무나 커서 계단에 간신히 들어갈 정도였다. 이런 뜻하지 않은 손님들의 자리를 마련하기 위해 쿠라사오 출신의 거구인 선장은 승객들의 순진한 애국심에 호소했다. 플로렌티노 아리사에게는 스페인어와 쿠라사오의 사투리를 섞어 쓰면서 연미복을 입은 사람이 영국에서 새로 부임한 전권 대사로 공화국의 수도로 가는 길이라고 말해 주었다. 그리고 그 왕국은 스페인의 식민 통치에서 우리가 독립할 수 있도록 결정적인 지원을 했으니 그토록 지체 높은 가족이 본국에서보다 이곳에서 더 편안하게 느끼도록 해 줄 수만 있다면 그 어떤 희생도 대수롭지 않다는 사실을 상기시켰다. 말할 것도 없이 플로렌티노 아리사는 자기 방을 포기하고 말았다.

처음에는 그런 행동을 별로 후회하지 않았다. 왜냐하면 일 년 중 강물이 가장 많을 시기였고, 첫 이틀 동안 배가 아무런 어려움 없이 항해했기 때문이다. 오후 5시에 저녁 식사를 마친 후 승무원들은 덮개가 달린 접을 수 있는 간이침대를 승객 몇 명에게 나누어 주었고, 그들은 각자 적당한 공간을 찾아 그 침대를 펼쳤다. 그리고 침낭 세트에서 시트를 꺼내 잠자리를 만든 뒤, 그 위에 모기장을 쳤다. 해먹이 있는 사람들은 휴게실에 그것을 걸었고, 해먹이 없는 사람들은 여행 중에 두 번밖에 바꾸지 않은 테이블보를 덮고 식당 테이블 위에서 잠을 청했다. 플로렌티노 아리사는 강에서 불어오는 시원한 바람 속에서 페르미나의 목소리가 들린다고 생각하며 대부분의 밤 시간을 뜬눈으로 지새웠다. 그녀를 기억하면서 고독을 달래고, 커다란 동물이 걷는 것처럼 어둠을 헤치고 앞으로 나아가는 배의 숨소리 속에서 그녀의 노랫소리를 들었던 것이다. 수 평선에 빨간 광선들이 모습을 보이고 새로운 날이 황량한 목초지와 안개로 가득한 늪지 위로 갑자기 솟아오를 때까지 그렇게 있었다. 그러자 그 여행은 그의 어머니가 얼마나 현명한지를 다시 한번 증명해 주는 것처럼 생각되었고, 그는 망각을 견딜 수 있는 힘이 생겨나는 것을 느꼈디.

사흘 동안 순항했지만 갑작스러운 모래톱과 눈속임하는 급류를 만나면서 항해는 점점 힘들어지고 있었다. 거대한 나무들이 울창하게 우거진 밀림에서 강물은 탁해졌고 강폭은 갈수록 좁아졌다. 가끔씩 보이는 거라곤 초가집과 배의 보일러에 사용할 장작더미뿐이었다. 시끄럽게 울어대는 앵무새들과 눈에 보이지도 않는 원숭이들이 떠드는 소리가 정오의 더위를 더욱 무덥게 만들었다. 그러나 밤에는 잠을 자기 위해 닻을 내려야만 했고, 그러면 살아 있다는 사실 자체가 참을 수 없을 정도가 되었다. 더위와 모기떼뿐만 아니라 말리기 위해 난간에 널어놓은 절인 고기의 악취가 갈수록 심해졌던 것이다. 대부분의 승객들, 특히 유럽 승객들은 선실의 썩은 악취를 피해 갑판을 서성거리면서, 끊임없이 흘러내리는 땀을 닦았던 수건으로 온갖 종류의 해충들을 쫓으며 온밤을 보내기 일쑤였고, 잠을 자지 못해 녹초가 된 데다 물린 상처로 온몸이 퉁퉁 부은 채로 아침을 맞이하곤 했다.

　게다가 그해에는 자유당과 보수당 사이에 간헐적으로 벌어지던 내전의 역사를 장식할 또 하나의 사건이 일어났다. 그래서 선장은 배 안에서 질서를 유지하고 승객들의 안전을 위해 매우 엄격한 예방 조치를 취했다. 오해와 도발을 방지하기 위해 당시 여행을 하면서 가장 즐겼던 오락들, 그러니까 강가에서 일광욕을 즐기고 있는 악어를 총으로 쏘는 행위를 금지했다. 나중에 몇몇 승객들이 말다툼을 하다가 양편으로 나뉘어 서로 적이 되자, 여행이 끝나면 되돌려 주겠다고 약속하고는 전 승객의 무기를 압수하기도 했다. 심지어는 출발 다음 날부터 사냥복 차림으로 조준기가 달린 장총과 호랑이 살상용의 이연발총을 들고 나타난 영국 전권 대사에게도 예외를 허용하지 않았다. 이러한 제한 조치는 테네리페 항구에서 콜레라 발생을 알리는 노란 깃발이 꽂힌 배를 만난 뒤로 더욱 엄격해졌다. 그 배가 선장의 신호에 아무런 응답을 보내지 않았기 때문에 선장은 그 위험한 신호에 관해 더 이상 정보를 얻을 수 없었다. 그러나 바로 그날 가축을 싣고 자메이카로 가던 다른 배를 만나, 노란 깃발을 꽂은 배에는 두 명의 콜레라 환자가 타고 있으며, 그 전염병은 아직 그들이 항해해야 할 지역을 쑥대밭으로 만들고 있다는 소식을 전해 들었다. 그러자 다음 항구들뿐만 아니라 장작을 싣기 위해 잠시 정박하던 사람이 없는 지역에서도 승객들의 하선을 금했다. 그래서 도착 항구까지 가는 데 남은 엿새 동안 승객들은 죄수의 습관을 익히게 되었다. 이런 습관 중에는 아무도 그 출처를 알지 못한 채 손에 손을 거쳐 유포된 네덜란드 포르노 엽서 다발을 보면서 못된 생각을 품는 것도 있었다. 그러나 이 강에서 뼈가 굵은 뱃사람 중에는 이 사진들이 선장의 전설적인 수집품의 일부에 불과하다는 것을 모르는 이가 없었다. 하지만 희망 없는 이런 즐거움조차도 결국은 따분함만을 가중시키고 말았다.

플로렌티노 아리사는 어머니를 비탄에 잠기게 하고 친구들을 분노하게 만들었던 불굴의 인내심으로 여행의 고통을 견뎌냈다. 그는 누구와도 말하지 않았다. 낮 시간은 쉽게 지나갔다. 그는 난간에 앉아 나비를 잡아먹으려고 입을 벌린 채 강가에서 햇볕을 쬐며 꼼짝도 하지 않는 악어들을 바라보았고, 왜가리 떼가 깜짝 놀라 늪에서 불쑥 날아오르는 광경도 지켜보았으며, 매너티들이 커다란 젖꼭지로 새끼들에게 젖을 먹이다가 여자 울음소리를 내어 승객들을 깜짝 놀라게 하는 모습도 지켜보았다. 그는 하루 사이에 푸른색을 띤 채 퉁퉁 불어서 강물을 떠다니던 세 구의 시체와 그 시체 위에 앉아 있는 매 여러 마리를 보았다. 먼저 두 남자의 시체가 지나갔는데, 그중의 하나는 머리가 잘려 있었다. 그다음에는 아주 어린 여자아이의 시체를 보았는데, 메두사와 같은 머리카락은 배가 지나간 궤적을 따라 물결쳤다. 그는 그 시체들이 콜레라의 희생자인지 아니면 내전의 희생자인지는 원체 그런 데 관심을 가진 적이 없는지라 알 수가 없었다. 하지만 역겨운 악취는 그가 떠올리던 페르미나 다사의 추억을 오염시켰다.

항상 그런 식이었다. 좋은 일이건 나쁜 일이건 언제나 그녀와 연관 지었다. 밤에 배가 닻을 내리고 대부분의 승객들이 어찌할 바 모른 채 갑판을 서성거리면, 그는 새벽녘까지 켜져 있는 유일한 불인 식당의 카바이드 등불 아래서 외우다시피 하는 화보가 곁들여진 연재소설을 읽고 또 읽었다. 수없이 읽어 매린 ㄱ 드라마들은 그가 허구의 주인공들을 자기가 실제로 알고 있던 사람들로 대체시키면서 본래의 마력을 되찾았다. 그는 불가능한 사랑에 빠진 연인의 역할을 자기와 페르미나 다사에게 남겨두곤 했다. 또 다른 밤에는 고통의 편지를 썼고, 그 편지는 나중에 조각이 되어 그녀를 향해 쉬지 않고 흐르는 물 속으로 흩어지곤 했다. 그는 가끔씩은 소심한 왕자나 사랑의 편력 기사로 다시 태어났고, 또 어떤 때는 자신을 잊은 애인 때문에 살가죽과 뼈만 남은 사람이 되기도 했다. 그렇게 있다가 새날을 밝히는 산들바람이 불어오면, 비로소 식당을 나와 난간의 안락의자에 앉아 꾸벅꾸벅 졸았다.

평소보다 일찍 책 읽기를 마친 어느 날 밤이었다. 그는 정신을 딴 곳에 판 채 화장실로 가고 있었다. 아무도 없는 식당을 지나가고 있는데 갑자기 문이 열리더니 매의 발톱처럼 생긴 손이 셔츠의 소매를 잡아당겨 그를 선실 안으로 끌어들였다. 그는 어둠 속에서 나이를 알 수 없는 여인의 벌거벗은 몸을 느낄 수 있었다. 그녀는 뜨거운 땀으로 흠뻑 젖은 채 거칠게 숨을 몰아쉬고 있었다. 그녀는 그를 침대로 밀어 버리더니 그의 허리띠를 푼 다음, 바지를 벗기고 말을 타듯이 그의 위에 올라탔다. 그렇게 아무런 영광도 없이 그는 무참하게 동정을 빼앗기고 말았다. 두 사람은 욕망의 몸부림을 치다가 새우로 가득한 염전 냄새를 풍기면서 끝없는 허공 속으로 떨어졌다. 그런 다음 그녀는 잠시 그의 위에 엎드려 숨을 헐떡거리더니 어둠 속으로 모습을 감추면서 이렇게 말했다.

"이제 가서 잊어버려요. 아무 일도 없었던 거니까."

너무나 갑작스럽고 의기양양한 공격이었기 때문에 따분함에서 나온 순간적인 광기라고 보기는 어려웠다. 그것은 오랫동안 꾸며온 계획의 산물이라고밖에 볼 수 없었다. 심지어는 자질구레한 주변 정황조차도 그런 판단을 내리기에 충분했다. 욕망을 채운 후 이런 확신이 들자 플로렌티노는 육욕이 더욱 용솟음쳤다. 쾌락의 정점에서 그는 믿을 수 없고 심지어는 부정할 수도 없는 사실을 깨달았다. 그 사실이란 페르미나 다사에 대한 가공의 사랑이 속세의 열정으로 대체될 수 있다는 것이었다. 그래서 그는 자기를 강간한 여인의 정체를 알아내겠다고 결심했는데, 암표범과 같은 그녀의 본능 속에서 어쩌면 자신의 불행을 치유할 방법을 발견할 수 있을지도 모른다고 생각했기 때문이다. 그러나 그런 목표를 이루지는 못했다. 반대로, 찾으려 하면 할수록 진실에서 멀어지는 느낌이었다.

강간은 마지막 선실에서 이루어졌다. 그러나 그 방은 중간 문을 통해 옆방과 연결되어 있었다. 두 방은 네 개의 침대가 딸린 가족 침실이었던 것이다. 그 방에는 젊은 여자 둘과 나이는 많지만 매우 매력적인 여인과 몇 개월 된 아이가 묵고 있었다. 그들은 바랑코 데 로바에서 배를 탔다. 그곳은 몸폭스가 변덕스러운 물살 때문에 증기선의 항로에서 제외된 뒤로 몸폭스의 화물과 승객들을 태우는 항구였다. 플로렌티노 아리사는 이 여자들을 눈여겨보았는데, 그것은 단지 잠든 아이를 커다란 새장 안에 넣어서 데리고 다녔기 때문이었다.

그 여자들은 당시 유행하던 대서양 횡단선의 승객들과 같은 옷차림이었다. 실크스커트 아래로 버슬을 입고, 레이스가 틸린 목가리개를 걸치고, 크리놀린 조화로 장식한 챙이 넓은 모자를 쓰고 있었다. 두 젊은 여자들은 하루에도 몇 번씩 머리끝부터 발끝까지 옷을 갈아입었다. 그래서 다른 승객들은 더위에 질식해 죽어 가는데, 두 여자는 봄처럼 화사한 분위기를 띠었다. 세 여자들은 양산과 깃털 부채를 펼치는 솜씨가 능란했지만, 그 시절 몸폭스의 다른 여자들이 그렇듯이 의도가 무엇인지는 도저히 알 수가 없었다. 플로렌티노 아리사는 세 여자가 한 가족이라는 것을 의심하지 않았지만, 도대체 어떤 관계인지는 짐작하기 힘들었다. 처음에는 가장 나이 많은 여자가 다른 두 여자의 어머니일 것이라고 생각했지만, 이내 그 정도로 나이가 많지는 않다는 것을 깨달았다. 게다가 그 여인은 두 여자와 달리 약식 상복을 입고 있었다. 그는 그들 중 한 사람이 옆방 침대에서 일행이 자고 있는 동안 감히 그런 일을 저질렀으리라고는 상상할 수가 없었다. 우연히 선실에 혼자 남은 순간이나 미리 사전에 계획된 순간을 이용했으리라는 것이 유일하게 해볼 수 있는 추측이었다. 그는 한 여자가 아이를 돌보는 동안, 가끔씩 두 여자가 선실에서 나와 아주 늦게까지 음료수를 마신다는 사실을 확인했다. 그러나 몹시 무더운 밤에는 잠든 아이가 들어 있는 버들가지 새장에 얇은 천을 덮어서 들고 세 사람 모두 선실을 나온다는 것도 확인했다.

이렇듯 단서가 오리무중이었지만, 플로렌티노 아리사는 이 내 셋 중에서 가장 나이 많은 여자가 강간했으리라는 가능성을 배제하게 되었다. 또한 가장 아름답고 가장 겁이 없어 보이는 가장 어린 여자도 용의 선상에서 빼 버렸다. 그러나 이는 그렇게 판단할 만한 근거가 있어서가 아니라, 단지 세 여자를 열심히 관찰하다 보니 새장에 갇힌 아이의 어머니가 그 순간의 연인이었으면 좋겠다는 간절한 소망을 사실로 받아들이게 되었기 때문이다. 그는 이 생각에 너무나 빠져든 나머지 그 갓난아기의 어머니는 아이를 위해서만 살고 있다는 증거도 무시하고, 페르미나 다사를 생각힐 때보나도 더욱 열렬하게 그녀를 생각하게 되었다. 그녀는 스물다섯 살 이상은 되어 보이지 않았고, 구릿빛 피부에 날씬한 몸매를 지녔으며, 포르투갈 여인과 같은 눈꺼풀은 쌀쌀맞은 인상을 풍겼다. 그녀가 아들에게 베푸는 애정의 일부만이라도 받는다면, 어떤 남자라도 거기에 만족할 것 같았다. 아침 식사 시간부터 잠자리에 드는 시간까지 그녀는 휴게실에서 아기를 돌보았고, 다른 두 여자는 체스를 두었다. 그리고 아이가 잠들면 버들가지 새장을 난간에서 가장 시원한 곳에 걸어 두었다. 그러나 잠이 들었을 때도 그녀는 아기에게서 눈을 떼지 않았고, 불편한 여행에 대한 생각은 접어 둔 채 사랑스러운 노래를 중얼거리면서 새장을 흔들어 주었다. 플로렌티노 아리사는 조만간 그녀의 몸짓에서 진실을 밝힐 단서를 찾을 수 있을 것이라는 환상에 집착했다. 그는 책을 읽는 척하면서 그녀의 무명 블라우스 위에 걸려 있는 성골함의 움직임을 지켜보며 숨소리의 변화까지도 관찰

했다. 그러고는 그녀 앞에 있기 위해 식당에서 자리를 바꾸는 등 잘 계산된 무례한 행동을 하기도 했다. 그러나 그녀가 그의 비밀의 또 다른 반쪽을 지닌 인물이라는 최소한의 암시도 손에 넣을 수 없었다. 그녀에 관해 알아낸 것이라곤 성도 모른 채 로살바라는 이름뿐이었는데, 그것도 가장 어린 여자가 그녀를 부르는 소리를 들은 덕이었다.

여드레째 되던 날, 배는 대리석 절벽 사이에 끼어 물살이 거센 좁은 강을 힘들게 헤치고 나아갔고, 점심 식사 후에 푸에르토 나레에 닻을 내렸다. 새로 발발한 내전으로 가장 피해가 큰 지역 중의 하나인 안티오키아 지방의 내륙으로 계속 여행하려는 승객은 그곳에서 내려야 했다. 항구는 야자나무로 만든 여섯 채의 오두막집과 함석지붕을 얹은 나무 창고가 전부였으며, 반란자들이 배를 약탈할 음모를 꾸미고 있다는 정보가 흘러든 탓에 무기도 변변치 않은 맨발의 군인들이 몇 분대로 나뉘어 지키고 있었다. 오두막집 뒤에는 험한 산봉우리가 산봉우리가 하늘 높이 솟아 있었는데, 깎아지른 벼랑가는 편자 모양으로 돌출되어 있었다. 배에 타고 있던 승객들은 두려움에 떨면서 아무도 편안히 잠을 자지 못했지만, 그날 밤에는 어떤 공격도 없었다. 일요일이 되자 항구는 시끌벅적한 장터가 되어 새날을 맞았다. 원주민들은 산맥 중앙부의 난초 정글까지 엿새간 올라갈 채비를 갖춘 가축 떼 속에서 타구아의 부적과 사랑의 음료를 시끄럽게 떠들어대며 팔고 있었다.

플로렌티노 아리사는 흑인들이 등에 짐을 싣고 배에서 하역 작업하는 모습을 지켜보면서 시간을 보냈다. 그는 중국 도 자기를 담은 소쿠리들과 엔비가도의 젊은 처녀들을 위한 그랜드 피아노들이 하역되는 것을 보다가 그곳에 내리는 승객 중에 로살바 일행이 있다는 것을 알아차렸지만, 때는 너무 늦어 있었다. 그가 보았을 때 이미 그 여자들은 여장부들이 신는 부츠를 신고 적도의 색깔로 가득한 양산을 펼치고서 여성용 안장에 앉아 있었다. 그러자 그는 전에는 감히 해 볼 엄두도 내지 못했던 행동을 취했다. 손을 흔들며 로살바에게 작별 인사를 했던 것이다. 그러자 세 여자도 똑같은 방법으로 응답했다. 그 모습이 너무나 다정했기에 그는 창자가 끊어지는 아픔을 느끼면서 너무 늦게 용기 낸 것을 후회했다. 그는 세 여자가 창고 뒤로 돌아가는 모습과 그 여자들 뒤로 트렁크와 모자 상자와 아이가 탄 새장을 싣고 가는 노새들을 보았다. 그리고 잠시 후에 그 여자들은 개미 떼처럼 벼랑 끝으로 기어오르더니 영원히 그의 일생에서 사라져 버렸다. 그러자 이 세상에서 자기가 혼자라는 느낌이 몰려들면서 최근 며칠간 잠복하고 그를 기다리던 페르미나 다사에 대한 기억이 솟구쳐 올라와 그에게 치명적인 일격을 가했다.

그는 그녀가 성대한 결혼식을 올리리란 것을 알고 있었고, 그녀를 가장 사랑했고 목숨이 다할 때까지 영원히 사랑하려 했던 사람은 그녀를 위해 죽을 권리조차 없다는 것도 알고 있었다. 그러자 그때까지 눈물 속에만 빠져 있던 질투가 그의 영혼을 차지해 버렸다. 그는 페르미나 다사를 사교 생활의 장식품으로만 원하는 남자에게 그녀가 사랑과 복종의 맹세를 하려는 순간 번갯불이라는 신의 심판으로 그녀에게 일격을 가해 달라고 하느님에게 기도했다. 그리고 자기의 신부, 아니 그 누구의 신부도 아닌 그녀가 죽음의 이슬이 맺힌 오렌지 꽃으로 장식된 대성당 바닥에 누워 있고, 그녀의 면사포가 대제단 앞에 묻힌 주교 열네 명의 대리석 비석을 뒤덮으면서 거세게 거품을 내뿜듯 흩날리는 모습을 넋을 잃고 꿈꾸었다. 그러나 그런 복수가 완결되자, 그는 자신의 못된 생각을 후회했다. 그러자 타인의 것이 되었지만 목숨이 붙어 있는 그녀가 아무렇지도 않다는 듯이 바닥에서 일어나는 것을 보았다. 그녀 없는 세상은 도저히 상상할 수도 없었던 것이다. 그는 다시 잠에 들지 않았다. 그가 가끔씩 식탁에 앉아서 아무 음식이나 몇 조각 집어먹었던 것은, 단지 페르미나 다사가 테이블에 앉아 있을지도 모른다는 생각이 들었기 때문이다. 혹은 정반대로 금식을 하면서 그녀를 기리겠다는 생각을 부정하기 위해서이기도 했다. 종종 그는 결혼식 피로연에서 페르미나 다사가 술에 취하거나 심지어는 신혼여행을 가서 뜨거운 밤을 보내다가도 순간적이나마 고통을 받을 것이라고 확신하면서 위안을 삼았다. 그리고 어떤 순간이건 자신이 버리고 모욕했으며 침까지 뱉은 애인의 환영이 머릿속에 나타나면 그녀가 행복을 잃어버릴 것이라고 생각하기도 했다.

여행의 종착지였던 카라콜리 항에 도착하기 전날 밤, 선장은 승무원들로 구성된 관악기 오케스트라의 연주와 항해실에서 쏘아 댄 색색의 불꽃놀이로 전통적인 작별 의식을 열었다. 영국 전권 대사는 모범적인 금욕으로 힘든 여행을 이겨 냈다. 엽총으로 동물 사냥하는 것이 금지되었기 때문에 대신 카메

라로 사냥했던 것이다. 그는 하룻밤도 빼놓지 않고 밤이면 프록코트를 입고 식당에 모습을 보였다. 그러나 마지막 파티에는 맥타비시 가문의 무늬가 새겨진 스코틀랜드 전통 의상을 입고 나타나 백파이프를 연주해 사람들을 흥겹게 해 주었으며, 자기 조국의 춤을 추려고 하는 모든 사람들에게 춤을 가르쳐 주었다. 새벽 무렵이 되자 승객들은 그를 거의 질질 끌다시피 해서 선실로 데려가야만 했다. 너무나 슬퍼 기운을 잃은 플로렌티노 아리사는 흥청거리는 파티 소리가 들리지 않는 곳으로 갔다. 갑판에서 가장 멀리 떨어진 구석진 곳에서 그는 로타리오 투구트의 외투를 걸치고 뼛속까지 스며드는 추위를 이겨 내려고 애썼다. 그는 마치 사형수가 사형 집행일 새벽에 일어나듯이 그날 아침 5시에 이미 일어나 있었다. 그리고 토요일 내내 페르미나 다사의 결혼식이 시시각각 어떻게 진행되고 있을지만을 생각했다. 나중에 고향 집으로 돌아왔을 때, 그는 자신이 그녀의 결혼식 시간을 잘못 알았을 뿐만 아니라 모든 것이 자기가 생각했던 것과는 다르다는 사실을 알게 되었고, 심지어는 자신의 쓸데없는 공상을 비웃을 정도로 분별력을 갖게 되었다.

그러나 어찌되었든 신혼부부가 첫날밤의 달콤함을 만끽하기 위해 가짜 문으로 몰래 도망칠 순간이라고 생각했던 순간, 그가 다시 고열의 위기를 맞으면서 수난의 토요일은 절정에 이르렀다. 누군가 그가 고열로 몸을 떠는 것을 보고 선장에게 그 사실을 알렸다. 그러자 선장은 혹시 콜레라가 아닌지 두려워하면서 파티장을 떠나 배에 타고 있던 의사와 함께 달려왔다. 의사는 예방 조치로 그를 선실에 격리시키고 브롬을 처방했다. 하지만 다음 날 카라콜리 절벽이 보일 무렵, 고열은 씻은 듯이 사라지고 다시 사기충천해 있었다. 왜냐하면 해열제를 먹고 누워 있는 동안, 전신 기사의 밝은 미래를 저주하면서 바로 그 배로 자신의 고향인 창문의 거리로 돌아가겠다고 결심을 굳혔기 때문이다.

빅토리아 여왕의 대리인에게 선실을 양보했던 대가로 돌아가는 표를 달라고 선장을 설득하는 것은 그리 힘들지 않았다. 선장 역시 전신은 미래의 과학이라는 말로 그를 만류하려 했다. 이는 너무나 자명한 사실이며, 이미 배에도 전신 시설을 설치하기 위한 시스템을 고안 중이라고도 말했다. 그러나 플로렌티노 아리사는 모든 만류를 뿌리쳤고, 결국 선장은 그를 다시 데려다주기로 결정하고 말았다. 그러나 이는 선실 문제로 빚을 졌기 때문이 아니라, 그가 카리브 하천 회사와 특별한 관계가 있음을 알고 있었기 때문이었다.

강의 하류를 따라 내려오는 여행은 엿새도 걸리지 않았다. 플로렌티노 아리사는 새벽에 배가 메르세데스 늪지에 들어가고 큰 배가 일으킨 물결로 너울거리는 고기잡이 통나무배들의 불빛을 보자, 다시 집에 돌아왔다는 생각에 마음이 편안해졌다. 배가 니뇨 페르디도 어귀에 정박했을 때는 아직 밤이었다. 그곳은 만에서 9레구아 떨어진 곳으로, 옛날 스페인의 항로가 준설되어 그 항로를 사용하기 전까지만 해도 강을 운항하는 증기선의 마지막 기착지였다. 승객들은 아침 6시까지 기다렸다가 그들을 최종 목적지까지 데려다줄 작은 범선에 옮겨 타야 했다. 그러나 플로렌티노 아리사는 집으로 돌아가고 싶은 마음이 너무나 큰 나머지, 그 시간이 되기 훨씬 전에 작은 우편선을 탔다. 그곳의 직원들은 그를 한 식구처럼 대해 주었다. 배를 떠나기 전에 그는 상징적인 행위를 해야겠다는 유혹에 굴복하여 침낭을 물속에 던져 버렸고, 보이지 않는 어부들의 횃불 사이로 침낭이 늪지를 떠나 바다에서 사라질 때까지 지켜보았다. 그는 남은 일생 동안 그 침낭이 필요한 일은 다시는 없을 것이라고 확신했다. 페르미나 다사의 도시를 더 이상은 떠나지 않을 것이기 때문이었다.

해가 뜰 무렵 만은 고요한 호수와 같았다. 능능 떠다니는 안개 너머로 플로렌티노 아리사는 여명을 받아 황금빛으로 빛나는 대성당의 둥근 지붕을 보았고, 옥상에 있던 비둘기 집들을 보았다. 그리고 그것들을 기준으로 방향을 잡고는 자신에게 불행을 선사한 여인이 욕심을 채운 남편의 어깨에 기대어 아직도 자고 있으리라 생각하던 카살두에로 후작의 대저택 발코니를 찾았다. 이런 생각은 그의 가슴을 아프게 했지만, 그는 그런 생각을 억누르려 하지 않고 내버려 두었다. 그러니까 고통 속에서 기쁨을 맛보았던 것이다. 태양이 서서히 달아오르기 시작할 무렵, 우편선은 정박한 돛배들의 미로 사이로 길을 헤치고 나아가고 있었다. 그곳에는 시장의 온갖 냄새들이 바다 밑의 썩은 악취와 뒤섞여 코를 찔렀다. 리오아차에서 온 스쿠너는 방금 전에 도착해 있었고, 허리춤까지 물이 찬 인부들이 승객들을 받아 번쩍 들고서는 해변으로 데려가고 있었다. 플로렌티노 아리사는 우편선에서 가장 먼저 땅으로 뛰어내렸고, 그 순간부터 그가 느낀 것은 더 이상 만의 악취가 아니라 그 도시의 악취 속에서 풍기는 페르미나 다사의 향내뿐이었다.

그는 전신 기사 사무실로 돌아가지 않았다. 그의 유일한 관심사는 연애 연재소설과 어머니가 계속 사다 주고 있는 '대중 총서' 책들인 듯했다. 그는 해먹에 누워 이 책들을 완전히 외울 정도로 읽고 또 읽었다. 그는 바이올린이 어디에 있느냐고 묻지도 않았다. 그는 가장 가까웠던 친구들과 다시 우정을 나누었고, 가끔씩 당구를 치거나 대성당 앞 광장의 아치 밑에 있던 야외 카페에서 대화를 했다. 그러나 토요일마다 열리는 무도회에는 가지 않았다. 그녀가 없는 무도회는 생각도 할 수 없었기 때문이다.

미완성의 여행에서 돌아온 그날 아침에 그는 페르미나 다사가 유럽에서 신혼여행 중이라는 사실을 알고 심하게 동요한 나머지, 그녀가 평생은 아니더라도 상당 기간 유럽에 머무르리라는 것은 의심의 여지가 없다고 여기게 되었다. 이런 확신은 그녀를 잊을 수 있다는 희망을 처음으로 불러일으켜 주었다. 그는 로살바를 떠올렸다. 다른 기억이 꺼져감에 따라 그녀에 대한 기억이 점점 뜨겁게 불타올랐다. 바로 그 무렵 그는 평생 기르게 될 수염, 그러니까 밀랍을 발라 끝을 뾰족하게 세운 콧수염을 기르기 시작했다. 그렇게 그의 외모는 바뀌었고, 페르미나 다사에 대한 사랑을 다른 것으로 대체해야 한다는 생각은 그를 생각지도 못한 길로 빠져들게 했다. 페르미나 다사의 향내는 점점 희미해졌고 그것을 떠올리는 일도 드물어지더니, 결국 하얀 치자나무 속에만 그녀의 향내가 남게 되었다.

전쟁이 계속되던 어느 날 밤이었다. 그는 어디에서 삶의 방향을 잡아야 할지 갈피를 잡지 못한 채 방황하고 있었다. 그날 밤 유명한 나사렛의 과부가 겁에 질려 그의 집으로 피신했다. 리카르도 가이탄 오베소[28] 반란군 장군이 포위 공격을 벌이던 중 그녀의 집이 대포알에 맞아 산산이 부서졌던 것이다. 그런 기회를 놓치지 않고 트란시토 아리사는 그 과부를 자기 아들의 방으로 보냈다. 자기 방에는 잠잘 자리가 없다는 핑계를 댔지만, 사실은 다른 여자와 사랑을 나누면 아들을 절망으로 몰고 간 사랑이 치유되지 않을까 하는 희망 때문이었다. 플로렌티노 아리사는 선실에서 로살바에게 동정을 빼앗긴 뒤로 한 번도 사랑을 나누지 않았다. 그는 그날 밤과 같은 비상시에는 그 과부가 침대에서 자고 자기는 해먹에서 자는 것이 당연하다고 생각했다. 그러나 그 여자는 이미 그와 사랑을 나누려고 결심한 상태였다. 그녀는 플로렌티노 아리사가 어떻게 해야 할지도 모른 채 누워 있던 침대 모서리에 앉아, 삼 년 전에 죽은 남편에 대해 느껴온 헤아릴 수 없는 고통을 이야기하기 시작했다. 그러더니 공중으로 상복을 벗어 던지기 시작했고, 마침내는 결혼반지까지 빼 버렸다. 그녀는 구슬 장식이 달린 반짝이는 블라우스를 벗어 방 안 저쪽에 있던 안락의자에 던지고, 어깨 위로 코르셋을 벗어 침대 끝으로 던졌다. 그리고 긴 주름치마와 새틴 가터벨트와 상중에 신던 검은 실크 스타킹

---

28) 19세기에 콜롬비아의 카르타헤나를 포위한 자유당 장군.

을 단숨에 벗고서 모두 바닥에 늘어놓았다. 그의 방은 남편의 죽음을 애도하는 그녀의 마지막 유품들로 가득 차게 되었다. 그녀는 너무나 즐거운 듯이 시간 간격을 적절히 두어 가면서 하나씩 벗어 던졌다. 그래서 그 도시의 주춧돌까지 떨게 했던 공격군의 대포 소리가 그녀의 모든 행동에 축하의 인사를 보내는 듯했다. 플로렌티노 아리사는 브래지어 훅 푸는 것을 도와주려 했지만, 그녀는 능숙한 솜씨로 그의 손길을 앞질렀다. 오 년간의 결혼 생활에서 그녀는 사랑의 모든 코스를, 심지어는 전희 단계에서도 그 누구의 도움도 받지 않고 혼자서 준비하는 법을 배웠던 것이다. 마지막으로 그녀는 레이스 팬티를 벗어 수영 선수와 같은 재빠른 움직임으로 자신의 다리 밑으로 흘러내리게 했다. 이제 그녀는 실오라기 하나 걸치지 않은 상태였다.

그녀는 스물여덟 살이었고 세 번의 출산 경험이 있었다. 그렇지만 현기증을 자아낼 정도로 황홀한 처녀 시절의 몸매를 그대로 유지하고 있었다. 플로렌티노 아리사는 열기를 이기지 못하고 그의 옷을 벗겨 버린 야생 암말과 같은 충동을 고행자의 옷 쪼가리 몇 개가 어떻게 가릴 수 있었는지 이해할 수가 없었다. 그녀는 남편 앞에서는 그렇게 행동하지 못했다. 그랬다간 남편이 그녀를 타락한 여자라고 여길 것이 분명하기 때문이었다. 그녀는 남편에게 충실했던 오 년간의 부부 생활에서 생겨난 당황스러움과 순진함으로 단 한 번의 공격을 통해 상중에 억눌러 온 욕망을 채우려고 했다. 그날 밤 전만 해도, 세상에 태어난 은총의 시간 이래 죽은 남편 외에는 다른 남자와 같은 침대에 있어 본 적도 없는 여자였다.

그녀는 어리석게 후회하는 행동 따위는 하지 않았다. 아니 그 반대였다. 지붕 위로 쉭쉭 소리를 내며 지나가는 불덩이 대포알 때문에 잠을 이룰 수 없었던 그녀는 새벽녘까지 남편의 장점만을 떠올릴 뿐 다른 여자와 같이 있다가 임종을 맞은 남편의 바람기에 대해서도 욕하지 않았다. 그녀는 땅속 2미터 아래에 8센티미터짜리 못 열두 개가 박힌 관 속에 누워 있는 남편이, 지금 그런 것처럼 과거에도 한 번도 자신의 것이 된 적이 없었던 이유를 확실하게 깨닫자 비로소 누그러졌다. 그녀는 이렇게 말했다.

"난 행복해요. 그가 집에 없었을 때 어디에 있었던 건지 이제야 확실히 알게 되었어요."

그날 밤 그녀는 작은 회색 꽃을 블라우스에 꽂는 쓸데없는 중간 단계를 거치지 않고 단숨에 상복을 벗어 버렸다. 그러자 그녀의 삶은 사랑의 노래와, 앵무새나 나비가 그려진 화사한 색깔의 도발적인 옷으로 가득 차게 되었고, 그 이후로 자신의 몸을 원하는 사람이 있으면 누구에게든 나누어 주기 시작했다. 63일간의 포위 공격 끝에 가이탄 오베소 장군의 군대가 패하자, 그녀는 대포를 맞아 부서진 집을 복구하고, 폭풍이 휘몰아치는 날이면 파도가 분노를 발산하는 방파제가 내려다보이는 아름다운 베란다를 만들었다. 이곳은 그녀가 비아냥거리려는 뜻은 조금도 담지 않고 불렀던 이름처럼 사랑의 보금자리였다. 그녀는 단지 자신이 원할 때만 마음에 드는 사람을 받아들였고, 그들에게서 한 푼도 받지 않았다. 왜냐하면 남자들이 자기 부탁을 들어주는 것이라고 생각했기 때문이다. 아주 드문 경우이긴 했지만, 금이 아니라는 조건하에 선물을 받긴 했다. 그녀가 얼마나 교묘하게 모든 일을 처리했던지, 그 누구도 그녀의 행동이 부적절하다는 것을 증명할 만한 결정적인 증거를 찾아내지 못했다. 공개적인 스캔들이 될 뻔한 경우는 딱 한 번 있었을 뿐이다. 대주교 단테 데 루나가 독버섯 음식을 먹어서 죽은 것은 우연이 아니라, 그녀가 신성 모독적인 부탁을 계속한다면 목을 자르고 말겠다며 그를 협박했기 때문에 일부러 먹은 것이라는 소문이 나돌았던 것이다. 그렇지만 아무도 그 얘기가 사실인지 묻지 않았고, 그 얘기를 떠드는 사람도 없었으며, 그녀의 삶은 아무것도 바뀐 것이 없었다. 스스로 배꼽을 잡고 웃으면서 말한 바에 따르면, 그녀는 그 지방에서 유일한 자유 부인이었다.

나사렛의 과부는 아무리 바빠도 플로렌티노 아리사와의 특별한 약속을 어기는 법이 없었다. 그들은 언제나 사랑하거나 사랑받고 싶은 욕심 없이 만났다. 물론 사랑이 될지도 모르는 어떤 것을 발견하려는 희망은 늘 있었지만, 사랑으로 인한 문제는 원치 않았던 것이다. 가끔씩 그가 그녀의 집을 찾아가면 두 사람은 바다가 내려다보이는 테라스에 앉아 수평선에서 세상이 밝아 오는 것을 지켜보면서 소금 거품으로 몸을 흠뻑 적시는 것을 좋아했다. 그는 싸구려 호텔의 구멍으로 보았던 다른 사람들의 온갖 기교뿐만 아니라 로타리오 투구트가 방탕의 밤에 떠들던 이론과 공식을 참을성 있게 그녀에게 가르쳐 주었다. 그는 두 사람이 사랑을 나누는 모습을 남들이 보게 하자고 부추기기도 했고, 전통적인 선교사의 자세를 수상 자전거를 탄 자세나 구이 작대에 꽂힌 닭의 자세, 혹은 사지를 벌린 천사의 자세로 바꾸어 보자고 꼬드기기도 했다. 그리고 해먹에서 보다 특이한 체위를 고안해 내려고 하다가 해먹 고리를 묶은 끈이 끊어지는 바람에 목이 부러질 뻔한 적도 있었다. 하지만 그런 강습은 모두 무위로 끝나고 말았다. 사실 그녀는 겁 없는 실습생이긴 했지만, 그가 지도한 사랑 행위에는 도통 재능이 없었다. 그녀는 침대에서 평온하게 즐기는 것이 얼마나 매력적인 일인지 절대 이해하지 못했으며, 영감을 받는 순간도 없었다. 그녀의 오르가슴은 부적절한 순간에 오기 일쑤였고, 그마저도 피상적인 것에 불과했다. 그러니까 감동이란 것이 결여된 구슬픈 섹스 상대였다. 플로렌티노 아리사는 오랫동안 자기가 유일한 섹스 상대라는 착각 속에서 살았고, 그녀는 기꺼이 그가 그렇게 믿도록 놔두었다. 그런데 그만 불행히도 그녀는 잠꼬대를 하는 버릇이 있었다. 그녀의 잠꼬대를 들으면서 그는 점차 그녀가 꿈꾼 항해 지도의 조각을 맞추어 나갔고, 그러면서 그녀의 비밀스러운 삶 속에 떠 있는 수많은 섬들 사이로 항해하게 되었다. 그렇게 해서 그녀가 자신과 결혼하고 싶어 하지는 않지만, 자신을 타락한 존재로 만들어 준 것에 무한한 감사를 느끼며 그의 삶에 동참한 것처럼 느끼고 있다는 사실을 알게 되었다. 그녀는 여러 번 이렇게 말했다.

"당신을 사랑해요. 당신은 나를 창녀로 만들어 주었거든요."

다른 식으로 보자면 그녀의 말은 일리가 있었다. 플로렌티노 아리사는 전통적인 결혼이 요구하는 정조 관념에서 그녀를 해방시켜 주었다. 사실 타고난 순결함이나 과부의 금욕보다 그것이 더 해로웠다. 그는 침대에서 행해지는 그 어떤 행동이라도 사랑을 영원하게 만드는 데 일조한다면 전혀 비도덕적인 것이 아니라고 가르쳤다. 그 이후부터 그녀의 삶의 이유가 된 것도 가르쳤다. 인간은 모두 몇 번 섹스할 것인지 미리 정해진 횟수를 가지고 이 세상에 태어나는데, 자의건 타의건 혹은 자기 때문이건 타인 때문이건 그 횟수를 다 쓰지 않는 사람은 영원히 기회를 상실하게 된다고 그녀를 설득했던 것이다. 그녀의 장점이라면 그의 말을 문자 그대로 믿는 것이었다. 그러나 그 누구보다도 그녀를 잘 알고 있다고 믿었던 플로렌티노 아리사는 유치한 재주밖에 없고 침대에서는 죽은 남편에 대한 슬픔만 쉬지 않고 떠들어 대는 이 여자가 어떻게 그렇게 남자들의 인기를 독차지하는지 이해할 수가 없었다. 그의 머리에 떠오른 유일한 생각이자 그 누구도 부인할 수 없는 유일한 설명은 나사렛의 과부가 침실의 기술에서 부족한 부분을 상쇄할 수 있을 만큼 다정하고 상냥하다는 것이었다. 그녀가 자신의 지평을 확대해 나가고, 그 역시 옛날의 고통에 대한 위안을 여기저기 흩어진 다른 여자들의 마음에서 찾으려고 애쓰면서 자신의 영역을 개척해 나감에 따라 두 사람이 만나는 횟수는 갈수록 줄어들었고, 마침내는 아무런 고통도 없이 서로 잊게 되었다.

그것은 플로렌티노 아리사가 침대에서 나눈 최초의 사랑이었다. 그러나 두 사람은 그의 어머니가 꿈꿔 왔듯이 영원히 결합하는 것이 아닌, 방탕한 인생의 길을 시작하는 데 그 경험을 이용했다. 플로렌티노 아리사는 과묵하고 비쩍 마른 데다 전 시대에 살던 노인처럼 옷을 입는 남자에게는 전혀 어울릴 것 같지 않은 방법을 개발했다. 어쨌든 그에게는 두 가지 유리한 점이 있었다. 그중 하나는 수많은 사람들이 모인 가운데서도 자기를 원하는 여인이 누구인지 즉시 알아볼 수 있는 정확한 눈이었다. 그러나 그런 상황이라 할지라도 그는 여자에게 아주 조심스럽게 다가가서 유혹했다. 왜냐하면 거절당하는 것보다 더 부끄럽고 수치스러운 일은 없다고 생각했기 때문이다. 다른 하나는 여자들이 그를 보는 즉시 사랑이 필요한 고독한 남자, 즉 매 맞은 개처럼 비천한 거리의 거지라고 여기는 것이었다. 그러니까 여자들은 그가 아무런 조건 없이 굴복하는 남자이며, 그에게 일종의 호의를 베풀어 주었다는 마음의 평안을 제외하고는 아무것도 바랄 것이 없는 남자라고 느꼈던 것이다. 이 두 가지가 그의 유일한 무기였다. 그는 이 무기들을 들고 절대 비밀의 역사적인 전투를 벌였고, 이러한 전투는 공책에 암호를 이용하여 공증인의 엄격함으로 꼼꼼히 기록되었다. 수많은 암호 중에서도 모든 것을 말해 주는 암호는 바로 '여자들'이란 제목이었다. 첫 번째 공책에는 나사렛의 과부에 관해 기록되어 있었다. 오십 년 후 페르미나 다사가 혼인 성사의 선고문에서 해방되었을 때, 그는 자비를 베풀어 기록할 만한 가치가 없는 수많은 일회성 사랑을 제외하고 오랫동안 지속된 사랑만을 적은 공책 스물다섯 권을 가지고 있었는데, 거기에는 622개의 사건이 기록되어 있었다.

나사렛의 과부와 육 개월간 미친 듯이 사랑을 나눈 끝에, 플로렌티노 아리사는 자기가 페르미나 다사의 폭풍에서 살아남는 데 성공했다는 것을 깨달았다. 그는 스스로 그렇게 믿었을 뿐만 아니라, 페르미나 다사가 거의 이 년간 신혼여행을 하는 동안에도 트란시토 아리사에게 여러 차례 그렇게 말했다. 그리고 무한한 해방감을 느끼며 계속 그렇게 믿었다. 그런데 어느 운명적인 일요일, 아무런 마음의 경고도 받지 못했던 그는 그녀가 남편의 팔짱을 낀 채 미사를 보고 나오는 모습을 목격했다. 그녀는 호기심을 이기지 못한 사람들에게 둘러싸여 그녀의 새로운 세계에 속한 사람들에게 아부의 말을 듣고 있었다. 처음에는 이름도 없는 가문의 여자가 갑작스럽게 신분 상승했다며 그녀를 비웃고 멸시하던 상류층 귀부인들이 그녀에게 열광했던 것이다. 그녀가 자신들처럼 상류층으로 느껴진 데다, 그녀의 매력이 그들을 사로잡았기 때문이다. 그녀는 너무나 자연스럽고 완벽하게 세속적인 아내의 조건을 받아들였기 때문에, 플로렌티노 아리사는 잠시 골똘히 생각을 해 보고 나서야 그녀를 알아볼 수 있었다. 그녀는 다른 사람이 되어 있었다. 이제는 성숙한 여인의 자태를 갖추었으며 굽 높은 부츠를 신고, 동양의 어떤 새의 것처럼 보이는 색색의 깃털이 꽂혀 있고 베일이 달린 모자를 쓰고 있었다. 그녀의 모든 것은 예전과 달랐고 마치 태어날 때부터 그랬던 것처럼 자연스러워 보였다. 그녀는 전에 없이 아름답고 젊어 보였지만, 그는 전에 없이 그녀가 더 이상 자신의 여자가 될 수 없다고 느꼈다. 그리고 실크 튜닉 아래로 그녀의 배가 둥근 곡선을 띠고 있는 것을 보자 그 이유를 알게 되었다. 그녀는 임신 육 개월째였던 것이다. 그러나 그에게 가장 충격을 준 것은 그녀와 남편이 잘 어울리는 한 쌍이라는 것과 두 사람이 너무나 여유 있게 세상을 살고 있어서 마치 현실의 위험과는 상관없이 둥둥 떠다니는 것처럼 보인다는 사실이었다. 플로렌티노 아리사는 질투나 분노를 느끼지 않았다. 대신 자신에 대한 경멸감만을 느낄 뿐이었다. 그는 자신이 불쌍하고 추악하며 열등하다고 생각했고, 그녀뿐만 아니라 지구상의 그 어떤 여자에게도 부족한 남자라고 느꼈다.

그렇게 그녀는 돌아왔다. 갑작스러운 인생의 변화를 후회하게 만드는 그 어떤 이유도 느끼지 않고 돌아왔다. 아니 오히려 그 반대였다. 특히 결혼 초기의 어려움을 극복한 이후부터는 갈수록 그럴 이유를 느끼지 못했다. 순결의 안개에 휩싸인 채 결혼 초야를 맞았기 때문에 그녀의 경우는 더욱 칭찬받아 마땅한 것이었다. 그녀는 사촌 언니 일데브란다가 살던 지방으로 여행하면서 그런 순진함을 잃어버리기 시작했다. 바예두파르에서는 수탉들이 왜 암탉들을 졸졸 쫓아다니는지 마침내 알게 되었고, 당나귀들의 거친 사랑의 의식을 지켜보았으며, 송아지가 태어나는 장면을 보기도 했다. 그리고 여사촌들이 가족 중에서 어떤 부부가 계속 사랑을 하고 있고, 누구누구는 함께 살고 있지만 언제 그리고 왜 사랑하기를 그만두었는지 자연스럽게 이야기하는 것을 들었다. 그녀가 고독한 사랑에 발을 들여놓은 것도 이 시기였다. 그녀는 태어날 때부터 본능적으로 지니고 있던 어떤 것을 발견하는 듯한 이상한 느낌을 받기 시작했다. 처음에는 여섯 명의 여사촌들과 함께 쓰던 침대에서 그런 느낌을 드러내지 않도록 숨을 죽여 가면서 그렇게 했고, 나중에는 머리를 풀어헤치고 처음으로 노새꾼들의 담배를 피우면서 조심성 없이 욕실 바닥에 손발을 쭉 뻗고 큰 대 자로 누워서 그렇게 했다. 그러나 그것을 할 때면 언제나 양심의 가책을 느꼈는데, 결혼한 후에야 비로소 그런 가책을 떨쳐 버릴 수 있었다. 여사촌들은 하루에 오르가슴을 느끼는 횟수뿐만 아니라 그 형태와 크기에 대해서까지 자랑삼아 떠들어 댔지만, 그녀는 항상 자신의 경험을 절대적인 비밀에 붙였다. 그러나 이와 같은 초기 의식에서 황홀감을 경험했지만 그녀는 처녀성을 잃는 것은 피비린내 나는 잔인한 희생이라는 생각을 계속 가지고 있었다.

그래서 지난 세기가 저물 무렵 가장 화려하고 볼 만한 행사 중 하나였던 그녀의 결혼식 피로연은 그녀에게 공포의 전주곡이나 다름없었다. 그녀는 당시 그곳에서 둘도 없이 근사한 남자와의 결혼으로 사회적인 뉴스가 된 것 이상으로 신혼여행을 두려워했다. 대성당의 미사에서 결혼 공시가 시작된 이후, 페르미나 다사는 다시 익명의 편지를 받았다. 그중의 몇 통은 죽여 버리겠다며 협박하고 있었다. 그러나 그녀는 그런 편지에 별 관심을 두지 않았다. 그녀의 두려움은 온통 곧 다가올 첫날밤의 잠자리에 쏠려 있었던 것이다. 비록 의도했던 것은 아니지만, 그런 무관심은 역사의 조롱을 통해 이미 굳어진 사실 앞에서는 고개를 숙이는 데 익숙해진 익명의 발신인들을 다루는 올바른 방법이었다. 그래서 이 결혼이 번복될 수 없다는 사실이 분명해지자 그녀에게 적대적이었던 이들은 점차 그녀의 편이 되었다. 그녀는 창백한 안색에 관절염과 분노로 얼굴이 일그러졌던 여자들이 점차로 변해 가는 것을 눈치채고 있었다. 그러던 어느 날 그 여자들은 자신들의 흉계가 쓸모없다는 것을 깨닫고서 아무런 예고도 없이 요리책과 약혼 선물을 들고, 마치 자기 집인 양 복음 공원에 모습을 드러냈다. 트란시토 아리사는 비록 그 일로 단 한 번 몸소 고통을 겪었지만 그 같은 세계에 대해 잘 알고 있었다. 그녀의 고객들은 너도 나도 찾아와 성대한 파티가 열리는 전날에 다시 찾아와서 이자를 더 줄 테니 보물단지를 써내 자기들이 저당 잡힌 보석을 24시간만 빌려 달라고 부탁했다. 그때처럼 보물단지가 텅 비어 버린 것은 정말 오래간만의 일이었다. 지체 높은 여인들은 어둠의 성역을 버리고 저당 잡힌 보석으로 화사하게 치장한 뒤 모습을 드러내고자 했다. 그것은 이후 그 세기가 끝날 때까지 볼 수 없었던 성대한 결혼식이었는데, 그 결혼식의 마지막 영광은 공화국의 대통령을 세 번이나 역임했고, 철학자이자 시인으로 국가(國歌)의 가사를 쓴 바 있으며 그때부터 최근에 발행된 사전에까지 등재되어 모든 사람이 알 수 있는 라파엘 누네스 박사가 증인으로 나섰던 것이다. 페르미나 다사는 아버지의 팔짱을 끼고 대성당의 제단 앞에 도착했다. 그날만큼은 예복을 입은 탓인지 그도 품위 있어 보였다. 대성당의 제단 앞에 있던 그녀는 삼위일체 대축일 아침 11시에 세 명의 주교가 공동으로 집전한 미사에서 영원한 결혼을 맹세했다. 그 시간에 열병에 시달리느라 헛소리를 하면서 망각의 세계로 데려가지 못한 배의 갑판에서 그녀 때문에 죽어 가던 플로렌티노 아리사에 대해서는 조금도 생각하지 않았다. 결혼식 동안과 피로연이 끝난 후에도 그녀는 하얀 분가루로 그런 것처럼 미소를 유지하고 있었다. 혼이 나간 듯한 이 표정을 보고 몇몇 사람은 승리를 비웃는 미소라고 해석했지만, 사실은 갓 결혼한 처녀의 공포를 숨기기 위한 가련한 노력이었다.

다행히 뜻밖의 상황에 남편의 이해가 곁들여져 두 사람은 고통 없이 첫 사흘 밤을 보낼 수 있었다. 카리브해의 좋지 않은 날씨 탓에 일정이 엉망이 되어 버린 대서양 횡단사 소속의 배는 출항을 하루 앞당긴다는 사실을 겨우 사흘 전에야 발표했다. 그러니까 육 개월 전부터 계획했던 것처럼 결혼식 다음 날 라로셸로 출발하지 않고, 당일 밤에 떠나게 되었던 것이다. 사람들은 이러한 변화를 결혼식의 수많은 우아한 깜짝 선물 중 하나라고 생각했는데, 왜냐하면 결혼식 피로연이 자정이 넘은 시간에 불이 환하게 켜진 대서양 횡단선 위에서 끝났기 때문이다. 빈 오케스트라는 바로 그곳에서 요한 슈트라우스의 최신 왈츠곡을 초연했다. 초대 손님 중 여러 명은 샴페인에 흠뻑 취한 채 그 난장판 파티를 파리에 도착할 때까지 계속하기 위해 빈 선실이 없냐고 승무원들에게 묻고 다니다가 참다못한 아내들의 손에 끌려 땅으로 내려와야만 했다. 배에서 마지막으로 내린 사람들은 로렌소 다사가 항구의 술집 앞에 있는 것을 보았다. 그는 엉망이 된 예복을 입은 채 거리 한복판에 앉아서, 아랍인들이 죽은 사람 앞에서 우는 것처럼 큰 소리를 내며 울고 있었다. 썩은 물이 흐르는 곳에 앉아 있었던 탓에 마치 그곳은 눈물로 웅덩이를 이룬 것처럼 보였다.

파도가 거칠었던 첫날밤에도, 그리고 평화롭게 항해를 했던 그다음 밤에도, 심지어는 아주 길었던 결혼 생활에서도 페르미나 다사가 두려워했던 야만적인 행위는 일어나지 않았다. 배가 엄청나게 크고 선실은 호화로웠지만, 첫날밤은 리오아차에서 스쿠너를 타고 여행했을 때와 같은 일이 끔찍스럽게 반복되었다. 부지런한 의사인 그녀의 남편은 한숨도 자지 않고 그녀를 달래 주었다. 고명하기 이를 데 없는 의사도 뱃멀미에 대해 할 수 있는 일은 그 정도가 고작이었다. 그러나 사흘째 되던 날 까이라 항구를 떠난 후 폭풍은 삼삼해졌다. 그동안 두 사람은 너무 오랜 시간 동안 함께 있으면서 너무나 많은 대화를 나누었기에, 마치 오래된 친구처럼 느끼고 있었다. 나흘째 밤이 되어 두 사람이 평소의 습관을 되찾게 되자, 후베날 우르비노 박사는 자신의 젊은 아내가 잠자기 전에 기도하지 않는다는 사실에 소스라치게 놀랐다. 그러자 그녀는 솔직하게 말했다. 수녀들의 이중성이 그런 의식에 대한 저항감을 불러일으켰지만 자신의 신앙심에는 변함이 없으며, 침묵 속에서 그런 믿음을 유지하는 법을 배웠다고 고백했다. 그러면서 "난 하느님과 직접 대화하길 원해요."라고 말했다. 그는 그녀의 뜻을 이해했고, 그때부터 각자의 방식대로 같은 종교를 섬기게 되었다. 두 사람의 연애 기간은 짧았지만, 당시로서는 상당히 파격적으로 형식을 벗어난 것이었다. 왜냐하면 우르비노 박사가 그 누구의 감시도 받지 않고 매일 해가 질 무렵에 그녀의 집을 찾아갔기 때문이다. 아마도 그녀는 교회의 축복을 받기 전까지는 손가락으로라도 자기를 건드리지 못하게 하겠다고 마음먹었을 테지만, 그 역시 그런 행동은 시도도 하지 않았다. 바다가 평온해진 첫 번째 밤이었다. 이미 두 사람은 침대에 있었지만, 아직 옷을 입은 채였다. 그가 첫 애무를 시작했다. 그의 손길이 어찌나 조심스러웠는지 그녀는 나이트가운을 입으라는 충고가 지극히 자연스러운 것처럼 생각되었다. 그녀는 옷을 갈아입기 위해 욕실로 갔다. 그러나 그 전에 선실의 불을 껐으며 나이트가운을 입고 나오면서는 문틈을 옷가지로 틀어막았다. 모두 칠흑 같은 어둠 속에서 침대로 돌아오려고 한 행동이었다. 그렇게 하는 동안, 그녀는 기분 좋은 말투로 말했다.

"박사님, 뭘 원하시죠? 모르는 남자와 자는 것은 이번이 처음이에요."

후베날 우르비노 박사는 그녀가 겁에 질린 동물 새끼처럼 자기 옆으로 슬그머니 들어오더니 침대에서 두 사람의 몸이 서로 닿기 힘든 곳으로 가능하면 멀리 가려고 애쓰는 것을 느꼈다. 그는 그녀의 손을 잡았다. 그녀의 손은 차가웠고 두려움에 떨고 있었다. 그는 이 손을 잡아 깍지를 낀 다음, 거의 속삭이는 듯한 목소리로 예전에 바다로 여행했던 기억을 이야기하기 시작했다. 그녀는 다시 긴장했다. 침대로 돌아오면서 그가 자신이 욕실에 있는 사이 완전히 옷을 벗어 버렸음을 깨달았기 때문이다. 이것은 다시 다음 단계에 대한 두려움을 되살렸다. 그러나 다음 단계로 넘어가는 데는 몇 시간이 걸렸다. 우르비노 박사는 계속해서 아주 천천히 말하면서, 그녀의 육체의 비밀을 아주 조금씩 점령해 나가고 있었다. 그는 파리와 파리에서의 사랑에 관해 이야기했다. 그리고 파리의 연인들은 거리나 버스, 그리고 뜨거운 바람이 불며 여름의 맥 빠진 아코디언 소리가 울려 퍼지고 꽃이 만발한 카페의 테라스에서도 키스를 하고, 그 누구의 방해도 받지 않고 센강의 선창가에서 선 채로 사랑을 한다고 이야기해 주었다. 어둠 속에서 말하면서 그는 손끝으로 그녀의 목덜미를 애무했고, 팔뚝에 난 비단 같은 솜털과 이러저리 피하는 그녀의 배를 어루만졌다. 그러다 그녀의 몸에 긴장이 풀린 것을 알게 되자, 처음으로 나이트가운을 들어 올리려고 시도했지만 그녀는 선정적인 성격대로 충동적으로 그의 손길을 막았다. 그러면서 "혼자서도 할 수 있어요."라고 말했다. 그러더니 정말로 나이트가운을 혼자 벗어 버리고는 누워서 꼼짝도 하지 않았다. 얼마나 가만히 있었는지, 그녀의 몸이 어둠 속에서 반짝이지 않았더라면 아마도 우르비노 박사는 이미 그녀가 그곳에 없다고 생각했을지도 몰랐다.

얼마 후 그는 다시 그녀의 손을 움켜잡았다. 그 손은 따뜻하고 긴장이 풀려 있었지만, 아직도 부드러운 이슬에 젖은 듯이 축축했다. 두 사람은 다시 한참 동안 아무 말 없이 가만히 있었다. 그는 다음 단계로 넘어갈 기회를 노리고 있었고, 그녀는 어디로 갈지도 모르는 그의 손길을 기다리고 있었다. 그러는 동안 어둠은 짙어만 갔고, 그들의 호흡 소리도 갈수록 거칠어졌다. 다음 순간 그는 그녀의 손을 놓고 허공 속으로 몸을 던졌다. 그리고 집게손가락을 혓바닥으로 적신 후 무방비 상태의 젖꼭지를 살며시 만졌고, 그녀는 마치 그가 살아 있는 신경을 건드린 듯이 자기 몸이 치명적인 폭발을 일으키고 있음을 알았다. 그녀는 그가 불타듯이 빨개진 자신의 얼굴과 머리끝까지 떨고 있는 모습을 보지 못하도록 어둠 속에 있다는 사실이 고마웠다. 그는 아주 침착하게 말했다. "떨지 말아요. 내가 이미 본 적이 있다는 사실도 잊지 말고요." 그는 그녀가 미소 짓는 것을 느꼈다. 어둠 속에서 그녀의 목소리가 달콤하고 신선하게 들려왔다.

그녀가 말했다.

"아주 잘 기억하고 있어요. 아직도 화가 나 있다고요."

그때 그는 두 사람이 희망봉을 돌았다는 사실을 깨닫고, 다시 그녀의 크고 부드러운 손을 잡아서 고아와 같이 가련한 키스로 뒤덮었다. 먼저 거친 손등과 길고 명민한 손가락, 그리고 투명한 손톱에 키스했고, 그 다음에는 촉촉이 땀이 밴 손바닥 위로 그녀의 운명을 새긴 상형문자와 같은 손금에 키스했다. 그녀는 자신의 손이 어떻게 그의 가슴까지 가게 되었는지 알지 못했는데, 손으로 알 수 없는 무언가가 느껴졌다. 그러자 그는 "그건 어깨뼈요."라고 말했다. 그녀는 그의 가슴에 난 털을 애무했고, 그런 다음 다섯 손가락으로 가슴 털을 모조리 뿌리째 뽑아낼 듯이 세게 쥐어 잡았다. 그는 "더 세게!"라고 말했다. 그녀는 그렇게 해 보고 그가 아파하지 않는다는 것을 알았다. 그러고는 자기 손으로 어둠 속에서 길을 잃고 있던 그의 손을 찾았다. 그러나 그는 손깍지를 끼게 내버려 두는 대신 그녀의 손목을 꼭 잡더니 보이지는 않지만 아주 정확한 방향으로 자신의 온몸을 그녀의 손으로 쓰다듬었다. 그러자 그녀는 벌거벗은 동물의 뜨거운 호흡 소리와 육체적 형상은 없지만 우뚝 솟은 뜨거운 무언가를 느꼈다. 그가 생각했던 것과는 반대로, 심지어는 그녀가 상상했을지도 모르는 것과도 반대로 그녀는 손을 빼지 않았고, 그가 손을 놓아둔 자리에 가만히 있지도 않았다. 대신 자신의 몸과 영혼을 축복받은 성모에게 맡긴 채, 제정신이 아닌 자신에게 웃음이 터져 나올 것만 같아서 이를 악물고 손의 촉감으로 불뚝 솟은 자신의 적을 확인하기 시작하면서 음경의 크기와 힘, 그리고 고환의 탄력을 알아보았다. 그녀는 그것의 결단력에 놀란 동시에 고독한 모습에 동정심이 일었다. 그래서 자세히 살펴보려는 호기심으로 그것을 자기 것으로 만들었는데, 남편보다 경험이 없는 사람이라면 아마도 애무와 혼동했을 것이다. 그는 그녀가 불굴의 의지로 꼼꼼히 조사에 들어가자 현기증을 느꼈고, 마지막 남은 힘을 다해 버티어야만 했다. 결국 그녀는 그것을 놓아주었는데, 마치 어린아이가 무관심하게 쓰레기통에 버리는 것 같은 태도였다. 그러면서 이렇게 말했다.

"뭐에 쓰는 물건인지 모르겠어요."

그러자 그는 권위 있는 방법으로 진지하게 설명을 해 주었다. 그러면서 그녀의 손을 자기가 언급하고 있는 장소로 가져갔고, 그녀는 모범생처럼 그의 말에 순종하면서 자신의 손을 가져가게 놔두었다. 적당한 순간이 되자 그는 불이 켜진 상태에서 더 쉽게 이해할 수 있다고 말했다. 그는 불을 켜려고 했지만, 그녀는 그의 팔을 붙잡고 "난 손으로 해야 더 잘 볼 수 있어요."라고 말했다. 사실 그녀는 불을 켜고 싶었지만, 그 누구의 지시도 받지 않고 스스로 그렇게 하고 싶었던 것이기에 직접 불을 켰다. 그러자 그는 갑자기 밝아진 불빛 아래서 그녀가 침대 시트를 덮고 태아 같은 자세를 취하고 있는 것을 보았다. 하지만 그녀는 다시 호기심을 이기지 못해 아무런 스스럼 없이 그의 물건을 잡고는 이리저리 돌렸고, 그는 그 모습을 지켜만 보고 있었다. 그것을 관찰하는 그녀의 관심은 이제 의학적인 것 이상이 되어 가고 있었다. 그녀는 이렇게 결론지었다. "정말 못생겼네요. 여자 것보다 더 못생겼어요." 그는 그 말에 동의했고, 추한 것보다 더 심각한 문제가 있다고 가르쳐 주면서 말했다. "이 녀석은 장남과 같소. 우리는 이놈을 위해 평생을 일하면서 보내거든. 이놈 때문에 모든 걸 희생하지만, 결정적인 순간에는 자기 마음대로 하고 끝내 버리고 마오." 그녀는 계속 그것을 세심하게 살펴보면서 이건 무슨 용도이며 저건 무슨 용도냐고 물었다. 충분한 설명을 들었다고 생각되자, 두 손으로 그것의 무게를 재고는 무게는 별것 아니라고 확인하고서 경멸하는 태도로 그것을 툭 내려놓으면서 말했다.

"쓸데없는 것을 너무 많이 달고 있는 것 같네요."

그는 순간 당황했다. 본래 그가 쓰려고 했던 졸업 논문 계획서가 인체 기관을 단순화하는 것의 편리함에 관한 것이었기 때문이다. 다른 시대의 인류에게는 반드시 필요했겠지만 우리에게는 더 이상 쓸모없거나 중복되는 기능이 너무 많기 때문에, 그는 신체 기관들이 시대에 뒤처졌다고 생각하고 있었다. 그것들이 보다 단순화되면 인간은 훨씬 강해지리라는 것이 그의 생각이었다. 그는 "물론 오직 하느님만이 하실 수 있는 일이지만, 어찌되었든 이론적 용어로 입증해 놓는 짓이 좋을 것이다."라고 계획서를 끝맺었다. 그녀는 재미있다는 듯이 깔깔거리며 웃었다. 그런데 그 모습이 너무나 자연스러워 보여 그는 그 기회를 이용해 그녀를 껴안았고, 입에 첫 키스를 했다. 그녀는 그의 키스에 화답했고, 그는 계속해서 뺨과 코와 눈썹을 부드럽게 키스했다. 그러는 동안 그의 손은 침대 시트 밑으로 살며시 들어가 그녀의 납작하게 깔린 곧은 음모를 애무했다. 마치 일본 여자의 음모 같았다. 그녀는 그의 손을 뿌리치지는 않았지만, 그가 한 단계 너 나아갈 것을 대비해서 손을 경계 상태로 유지하고 있었다. 그녀가 말했다.

"이제 의학 수업은 그만하기로 해요."

그러자 그가 말했다.

"좋소. 이젠 사랑을 강의하겠소."

그러면서 그는 침대 시트를 위로 들어올렸고, 그녀는 아무런 저항도 하지 않았다. 대신 발로 재빨리 침대 시트를 걷어차 침대에서 멀리 떨어진 곳으로 보내 버렸다. 이제는 열기를 참을 수 없었던 것이다. 탄력 넘치는 그녀의 몸은 굴곡이 화려했고 옷을 입고 있을 때보다 더 농염했다. 또한 이 세상의 모든 여자들 속에 섞여 있어도 구별할 수 있을 정도로 독특한 산짐승의 향내를 풍기고 있었다. 환한 불빛 아래서 무방비 자세로 있던 그녀는 얼굴이 빨개지는 것을 느끼자, 그 모습을 숨기기 위한 유일한 방법은 남편의 목에 매달려 두 사람이 들이마신 공기가 다할 때까지 아주 강하고도 깊게 키스하는 것이라고 생각했다.

그는 자신이 그녀를 사랑하고 있지 않다는 것을 알고 있었다. 그는 거만하고 진지하며 강인한 그녀의 성격이 좋았기 때문에 결혼한 것이었다. 또한 약간의 허영심 때문이기도 했다. 그러나 그녀가 처음으로 그에게 키스하는 동안, 그는 멋진 사랑을 만들어 내는 데 그 어떤 장애도 없을 것임을 확신했다. 첫날밤에 그들은 새벽이 될 때까지 이런저런 이야기를 나누었지만, 사랑에 관해서는 말하지 않았고, 나중에도 결코 사랑 얘기는 꺼내지 않았다. 그러나 긴 안목에서 본다면 그들 중 실수를 범한 사람은 아무도 없었다.

새벽이 밝아 올 무렵 그들은 잠이 들었다. 그녀는 아직 처녀였지만 오랫동안 그럴 이유는 없었다. 실제로 다음 날 밤, 그가 별이 빛나는 카리브해의 하늘 아래서 빈의 왈츠 추는 법을 가르쳐 주고 난 후 그녀가 먼저 샤워를 하고 그가 욕실을 쓰기로 했다. 그런데 그는 선실로 돌아왔을 때, 그녀가 침대에서 벌거벗은 채 자기를 기다리고 있는 것을 보았다. 그녀는 스스로 주도권을 잡고 그 어떤 두려움이나 고통 없이 높은 파도 위에서의 모험을 즐겼다. 그리고 침대 시트에 명예의 장미를 남긴 것을 빼면 잔인한 의식을 치렀다는 그 어떤 흔적도 남기지 않았다. 거의 기적처럼 두 사람은 훌륭하게 그 일을 해냈고, 밤낮으로 계속했으며 나머지 여행 동안 갈수록 더 잘해냈다. 라로셸에 도착했을 때 그들은 오래된 연인처럼 사이좋게 지내고 있었다.

그들은 십육 개월간 유럽에 머물렀다. 파리를 근거지로 삼은 뒤 인근 국가로 잠깐씩 여행을 다녀오곤 했다. 그 기간 동안 그들은 매일 사랑을 나누었고, 점심시간 때까지 침대에서 뒹굴던 겨울의 일요일에는 한 번 이상 사랑을 나누었다. 그는 정력이 강할 뿐만 아니라 훈련이 잘 된 남자였던 반면 그녀는 남이 자신을 이용하도록 놔두는 여자가 아니었다. 그래서 두 사람은 침대에서 힘을 공유하면서 만족해야만 했다. 석 달간 불같은 사랑을 나눈 후, 그는 두 사람 중 하나가 불임이라는 결론을 내렸고 두 사람은 그가 인턴 생활을 했던 라 살페트리에르 병원에서 정밀 검사를 받았다. 무척 힘든 검사였지만 아무런 수득도 없었다. 그러니 그들이 아무런 의학적 도움도 받은 바 없고 전혀 기대도 하지 않았을 때 기적이 일어났다. 다음 해 말 그들이 고향으로 돌아왔을 때 페르미나는 임신 육 개월째였고, 자신이 이 세상에서 가장 행복한 여자라고 믿고 있었다. 두 사람이 그토록 염원하던 아이는 별 탈 없이 물병자리로 태어났고, 콜레라로 죽은 할아버지를 기리는 의미에서 그의 이름을 붙였다.

그들을 그토록 달라지게 만든 것이 유럽인지 아니면 사랑인지는 알 길이 없었다. 이 두 가지가 동시에 일어난 일이기 때문이다. 사실 그들은 서로에 대한 태도뿐만 아니라 다른 모든 사람들을 대하는 태도 역시 달라져 있었다. 불행의 일요일이자 그들이 귀국한 지 이 주가 되던 날, 플로렌티노 아리사는 두 사람이 미사를 마치고 나오는 모습을 보고 그렇게 느꼈다. 두 사람은 인생에 대한 새로운 생각과 세상의 최근 경향을 지니고 돌아왔으며 그 도시를 이끌 준비가 되어 있었다. 그는 문학과 음악, 특히 의학의 새로운 사조를 가지고 왔다. 그리고 현실 세계와의 끈을 놓치지 않기 위해 《르 피가로》를 구독 신청했고, 시의 끈을 놓지 않기 위해서 《두 세계의 잡지》를 구독했다. 또한 파리의 서점상과 합의해 신간을 받아 보기로 하였는데, 그중에는 가장 많이 읽히는 작가로 아나톨 프랑스와 피에르 로티가 있었고, 그가 가장 좋아하는 작가로 레미 드 구르몽과 폴 부르제가 있었다. 그러나 에밀 졸라는 드레퓌스 사건에 용감하게 개입하긴 했지만 도저히 참을 수 없는 작가처럼 보였기에 한 권도 포함되어 있지 않았다. 또한 그 서점상은 그가 이 도시에서 가장 연주회를 사랑했던 아버지의 명성을 유지할 수 있도록 리코르디 목록에서 가장 매혹적인 악보, 특히 실내악 악보를 우편으로 보내 주기로 약속했다.

언제나 유행의 힘을 거부했던 페르미나 다사는 여섯 개의 트렁크에 서로 다른 시대의 옷을 담아 가져왔다. 일류 상표에는 별로 관심이 없었던 것이다. 그녀는 언급할 필요도 없는 고급 의상실의 독재자 워스의 의상 출시 컬렉션에 참석하러 한겨울에 튈르리 대저택에 간 적이 있었다. 그런데 그녀가 거기서 손에 넣은 것이라곤 닷새간 자신을 침대에 쓰러뜨린 기관지염뿐이었다. 라페리에르는 워스보다 허세도 덜 부리고 탐욕도 덜한 듯했다. 그러나 그녀는 중고 의류 가게에서 마음에 드는 것을 싹쓸이하는 현명한 결정을 내렸고, 남편은 그 옷들을 보고 죽은 사람 것 같다면서 기겁을 했다. 그리고 상표 없는 이탈리아제 구두도 많이 가져왔는데, 그녀는 유명하고 값비싼 페리 구두보다 그런 구두를 선호했다. 또한 지옥의 불처럼 새

빨간 뒤피 양산도 가져왔는데, 그것은 호들갑 떨기 좋아하는 우리 시대 기록 작가들에게 수많은 쓸거리를 제공해 주었다. 그녀는 마담 르부의 모자 하나만 구입했지만, 대신 트렁크 하나에 인조 체리 나뭇가지와 그녀의 눈에 들어왔던 모든 펠트 꽃가지들과 타조 깃털로 만든 큰 가지, 공작 새털로 만든 머리 깃 장식, 아시아 산 수탉 꼬리들, 그리고 꿩과 벌새를 비롯하여 날아다니거나 소리를 지르거나 혹은 고뇌에 차 있는 모습으로 박제된 수많은 이국적인 새들을 담아서 가져왔다. 그러니까 최근 이십 년간 모자의 디자인을 다르게 만들기 위해 사용한 모든 것을 가져왔던 것이다. 그리고 각 행사의 용도에 맞게 세계 각국의 서로 다른 부채들을 가져왔다. 그녀는 봄바람이 모든 것을 재로 뒤덮어 버리기 전에 '바자르 드 라 샤리테' 향수 가게의 수많은 향수 중에서 사람을 동요시키는 향수를 골라 가져왔지만, 사용한 적은 단 한 번밖에 없었다. 향수를 바꾸자 스스로를 알아볼 수가 없었던 것이다. 또한 유혹의 시장에 최신 상품으로 등장한 화장품 파우치도 가져왔는데, 그녀는 사람들이 보는 앞에서 화장품을 바르는 행위 자체가 품위 없는 것으로 여겨질 때 파우치를 파티에 가져간 최초의 여자이기도 했다.

이것 말고도 두 사람은 지울 수 없는 기억 세 가지를 가져왔다. 하나는 파리에서 오페라 「호프만의 이야기」[29]의 전례

---

29) 프랑스의 작곡가 자크 오펜바흐의 오페라. 1881년 파리 오페라 코미크 극장에서 초연되었다.

없는 초연을 구경한 것이었고, 다른 하나는 베네치아의 산 마르코 광장 앞에 있던 유람선들이 거의 모두 불타 버렸던 끔찍한 화재였다. 그들은 가슴 아파하면서 호텔 창문을 통해 그 장면을 목격했다. 그리고 1월의 첫눈이 내리던 날 오스카 와일드를 스쳐 지나갔던 것이 마지막 기억이었다. 그러나 이런 기억과 또 다른 기억들 중에서 후베날 우르비노 박사가 항상 아내와 공유하지 못한 것을 애석해하는 기억이 하나 있었는데, 파리에서 혼자 공부하던 시절로 거슬러 올라가는 것이기 때문이었다. 그 추억은 이곳에서 작품과 상관없이 감동적인 명성을 누리고 있던 빅토르 위고였다. 그가 이곳에서 그렇게 유명해진 이유는 누군가 우리의 헌법이 인간의 국가가 아닌 천사의 국가를 위한 것이라고 말하는 것을 듣고 널리 알렸기 때문이지만, 사실 위고에게 그 말을 처음으로 들은 사람이 누구인지는 아무도 알 수 없었다. 어쨌든 그때부터 그는 위고에게 특별한 경의를 표하게 되었고, 프랑스를 여행하는 대부분의 우리 동포들은 그를 만나기 위해 갖은 애를 썼다. 후베날 우르비노를 비롯한 여섯 명의 학생들은 일로가에 있는 그의 집 앞과 그가 틀림없이 올 것이라고 했지만 절대로 오지 않던 카페에 얼마 동안 죽치고 앉아서 기다린 적도 있었다. 마지막으로 그들은 리오네그로 천사들의 이름으로 개인적으로 만나고 싶다는 내용을 편지에 써서 보냈지만 답장은 받을 수 없었다. 그러던 어느 날 후베날 우르비노는 우연히 뤽상부르 공원을 지나가다 여자와 팔짱을 끼고 의사당을 나오고 있는 그를 보았다. 그는 아주 늙어 보였다. 걸음걸이도 불편해 보였고,

턱수염과 머리카락도 초상화에서 보던 것처럼 윤기가 나지 않았으며, 자신보다 더 뚱뚱한 사람의 것처럼 보이는 외투를 입고 있었다. 그는 무례한 인사말로 추억을 망치고 싶지 않았다. 그래서 평생 동안 간직할 거의 비현실적인 그 모습에 만족하기로 했다. 결혼을 하고 보다 정중하고 예의 바르게 빅토르 위고를 만날 신분이 되어 파리로 돌아왔을 때는 이미 그는 세상을 떠난 후였다.

그에 대한 위로로 후베날과 페르미나는 눈 오던 어느 날 오후의 기억을 함께 갖게 되었다. 그들은 카퓌신 대로의 조그만 서점 앞에 사람들이 장사진을 이루고 있는 것을 보고 무슨 일인가 몹시 궁금해했다. 알고 보니 바로 오스카 와일드가 그 서점 안에 있기 때문이었다. 마침내 그가 서점을 나왔다. 실로 우아한 모습이었지만, 그런 자신의 모습을 너무 의식하고 있는 것 같았다. 사람들은 그를 에워싸고 그의 책에 사인을 해 달라고 부탁했다. 우르비노 박사는 그를 보기 위해 잠시 발길을 멈추었다. 충동적인 그의 아내는 오스카 와일드의 책이 없으니 대로를 건너가서 가장 적당하다고 생각하는 물건에 사인을 받고자 했다. 그것은 바로 갓 결혼한 여자의 피부와 똑같은 색깔의 길고 부드럽고 매끌매끌한 가젤 가죽 장갑이었다. 그녀는 그토록 세련된 사람이라면 그런 행동을 높이 평가할 것이라고 확신했다. 그러나 남편은 단호하게 반대했다. 그래도 그녀가 말을 듣지 않고 자기 뜻대로 하려 하자 그는 그런 창피한 짓을 하고는 더 이상 살아갈 수 없으리라 생각하고 이렇게 말했다.

"만일 대로를 건넌다면…… 당신이 여기로 돌아왔을 때 나는 이미 죽어 있을 거요."

이처럼 대담무쌍한 행동이 그녀에게는 지극히 자연스러운 것이었다. 결혼한 지 일 년이 되기 전에 그녀는 어렸을 때부터 산 후안 데 라 시에나가의 죽음의 서식처에서 그랬던 것과 마찬가지의 자신감을 가지고 세상을 살아나갔다. 마치 처음부터 타고난 것 같았다. 그녀는 처음 보는 사람들과 너무나 쉽게 사귀었고, 아내의 그런 모습은 남편을 당황하게 했다. 그녀는 스페인어로 사람과 장소를 가리지 않고 의사소통할 수 있는 신비한 능력을 지니고 있었던 것이다. 그녀는 그를 놀리며 이렇게 말하곤 했다. "언어란 무언가를 팔려고 할 때는 알아야만 하죠. 하지만 무언가를 살 때는 모든 사람이 당신을 이해해야 하는 법이에요." 파리의 일상생활에 그토록 빨리, 그리고 그토록 즐거운 마음으로 적응할 수 있는 사람을 상상하기란 쉽지 않은 일이었다. 그녀는 비가 그치지 않고 영원히 내릴 때에도 자신의 추억을 사랑하는 법을 배운 사람이었다. 그러나 그녀가 고향으로 돌아왔을 때는 너무 많은 경험에 압도되었고, 여행에 지쳐 버렸으며, 임신 때문에 꾸벅꾸벅 졸았다. 사람들이 항구에서 유럽의 놀라운 구경거리들이 어떠했냐고 첫 질문을 던졌을 때, 그녀는 십육 개월간의 행복을 카리브해 특유의 은어 두 마디로 요약했다.

"별것 없더라고요."

〈2권에서 계속〉

세계문학전집 **97**

콜레라 시대의 사랑 1

1판 1쇄 펴냄   2004년 2월 5일
1판 55쇄 펴냄   2023년 12월 21일

지은이   가브리엘 가르시아 마르케스
옮긴이   송병선
발행인   박근섭, 박상준
펴낸곳   (주)민음사

출판등록   1966. 5. 19. (제 16-490호)
서울특별시 강남구 도산대로1길 62(신사동) 강남출판문화센터 5층 (우편번호 06027)
대표전화 02-515-2000   팩시밀리 02-515-2007
www.minumsa.com

한국어 판 © (주)민음사, 2004. Printed in Seoul, Korea

ISBN 978-89-374-6097-5 04800
ISBN 978-89-374-6000-5 (세트)

세계문학전집 목록

세계문학전집은 계속 간행됩니다.